Ricardo Piglia

Künstliche Atmung

Roman

Aus dem argentinischen Spanisch
von Sabine Giersberg

Mit einem Nachwort
von Leopold Federmair

Verlag Klaus Wagenbach Berlin

Für Elías und Rubén, die mir halfen, die Wahrheit der Geschichte zu erfahren

Inhalt

ERSTER TEIL

Wenn ich selbst der düstere Winter wäre

We had the experience but missed the meaning,
and approach to the meaning restores the experience

T. S. ELIOT

Emilio Renzi

Marcello Maggi: Onkel, Bruder v. Mutter

Esperancita: seine Frau

Coca: seine Geliebte

Luciano Ossorio: Vater v. Esperancita

Enrique Ossorio: Opa v. Luciano

Tardewski: Freund v. Marcelo

I

1 Gibt es eine Geschichte? Wenn es eine gibt, beginnt sie vor drei Jahren. Im April 1976, als mein Buch erscheint, schreibt er mir einen Brief. Dem Brief liegt ein Foto bei, auf dem er mich nackt auf dem Arm hält: ich lache, bin etwa drei Monate alt und sehe aus wie ein Frosch. Er hingegen sieht vorteilhaft aus: Zweireiher, Hut mit schmaler Krempe, ein dreißigjähriger Mann, der der Welt ins Auge blickt. Im Hintergrund erscheint verschwommen und fast schon außerhalb des Fokus meine Mutter, so jung, daß ich sie anfangs kaum erkannt habe.

Das Foto ist aus dem Jahr 1941; er hatte das Datum auf die Rückseite geschrieben und dazu, als wollte er mir eine Orientierung geben, die beiden Zeilen des englischen Gedichtes, das als Motto über dieser Geschichte steht.

Es gab sonst keine Tragödie in der Geschichte meiner Familie, keinen anderen Helden, der der Erinnerung wert gewesen wäre. Im Geheimen zirkulierten verschiedene verworrene, auf reinen Vermutungen basierende Versionen. Der Bruder meiner Mutter hatte eine vermögende Frau mit dem unglaublichen Namen Esperancita geheiratet, von der es hieß, sie habe ein schwaches Herz, schlafe immer bei Licht und bete in traurigen Stunden laut, damit Gott sie auch ja hören könne. Er war nach sechs Monaten Ehe mit dem Geld seiner Angetrauten durchgebrannt, um mit einer Cabaret-Tänzerin mit Spitznamen Coca zusammenzuleben. Ganz ruhig, kühl und höflich wie immer, zeigte Esperancita den Diebstahl an und setzte alle Hebel in Bewegung, bis die Polizei ihn ein paar Monate später aufspürte; er lebte in Saus und Braus unter falschem Namen in einem Hotel in Río Hondo.

Ich erinnere mich an die Zeitungsausschnitte, in denen über den Fall berichtet wurde, und die in einer mehr oder weniger geheimen Schublade im Kleiderschrank aufbewahrt wurden, dieselbe, in der mein Vater auch die *Physiologie der Leidenschaften und die sexuelle Technik* von Professor T. E. Van de Velde, Autor des Buches *Die perfekte Ehe*, das Werk von Engels *Über den Ursprung der Familie, Privateigentum und Staat* zusammen mit Briefen und verschiedenen Papieren und Urkunden, darunter auch meine Geburtsurkunde, aufbewahrte. Nach komplizierten Manövern, mit denen ich mir als Kind die Zeit der Siesta vertrieb, öffnete ich die Schublade und spionierte ohne sein Wissen die Geheimnisse des Mannes aus, von dem zu Hause alle nur ganz leise sprachen. »Überführt und geständig« lautete (wie ich mich erinnere) eine der Überschriften, und diese hatte es mir ganz besonders angetan. »Überführt und geständig« wiederholte ich und war ganz aufgeregt, weil ich den Sinn der Worte nicht recht verstand und dachte, es würde sich um etwas Heroisches oder eine Verzweiflungstat handeln.

Der Bruder meiner Mutter war fast drei Jahre in Haft. Danach weiß man kaum noch etwas von ihm; ab da fangen die Mutmaßungen, die erfundenen, traurigen Geschichten über sein Schicksal und sein extravagantes Leben an; anscheinend wollte er von der Familie nichts mehr wissen und niemanden sehen, als müßte er sich für ein ihm angetanes Unrecht rächen. Eines Abends war die Coca dann vorbeigekommen. Stolz und reserviert brachte sie einen Teil des Geldes zurück und versprach, alles zu ersetzen. Ich kenne all die Auslegungen und Geschichten, die sich um dieses Treffen ranken, und ich weiß, daß Esperancita »Mein Kind« zu dieser Frau sagte, die ihre Mutter hätte sein können, und daß Coca ein Parfüm benutzte, das mein Vater nie mehr vergaß. Bevor sie ging, soll sie gesagt haben: »Sie werden nie erfahren, was für ein Mann Marcelo ist«, und immer, wenn die Erzählung an dem Punkt ankam, mußte ich unwillkürlich an den historischen Satz von Hipólito Yrigoyen über Alvear nach dem Putsch im Jahre 30 denken, eine seltsame Assoziation, die aber auch daher rührte, daß Esperancita mit General Uriburu verwandt war.

Von da an erhielt Esperancita drei Jahre lang alle zwei Monate einen Scheck, bis die Schuld beglichen war. Aus dieser Zeit stammen meine ersten Erinnerungen an sie oder besser gesagt das Bild, von dem ich immer gedacht habe, daß es meine erste Erinnerung ist: eine bildschöne, zerbrechliche Frau mit einem arroganten, lustlosen Ausdruck in dem Gesicht, das sich zu mir herabbeugt, während meine Mutter sagt: »Na Emilio, was sagt man zu Tante Esperancita?« Man sagte: »Danke«, zu ihr mehr als zu allen anderen. Sinnbild des schlechten Gewissens der Familie, war sie wie ein seltenes und allzu feines Objekt, in dessen Gegenwart wir uns alle unangenehm berührt und plump fühlten. Ich erinnere mich, daß meine Mutter jedesmal, wenn sie zu uns kam, das gute Porzellan herausholte und gestärkte Tischdecken auflegte, die knisterten, als wären sie aus Papier. Und sie kam gut und gerne ein- oder zweimal im Monat zu Besuch, meistens sonntags oder donnerstags, bis sie starb.

Der Bruder meiner Mutter erfuhr nichts davon, daß sie gestorben war. Nachdem er spurlos verschwunden war, war er laut einer Version im Gefängnis, und laut anderen Versionen lebte er in Kolumbien, immer noch mit der Coca. Sicher ist nur, daß er nie von ihrem Tod erfahren hat und auch nicht davon, daß sie nach Esperancitas Tod einen Brief gefunden haben, der an ihn gerichtet war, in dem sie gestand, daß alles eine Lüge gewesen war, daß man sie nie bestohlen hatte, in dem sie von Gerechtigkeit und Strafe, aber auch von Liebe sprach, was außerordentlich seltsam war, wenn man bedachte, um wen es sich handelte.

Natürlich zog mich der Faulknersche Touch dieser Geschichte an: der junge Mann mit glänzender Zukunft, der, gerade erst Rechtsanwalt geworden, alles stehen und liegen läßt und verschwindet; der Haß der Frau, die einen Betrug fingiert und ihn ins Gefängnis schickt, ohne daß er sich verteidigt oder sich die Mühe macht, den Irrtum aufzuklären. Kurzum, ich schrieb einen Roman mit dem Inhalt dieser Geschichte und bediente mich dabei des Tons von *Wild Palms* oder besser gesagt der Varianten des Tons, die Faulkner durch die Übersetzung von Borges bekommt, wodurch die Geschichte ungewollt nach einer parodistischen Version von Onetti klang. *Keiner von uns, die wir an jenem Abend dort waren, an dem sich in dem traurigen Halb-*

dunkel, das auf den Nachmittag der Beerdigung folgte, das Geheimnis dieser jahrelang genährten Rache enthüllte, keiner von uns konnte es vermeiden zu denken, daß er Zeuge der vollkommensten Form der Liebe war, die ein Mann einer Frau schenken kann; es war ein barmherziger Pakt, bei dem man die Art und die Folgen der beigebrachten Wunden nur schwer voraussehen kann, nicht aber die Absicht und die gewollte Glückseligkeit. So fing der Roman an und so ging es zweihundert Seiten lang weiter. Bei dem Versuch, jegliche Sittenschilderung oder mündlichen Erzählstil zu vermeiden, die in der Nationalliteratur soviel Schaden anrichteten, war ich (wie man so sagt) ganz schön badengegangen. Man findet immer noch einige Exemplare des Romans auf den Ausverkauftischen in der Calle Corrientes, und das einzige, was mir heute an diesem Buch immer noch gefällt, ist der Titel (*Die Weitschweifigkeit des Realen*) und die Wirkung, die es auf den Mann ausübte, dem es, wenn auch unwillentlich, gewidmet war.

Eine eigenartige Wirkung, muß man sagen. Der Roman erschien im April. Wenig später kam sein erster Brief.

Erste Richtigstellungen, praktische Lektionen (*hieß es in dem Brief*). Noch niemand hat mit Familiengeschichten gute Literatur gemacht. Die goldene Regel für werdende Schriftsteller lautet: Wenn es dir an Vorstellungskraft mangelt, mußt du es mit den Details genau nehmen. Die Details: Meine erste Frau, dieses Miststück, hatte einen verkniffenen Mund und man konnte die Adern unter der durchscheinenden Haut sehen. Ein schlechtes Zeichen: durchscheinende Haut, undurchsichtige Frau, aber das habe ich zu spät gemerkt. Was anderes: Wer hat euch von meiner Reise nach Kolumbien erzählt? Ich habe da so einen Verdacht. Was mich angeht: Ich habe in bezug auf mein Leben sämtliche Skrupel verloren, aber ich denke, es gibt andere, lehrreichere Themen. Zum Beispiel die englischen Invasionen; Pophan, ein irischer Ritter im Dienst der Königin. *Let not the land once proud of him insult him now.* Der Kommodore Pophan, der verzaubert von dem Reichtum des Alto Perú war, oder die entsetzten Bauern, die in die Landhäuser von Perdriel flohen. Die erste Niederlage der Waffen des Vaterlandes. Man muß die Geschichte der Niederlagen schreiben. Niemand sollte im Moment des Todes lügen. Alles ist apokryph, mein Junge. Ich habe die ganze Kohle durchgebracht, und wenn sie behauptet, daß das nicht stimmt, dann weil sie versucht, mich des einzigen würdigen Aktes in meinem Leben zu berauben. Nur die, die Geld haben, verachten es oder verwechseln es mit schlechten Gefühlen. Es waren eine Million sechshunderttausend und Münzen, Pesos aus dem Jahr 42, das Resultat verschiedener Erbschaften und des Verkaufs von Ländereien in Bolívar (sie wird mir völlig zu Recht vorwerfen, daß ich sie diese Ländereien nicht ohne Hintergedanken verkaufen ließ, aber ich war nicht für den Tod der Verwandten verantwortlich, von denen sie geerbt hat). Ich versuchte in Cangallo und Rodríguez Peña einen Nachtclub aufzumachen, aber sie haben mich vorher erwischt. (Wo habt ihr das mit Río Hondo her?) Ich habe ihr die Kohle zurückgegeben, verzinst. Ja, die Coca war bei euch, und deine Mutter bekam fast einen Herzinfarkt. Sie erzählen nicht, daß sie sagte »Ach du Schande«, als Esperancita zum ersten Mal »mein Kind« zu ihr sagte, und man ihr Riechsalz geben mußte. Wenn ich verhaftet wurde und man in den Zeitungen über mich berichtete, so nur, weil ich ein Radikaler bin, ein Anhänger von Amadeo Sabatini, und zu jener Zeit wollten sie uns alle vernichten, weil die Wahlen 43 anstanden, die dann im Putsch von Rawson endeten. (Was, hat man dir das auch nicht erzählt?) Wir, die Radicales, waren desorientiert ohne den Schwung der heroischen Zeiten, als wir die Ehre der Nation mit Waffen verteidigten, und für die Sache unser Leben gaben. Sie verzeiht mir also in ihrem Testament? Siehst du denn nicht, daß sie verrückt ist, sie hat im Stehen geschissen, weil jemand ihr mal gesagt hat, das sei eleganter. Vor ihrem Tod sagt sie also, ich hätte sie nicht bestohlen. So rätselhaft ist die Oligarchie, und das sind die Töchter, die sie hervorbringt. Grazil, verträumt, unausweichlich zerstört. Man darf nicht zulassen, daß man unsere Vergangenheit verändert. *Macht, daß das Land, das vorher stolz auf ihn war, ihn jetzt nicht schmäht*, sagte Pophan. Die Coca hat sich allein in Uruguay was gesucht, in Salto. Manchmal läßt sie von sich hören, und ich bin hierher gekommen, nur um in ihrer Nähe zu sein, um sie auf der anderen Seite des Flusses zu wissen. Sie läßt sich nicht dazu herab, mich zu empfangen, weil sie stolz, albern und alt geworden ist. Ich stehe im Morgengrauen auf, da sieht man die Lichter der Laternen auf der anderen Seite noch. Ich unterrichte argentinische Geschichte an der staatlichen Schule und abends gehe ich in den Club Social Schach spielen. Dort gibt es einen Polen, der ist ein As; er hat früher mit Fürst Alekhine und James Joyce in Zürich gespielt, und es ist mein sehnlichster Wunsch, einmal ein Remis zu erreichen. Wenn er betrunken ist, singt und spricht er polnisch; er notiert seine Gedanken in einem Heft und behauptet, er wäre ein Schüler Wittgensteins. Ich habe ihm deinen Roman zu lesen gegeben, er hat ihn aufmerksam gelesen, ohne zu ahnen, daß ich der Typ mit den schmutzigen Gedanken bin. Er versprach eine Rezension für unsere Lokalzeitung *El telégrafo* zu schreiben. Er hat schon ein paar Anmerkungen über Schach und Auszüge aus dem Heft veröffentlicht, in dem er seine Gedanken festhält. Sein Traum ist es, ein Buch zu schreiben, das nur aus Zitaten besteht. Bei deinem Buch ist das nicht viel anders, du verarbeitest die Familiengeschichten, und manchmal ist mir, als hörte ich die Stimme deiner Mutter. Daß man sie in diesen pathetischen Stil gekleidet hat, ist auch ein Zeichen von Takt. Jedenfalls kommen daher die Verzerrungen.

Ich muß dich um allerhöchste Diskretion bitten, was meine aktuellen Lebensumstände angeht. Um *allerhöchste Diskretion.* Ich habe da so meinen Verdacht, darin bin ich wie alle anderen. Also wie ich schon sagte, ich habe im Moment kein Privatleben. Ich bin ein ehemaliger Rechtsanwalt, der ungläubigen Jugendlichen, Kindern von ortsansässigen Händlern und Feldarbeitern, argentinische Geschichte beibringt. Die Arbeit ist wohltuend: es gibt nichts besseres als Kontakt mit der Jugend, um das Älterwerden zu lernen. Man muß die Introspektion vermeiden, rate ich meinen jungen Schülern, und vermittele ihnen, was ich den *historischen Blick* nenne. Wir sind wie ein Blatt, das auf diesem Fluß treibt, und wir müssen das, was kommt, so sehen, als wäre es vergangen. Es wird nie einen Proust unter den Historikern geben, das erleichtert mich, und sollte dir als Lektion dienen. Du kannst mir zur Zeit an den Club Social, Concordia, Entre Ríos, schreiben. Es grüßt dich: Professor Marcelo Maggi Pophan. Lehrer. Ein Anhänger vom sabattinistischen Flügel der Radicales. Ein irischer Ritter im Dienst der Königin. Der Mann, der im Leben Parnell liebte. Hast du ihn gelesen? Er war von oben herab, aber er sprach zwölf Sprachen. Er stellte sich nur eine Frage: Wie soll man erzählen, was sich wirklich zugetragen hat?

PS: Natürlich sollten wir unbedingt miteinander reden. Es gibt andere Versionen, die du erfahren solltest. Ich hoffe, daß du mich besuchen kommst. Ich bewege mich kaum, ich bin viel zu dick geworden. Die Geschichte ist der einzige Ort, der mir Erleichterung von diesem Alptraum verschafft, aus dem ich aufzuwachen versuche.

Das war der erste Brief und damit fängt diese Geschichte erst richtig an.

Fast ein Jahr später saß ich todmüde in dem klapprigen Waggon eines Zuges nach Paraguay auf dem Weg zu ihm. Ein paar Typen, die auf einem Pappkoffer Karten spielten, luden mich zu einem Gin ein. Für mich war es, als würde ich immer weiter in die Vergangenheit vorrücken, und am Ende dieser Reise verstand ich, wie weit Maggi alles vorausgesehen hatte. Aber das war erst später, als alles schon zu Ende war; vorher bekam ich den Brief mit dem Foto und wir fingen an, uns zu schreiben.

2 Jemand, ein russischer Kritiker, er heißt Iuri Tynjanov, behauptet, die Literatur würde vom Onkel auf den Neffen übergehen (und nicht von den Eltern auf die Kinder). Diese rätselhafte Äußerung soll für den Moment genügen, denn besser könnte man deinen Brief nicht zusammenfassen.

Was mich angeht, so habe ich kein Interesse an Politik. An Irigoyen interessiert mich sein Stil. Radikales Barock. Wieso hat bis jetzt niemand verstanden, daß aus seinen Reden die Schreibweise von Macedonio Fernández entsteht? Auch deine Leidenschaft für Geschichte teile ich nicht. Nach der Entdeckung Amerikas ist in diesen Breiten nichts geschehen, das auch nur die geringste Aufmerksamkeit wert wäre. Geburten, Todesanzeigen und Militärparaden: das ist alles. Die argentinische Geschichte ist der unendliche, halluzinierende Dialog des Sergeanten Cabral im Augenblick seines Todes, transkribiert von Roberto Arlt.

Also, werden wir nun zu zweit die große Familiensaga konstruieren? Werden wir uns die ganze Geschichte noch einmal erzählen? Für den Moment schicke ich dir folgende Zusammenfassung.

Über dich wurde gesagt:

1. Du hättest Esperancita den Hof gemacht, als du erfuhrst, daß sie die Urenkelin von Enrique Ossorio war, weil du an einer Truhe interessiert warst, in der sich die Familiendokumente befanden.
2. Daß du in Wirklichkeit nur an diesen Papieren interessiert warst, aber das eine nicht ohne das andere haben konntest.
3. Daß du seit Jahren an einer Biographie (oder etwas ähnlichem) von diesem vergessenen Helden arbeitest, der Rosas Privatsekretär war und im Dienste von Lavalle spioniert hat.
4. Daß du in den dreißiger Jahren Anhänger von Irigoyen wurdest, zur Unzeit wie in allen Dingen, und daß deine Flucht mit der Coca damit vage zusammenhängt.
5. Daß du nur deswegen in Concordia so nah bei der Grenze lebst, weil du schmuggelst.

Es gibt natürlich noch andere Versionen, und einige wurden, offen gestanden, während der Totenwache für Esperancita ausgebrütet, die unter dem Tüll und den Orangenblüten wie eine Porzellanpuppe aussah. Niemand weinte um sie, arme Frau, und einige behaupten, sie hätte vor ihrem Tod Buenos Aires, Buenos Aires wiederholt, wie José Hernández, als er in den Armen seines Bruders Rafael sein Leben aushauchte. Wie du siehst, schreibe ich Maggi, ist sie nicht mit deinem Namen auf den Lippen gestorben.

Der einzige, der dich erwähnte, war Don Luciano Ossorio, der Vater der Verstorbenen, der schon über neunzig ist und sich in einem Rollstuhl fortbewegt. Als er mich zu der Totenwache kommen sah, durchquerte er den Raum und ließ die Gummireifen auf dem Parkettboden quietschen. Sie, sagte er zu mir, schreibe ich Maggi, sehen Marcelo ähnlich. Eine Decke mit Schottenmuster lag über seinen Beinen und er hob sein Geiergesicht, um mich zu fragen: Sehen sie Marcelo? Hat er nicht nach mir gefragt?

Marcelo

Du hast also Don Luciano gesehen? Obwohl er gelähmt ist und so, ist er der einzige in dieser ganzen Idiotenbande, der etwas taugt. Ich weiß nicht, ob du seine Geschichte kennst. Im Jahr 31 hat irgendein Besoffener auf einem Sportplatz, wo man den 25. Mai feierte, einen Schuß auf ihn abgefeuert. Der Alte stand auf dem Podest und hielt eine Rede und der Besoffene sagte: Dieser Schwachkopf soll endlich die Klappe halten, und er holte den Revolver raus, den man ihm gegeben hatte, um einen Salutschuß zu Ehren des englischen Botschafters abzugeben, der auf Einladung des Alten, dem fast der ganze Bezirk gehörte, extra nach Bolívar gekommen war, und schoß auf ihn. Nachdem der erste Aufruhr sich gelegt hatte, wurde der Alte blaß, aber er sprach weiter, er klammerte sich an das Geländer der mit Fahnen verzierten Bühne, und es hätte niemand etwas bemerkt, wenn der Alte nicht irgendwelche Schimpfworte in die Rede eingeflochten hätte, bis man ihn auf einmal laut und deutlich durch das Mikrofon sagen hörte: Sie haben mich erwischt. Sie haben mich erwischt. Es sind die vom Klan der Radicales, sagte er, und dann fiel er zu Boden. Der Kerl, der ihn verwundet hatte, war ein ehemaliger Jockey, der sein Geld damit verdiente, in den geheimen Hippodromen der Region Rennen zu bestreiten. Sie haben so auf ihn eingedroschen, daß er die Englein singen hörte, und die Wahrheit kam nie ans Licht. Das einzige, was der Jockey noch sagen konnte, bevor sie anfingen, ihn zu vermöbeln, war, man hätte ihm gesagt, der Revolver sei mit Schreckschußmunition geladen. Die Kugel ist bei dem Alten durch eine Rippe eingedrungen, hat die Wirbelsäule gestreift und ihn für den Rest seines Lebens zum Krüppel gemacht. Und wenn ich daran denke, sagte er damals zu mir, daß das einzige, was mich außer der Politik interessiert, bumsen und reiten ist. Bei seinem Anblick neigte man dazu, metaphorisch zu werden, und er selbst dachte in Metaphern. Ich bin gelähmt, genau wie dieses Land, sagte er. Ich bin Argentinien, verdammt, sagte der Alte, wenn er wegen des Morphiums delirierte, das man ihm gab, um seine Schmerzen zu lindern. Er fing an, das Land mit seinem Leben zu identifizieren, eine Versuchung, die jedem innewohnt, der mehr als dreitausend Hektar weit in der feuchten Pampa besitzt. Er spritzte sich jede Stunde, und das verlieh ihm eine seltsame Hellsicht und veränderte seine Denkweise, er ging so weit, daß er das Land den Arbeitern schenken wollte. 1902 hatte er bei einer von der Bande um Ataliva Roca eingefädelten gerichtlichen Versteigerung halb Bolívar für zwanzig Pesos den Hektar gekauft. Manchmal sprach er davon, und das schlechte Gewissen raubte ihm den Schlaf. Die Soldaten haben alle Gringos in einen Güterzug gesteckt, erzählte er, und sie zur Hölle geschickt, irgendwo bei den Salzbergwerken von Carhué. Was wohl aus diesen Leuten geworden ist, sagte der Alte, der tief in seinem Innern schon angefangen hatte zu denken, daß er den Schuß in die Wirbelsäule wohl verdient hatte. Als wenn ich nicht wüßte, wie brutal man in diesem Land sein muß, um es zu etwas zu bringen. Die Kinder hatten ihn in einem Flügel des Hauses eingesperrt und gaben ihm soviel Morphium, wie er wollte, damit er aufhörte zu nerven. Ich liebe diesen Mann, schrieb Maggi, und wenn er mich in dir gesehen hat, dann weil ich in deinem Alter war, als ich anfing, dort zu verkehren. Ich habe mich mit ihm immer besser verstanden als mit seiner Tochter Esperancita, Gott hab sie selig. Manchmal holte ich ihn ab, damit er ein wenig Sonne tanken konnte, ich schob seinen Rollstuhl und der Alte sprach ganz ruhig, da drehte er sich plötzlich zu mir um, er war totenbleich, und sagte: Willige niemals ein, eine Rede auf einem Podium zu halten, auch wenn es der 25. Mai ist. Hörst du, Marcelo? Auch wenn es der 25. Mai ist und der englische Botschafter und die ganze Verwandtschaft da ist, tu es nicht, denn das ist die Gelegenheit für die Kerle, dir in die Wirbelsäule zu schießen. Ursprünglich hatte ich ihn im Auftrag der Partei während des zweiten Wahlbetruges besucht, wir wußten, daß er dabei war, seine Gesinnung zu ändern, und wir wollten sehen, ob er uns ein Dokument gegen den Betrug unterzeichnete, denn der Alte gehörte zu den Gründern der Unión Conservadora, als es zwischen Roca und Pellegrini zum Bruch kam, und er war Senator gewesen und genoß großes Ansehen. Der Alte unterzeichnete seelenruhig, und das, obwohl er ein Vetter von General Uriburu war. Aber mit diesen Papierchen kommen wir nicht weit, sagte er. Geheime Wahlen, daß ich nicht lache. Man muß die Arbeiter mit Waffen versorgen, kapiert ihr nicht? Diese Hosenscheißer muß man mit Schüssen vertreiben. Die Arbeiter, sagte er, auf wessen Seite stehen die? So fing ich an, ihn zu besuchen, und so habe ich Esperancita kennengelernt. Es war der Alte, der anfing, mir von Enrique Ossorio, seinem Großvater, zu erzählen, und er ließ mich in die Truhe mit dem Familienarchiv hineinschauen. Die Einsicht in die Papiere und die Liebschaft mit der Tochter kamen gleichzeitig. Ich weiß nicht, von was ich mich damals mehr angezogen fühlte, aber ich fand sie reizend und sie war sehr jung. So war's, ich bin anfangs dorthin gegangen, um mit dem Alten zu reden, und nach kurzer Zeit fing er an, die Geschichte von dem Selbstmörder, dem Verräter, dem Goldsucher auszugraben. Aber das ist ein anderer Teil der Geschichte, ich werde sie dir bei Gelegenheit erzählen, denn dabei, wer sagt's denn, wirst du mir helfen können, schrieb mir Maggi. Es stimmt, daß ich seit Jahren mit diesen Unterlagen arbeite, und manchmal denke ich, daß Don Luciano nicht stirbt, weil er darauf wartet, daß ich fertig werde, er will nicht enttäuscht werden. Klar, die anderen halten den Alten für verrückt, aber Enrique Ossorio haben auch alle für verrückt gehalten, sogar ich selbst, nebenbei bemerkt.

Ich soll also schmuggeln? Warum nicht? Schließlich verdankt dieses Land dem Schmuggel seine Unabhängigkeit. Alle hier in der Gegend tun das, es interessiert hier niemanden, aber ich schmuggele, wie du noch sehen wirst, ganz andere Illusionen.

Letzte Nacht habe ich zum Beispiel bis zum frühen Morgen mit Tardewski, meinem polnischen Freund, über einige Änderungen diskutiert, die man beim Schachspiel einführen könnte. Man muß ein Spiel entwickeln, sagte er, bei dem die Positionen nicht immer gleich bleiben, bei dem die Funktion der Figuren sich ändert, nachdem sie sich eine Weile am selben Platz befinden, so daß sie stärker oder schwächer werden. Bei den aktuellen Regeln, schreibt Maggi, entwickelt sich das nicht, es bleibt immer mit sich selbst identisch. Sinn hat nur das, sagt Tardewski, was sich ändert, was sich verwandelt.

Mit solch sinnbildlichen Diskussionen schlagen wir die freie Zeit in der Provinz tot, denn in der Provinz ist das Leben bekanntlich monoton. Herzlichst. Ich bin Professor Marcelo Maggi.

3 Wir schrieben uns über Monate hinweg. Es wäre unsinnig, alle Briefe hier wiederzugeben. Ich habe sie noch einmal gelesen und ich kann keinen eindeutigen Hinweis darin finden, daß ich hätte voraussehen können, was später passierte. Anfangs war alles wie ein Spiel: Er kehrte den Pädagogen heraus und hatte seinen Spaß dabei. Er erzählte ausführlich und ironisch von seinem Leben in der Provinz, er beschrieb mir haarklein seine Gespräche mit Tardewski, er fragte ohne übermäßige Begeisterung nach meinem Leben und meiner Situation und er führte eine Art friedfertige Polemik über meine Neigung, in seinem Leben nach irgendwelchen Hintergedanken zu suchen. Deine Briefe amüsieren mich, schrieb er, sie sind geradezu inquisitorisch, als gäbe es ein Geheimnis. Es gibt ein Geheimnis,

aber es ist unbedeutend. In meinem Alter habe ich gelernt, daß ich nichts zu verstecken brauche; ich will damit sagen, schrieb Maggi, ich habe gelernt, was ich immer schon wußte: Ich brauche mich nicht zu rechtfertigen. Ich schreibe dir also nicht, schrieb Maggi, weil ich inmitten dieser Trostlosigkeit etwas gutzumachen versuche, sondern ich schreibe dir, weil sich mit den Jahren die Erinnerungen wie ein Belag festgesetzt haben und die Vergangenheit für mich zu einem alten Krüppel geworden ist. Vielleicht brauche ich deswegen einen Zeugen, einen so leichtgläubigen Vertrauten wie dich, der mir nahesteht, kurzum, jemand, der mir aufmerksam aus der Ferne zuhört. Wie du siehst, versuche ich aufrichtig zu sein, schrieb mir Maggi aus Concordia, Provinz Entre Ríos.

Andererseits bemühte er sich mit schwindender Begeisterung, Einzelheiten zu dementieren oder richtigzustellen. Wo hast du diese Geschichte über die Coca her?, schrieb er zum Beispiel einmal. Sie liebte die Nacht über alles, aber sie hatte nichts Perverses. Sie hatte höchstens dieses Quäntchen an Perversion, das das Leben erträglicher macht, aber nicht mehr. Sie war glücklich, so wie sie war. Sie wollte nie ein Kind haben und sie bereute nichts von dem, was sie getan hatte. Wer nicht auf der Höhe seines Begehrens ist, pflegte Coca zu sagen, den kann die Welt einen Feigling nennen. Ich habe sie 33 kennengelernt, weil ich mich eine Weile in einem Nachtclub in Rosario versteckt hielt, der von einem Gesinnungsgenossen geführt wurde, der Polizeikommissar gewesen war. Die Coca arbeitete dort und sie hielt mich für einen komischen Kauz, in der Tat sah ich unfreiwillig aus wie ein Verschwörer von Dostojewski: sie dachte, ich sei ein Umstürzler, eine Art Mystiker oder Anarchist, und ich glaube, ich bin ihr deswegen aufgefallen. Ich verbrachte zwei Monate in einem kleinen Zimmer über dem Cabaret, las *Die Geschichte der Interventionen der Federales* von Sommariva und löste Kreuzworträtsel. Am frühen Morgen, wenn sie alle Kerle losgeworden war, kam die Coca zu mir, um Mate zu trinken, und ich erzählte ihr von Leandro Alem.

Manchmal machte Maggi ein paar Bemerkungen zu seiner

politischen Vergangenheit, aber immer seltener und irgendwie ohne Begeisterung. Keiner kann sich vorstellen, was für uns, die Radicales, das Jahr 45 war. Zu allem Überfluß verbrachte ich das beste der Soirée im Gefängnis, also kannst du dir denken, was geboten war. Ich bin 46 herausgekommen und das Land war so verändert, daß ich wie ein Spinner wirkte, eine Art Dandy der Generation der 80er, der gerade der Zeitmaschine entsprungen ist. Die Jungs trafen sich auf der Plaza und wir lauschten Balbín, der uns riet, tief in der Furche der argentinischen Hoffnung zu graben (der Mann hatte immer etwas für Metaphern aus der Landwirtschaft übrig). Als ich anfing, ein wenig zu verstehen, waren wir schon in einem anderen Zirkus mit Hauptmann Gandhi, der Junta Consultiva, Perón, dem flüchtigen Tyrannen, und der ganzen dazugehörigen Show.

Er war immer ausweichend, und wenn man einen Ort finden müßte, von dem man sagen könnte, daß er vorwegnahm, was später geschah, könnte man nur diese Art schwachen Abdruck finden. Ich bin überzeugt, daß uns nichts widerfährt, was wir nicht vorhergesehen haben, nichts, worauf wir nicht vorbereitet sind. Wir hatten schlechte Zeiten, wie alle Menschen, und man muß lernen, ohne Illusionen zu leben. Der Freund eines Freundes hatte einmal einen Unfall: Ein halb geistesgestörter Kerl hat ihn mit einem Messer angegriffen und ihn fast drei Stunden lang auf der Toilette einer Kneipe als Geisel festgehalten. Er verlangte, daß man ihm ein Auto und einen Paß gäbe und ihn nach Brasilien ausreisen ließe, sonst würde er ihn töten (den Freund meines Freundes). Der Verrückte zitterte wie ein Besessener, hielt ihm das Messer an die Kehle, und irgendwann zwang er ihn niederzuknien und das Vaterunser zu beten. Die Sache spitzte sich immer mehr zu, bis der Verrückte plötzlich zu sich kam, die Waffe fallen ließ und anfing, sich bei allen zu entschuldigen. Jedem gehen mal die Nerven durch, sagte er immer wieder. Der Freund meines Freundes kam taumelnd aus der Toilette, lehnte sich gegen die Wand und sagte: Endlich ist mir etwas passiert. Endlich ist mir etwas passiert, ist das nicht sensationell?, schrieb Maggi.

Aber über diese Nachrichten und über die parodistischen Polemiken hinaus, die wir hin und wieder entfachten, rückte in dem Briefwechsel zwischen mir und Maggi mehr und mehr seine Arbeit über Enrique Ossorio in den Mittelpunkt. Er arbeitete schon ein ganze Zeit an dem Buch und die Probleme, mit denen er konfrontiert wurde, kamen auch in den Briefen zur Sprache. Ich bin wie verloren in seiner Erinnerung, schrieb er, verloren in einem Urwald, wo ich versuche, mir einen Weg zu bahnen, um die Spuren dieses Lebens zwischen den Resten und den Zeugnissen und den unzähligen wuchernden Notizen – Maschinen des Vergessens – zu rekonstruieren. Ich erleide das klassische Unglück der Historiker, schrieb Maggi, auch wenn ich nur ein Amateur-Historiker bin. Das klassische Unglück, das darin besteht, daß ich mich dieser Dokumente bemächtigen wollte, um aus ihnen die Gewißheit eines Lebens herauszulesen, und feststellen muß, daß es die Dokumente sind, die sich meiner bemächtigt haben und mir ihren Rhythmus, ihre Chronologie und persönliche Wahrheit aufzwingen. Ich träume von diesem Mann, schrieb er. Ich sehe ihn wie auf einer Lithographie der damaligen Zeit: großherzig, verzweifelt, in den Augen der fiebrige Glanz, der ihm den Tod brachte. Er hat sich immer mehr in eine selbstmörderische Obsession hineingesteigert, die die ganze Wahrheit seiner Epoche einschloß. Man sagt, er sei ein Verräter gewesen, es gibt Menschen, die die Geschichte für den Verrat bestimmt, und er war einer davon. Aber er hat das immer gewußt, schrieb Maggi, er hat es von Anfang an und bis zum Schluß gewußt, als hätte er begriffen, daß dies sein Schicksal, seine Art, für das Land zu kämpfen, war.

Die Geschichte von Enrique Ossorio entfaltete sich für mich faktisch nach und nach, in Fragmenten, eingewoben in Marcelos Briefe. Denn er hat mir nie explizit gesagt: Ich will, daß du Kenntnis von dieser Geschichte bekommst, ich will, daß du weißt, welchen Sinn sie für mich hat und was ich damit vorhabe. Er hat es mir nie direkt gesagt, aber er hat es mich wissen lassen, als hätte er mich in gewissem Sinn zu seinem Erben ernannt, als hätte er vorausgesehen, was geschehen würde, oder es befürchtet. Jedenfalls habe ich aus Fragmenten das Leben von Enrique Ossorio rekonstruiert.

Sohn eines Oberst der Unabhängigkeitskriege, gehört Ossorio zu den Gründern eines literarischen Salons. Er studiert Jura und promoviert zusammen mit Alberdi, Vicente E. López, Frías und Carlos Tejedor. Auf der Universität interessiert er sich für Philosophie und besucht bei Pedro De Angelis Privatkurse über Vico und Hegel. Er ist so brillant, daß De Angelis ihn überredet, seine Studien in Paris fortzusetzen, und er empfiehlt ihn persönlich in einem Brief seinem Freund Jules Michelet. Im letzten Moment beschließt Ossorio aus ungeklärten Gründen, die Reise nicht anzutreten, und bleibt in Buenos Aires. Ende 1837 übernimmt er eine Stelle im privaten Sekretariat von Rosas und wird zu einem seiner Vertrauten. Mitte 1838 nimmt er Kontakt mit der geheimen Gruppierung auf, die die Verschwörung von Maza vorbereitet. Von seinem Büro aus unterhält Ossorio einen verschlüsselten Briefwechsel mit Félix Frías, der in Montevideo im Exil lebt und dem er geheime Informationen und Dokumente zukommen läßt. Als das Komplott entdeckt wird, verdächtigt ihn niemand, und er bleibt noch eine Weile in Rosas Nähe, bis er, ohne daß sein Leben wirklich in Gefahr gewesen wäre, beschließt zu fliehen und bei seiner Cousine Amparo Escalada unterzukriechen. Er lebt nahezu sechs Monate im Keller versteckt. Die Frau wird später einen Sohn von ihm bekommen, den Ossorio nie kennenlernt. 1842 fährt er über den Fluß nach Montevideo. Die Exilanten sind mißtrauisch, sie halten ihn für einen Doppelagenten. Vereinsamt und enttäuscht von der Politik geht er nach Brasilien und läßt sich in Rio Grande do Sul nieder, wo er mit einer Negersklavin zusammenlebt, sich dem Gedichteschreiben widmet und mit Syphilis ansteckt. Die Frau stirbt an Malaria, und Ossorio besteigt krank ein Schiff nach Chile. In Santiago bietet er Privatunterricht an und läßt auf seine Visitenkarten drucken: *Enrique Ossorio. Maître de philosophie.* Sein einziger Schüler ist ein Jesuitenpriester, der für Rosas arbeitet und ihn über die Aktivität der Exilanten informiert.

Zur selben Zeit bereitet Ossorio das Programm für eine *Enzyklopädie der Amerikanischen Ideen* vor, und er versucht, Sarmiento, Alberdi, Echeverria und Juan María Gutiérrez für die Mitarbeit zu gewinnen. Das Projekt scheitert und Ossorio wendet sich dem Journalismus zu. 1848 besteigt er, angesteckt vom Goldfieber, ein Schiff nach Kalifornien. Er streift durch San Francisco und die Wüsten von Sacramento, zusammen mit Vagabunden, Abenteurern, Huren und chilenischen und deutschen Bergmännern. In weniger als sechs Monaten gelingt es ihm, ein Vermögen zu scheffeln, und er verläßt Kalifornien, zuerst Richtung Boston, wo er Nathaniel Hawthorne besucht, der eine Schwester von Sarmientos Freundin Mary Mann geheiratet hat. Dann läßt er sich in New York nieder, entschlossen, sich (ausschließlich) der Literatur zu widmen. Er verbringt ganze Nächte eingeschlossen in einem Zimmer am East River und schreibt verschiedenste Texte (darunter einen utopischen Roman); zugleich beginnt er, eine umfangreiche Korrespondenz mit Rosas, De Angelis, Sarmiento, Alberdi und Urquiza zu führen, in der er sich selbst als Achse der künftigen nationalen Einheit darstellt. Die ersten Anzeichen der aufkeimenden Demenz. Eines Nachts provoziert er im Alkoholrausch einen Krach in einem Bordell in Harlem, bei dem eine Frau getötet wird. Auch wenn man ihm nicht nachweisen kann, daß er für dieses Verbrechen verantwortlich ist, wird er des Landes verwiesen und nach Chile geschickt. Er lebt zwei Monate in Copiapó, abgeschieden, allein, zermürbt von der Schlaflosigkeit und den Halluzinationen, inmitten fieberhafter Aktivität, denn er ist dabei, seine Papiere zu überarbeiten und sein persönliches Archiv zu ordnen. Eines Abends, nachdem er bis zum Sonnenuntergang am Hafen spazieren gegangen war, macht er sich auf den Weg zum Friedhof; auf dem Grab einer berühmten Schauspielerin liegend raucht er eine Zigarette und sieht zu, wie die Nacht hereinbricht. Dann schießt er sich in den Kopf. Zwei Monate später wird Rosas von Urquiza in Caseros geschlagen.

Maggi hatte die unveröffentlichten Dokumente in den Händen, die die Familie Ossorio fast hundert Jahre lang aufbewahrt hatte. Es sind die Papiere, die der Vater von Esperancita ihm übergab: Texte, Briefe, Berichte und ein *Tagebuch*, das Ossorio in Nordamerika führte. Sie hatten die Truhe seit der Regierungszeit von Mitre fest verschlossen gehalten, schrieb Maggi mir. Die Papiere waren zusammen mit dem Gold, das Ossorio sich in Kalifornien unter den Nagel gerissen hatte, aus Copiapó eingetroffen. Wir können sagen, die Geschichte der Familie teilt sich dort. Auf der einen Seite ist das Geld, mit dem man (wie Ossorio selbst ausrechnete) die Freiheit von fünftausend schwarzen Sklaven hätte erkaufen können, als würde es irgend jemandem einfallen, dieses Vermögen für einen solchen Zweck zu verwenden. Auf der anderen Seite die Truhe, die Papiere, die Zeugnisse der Niedertracht. Amparo, die Frau, erhielt beides zur gleichen Zeit. Untröstlich durch die Nachricht vom Selbstmord ihres Mannes, verblieb sie im Zustand ewiger Witwenschaft und heiratete nicht mehr. Wie man sich erzählt, strich sie wie ein Gespenst durch das Haus und schloß sich hin und wieder in dem Keller ein, wo Enrique Ossorio sie verführt und ihr Herz für immer gewonnen hatte, und las, was er während der Jahre im Exil geschrieben hatte. Im Grunde war sie es, die sich darum kümmerte, daß diese Dokumente erhalten blieben. Denn sie interessierten die Worte des Toten mehr als alles kalifornische Gold. Sie las diese Papiere, als wären es Spuren, die es ermöglichten, das Unglück seines Lebens zu verstehen und dort, in diesen Buchstaben, sah sie den ihr kaum noch erinnerlichen, aber ein Leben lang begehrten Körper des Selbstmörders. Was den Sohn anbetrifft, also Don Lucianos Vater, so wurde er faktisch der Erbe, und er legte das Vermögen gut und zur richtigen Zeit an. Er nützte die Gunst der Stunde im Land, als man mit Gold in der Hand und guten Beziehungen alles Land kaufen konnte, von dem man träumte. So gehörte der Großvater von Esperancita schon 1862 zu den mächtigsten Estanzieros unter den Männern, die die Präsidentschaftskandidatur von Mitre unterstützten. Wenn es nach ihm gegangen wäre, wären die Papiere seines Vaters verbrannt worden. Und wenn das nicht geschah, so nur, weil seine Mutter ihn überlebte, um das zu verhindern. Jedenfalls ließ der Mann die ganze Familie über derselben Truhe schwören, daß niemand diese Dokumente öffentlich bekannt machte, bevor nicht mindestens hundert Jahre vergangen sind. Und so kam es, schrieb Maggi mir, daß sie überdauerten und ich sie in die Hände bekam. Ich versuche, schrieb Maggi, diese Materialien zu nutzen, die wie die Kehrseite der Geschichte sind, und mich dabei an die Tatsachen zu halten, aber zugleich möchte ich den exemplarischen Charakter des Lebens dieser Art Rimbaud aufzeigen, der sich von den Prachtstraßen der Geschichte entfernt hat, um diese Geschichte um so besser zu bezeugen. Ich habe mit Schwierigkeiten verschiedenster Natur zu kämpfen. Fürs erste ist klar, daß es mir nicht darum geht, eine Biographie im klassischen Wortsinn zu schreiben. Ich versuche eher, die historische Bewegung zu zeigen, die in diesem so *exzentrischen* Leben eingeschlossen ist. Zum Beispiel: Treibt Ossorio nicht eine latente Tendenz in der Geschichte der Bildung einer autonomen intellektuellen Gruppe in der Regierungszeit von Rosas auf die Spitze? Sind seine Schriften nicht die Kehrseite von Sarmientos Werk? Es gibt außerdem noch einige ungeklärte Fragen. War er wirklich ein Verräter? Das heißt, war er immer Rosas verbunden? Ich habe verschiedene Hypothesen, die zugleich verschiedene Formen darstellen, das Material zusammenzufügen und den Stoff anzuordnen. Es ist vor allem notwendig, die *Evolution* wiederzugeben, die Ossorios Existenz definiert, diesen Sinn, der so schwer zu erfassen ist. *Scheinbar* gegenläufig zur historischen Bewegung. Es gibt ein Übermaß, einen utopischen Rest in seinem Leben. Doch, schrieb Ossorio selbst (schreibt Maggi mir), was ist das Exil anderes als eine Form der Utopie? Der Verbannte ist der utopische Mensch schlechthin, schrieb Ossorio, schreibt Maggi mir, er lebt in ständiger Sehnsucht nach der Zukunft.

Ich bin mir im übrigen sicher, die einzige Möglichkeit, diese Ordnung zu erfassen, die sein Schicksal bestimmt, besteht darin, die Chronologie zu verändern: Man muß bei dem Delirium am Ende anfangen und dann zu dem Moment vordringen, in dem Ossorio zusammen mit den anderen Mitgliedern der romantischen Generation an dem Entwurf der Prinzipien dessen, was wir nationale Kultur nennen, mitwirkt. Vielleicht kann man auf diese Weise, durch diese Inversion, erfassen, was sich in den Mißgeschicken dieses Mannes ausdrückt. Dieses Leben muß also (schien Maggi mir sagen zu wollen) vom Selbstmord aus geschrieben werden, und am Anfang des Buches müssen diese Zeilen stehen, die Ossorio schrieb, bevor er sich umbrachte. Hören Sie: Mit dem Tod in mir habe ich meine Erfahrungen. Ein hassenswerter, überaus gefährlicher Weg, der Weg der Einsamkeit. An all meine Landsleute und Anhänger des Vaterlandes: Ich habe an diesem Krieg nur aus meiner eigenen Überzeugung teilgenommen. Werden wir für immer von unserer Heimat getrennt sein? Sogar die Echos der Sprache meiner Mutter verklingen in mir. Das Exil ist wie eine lange Schlaflosigkeit. Ich weiß, daß außer mir niemand auf der ganzen Welt an mich glaubt. Es werden noch viele Treuebrüche entdeckt werden. Oh, ihr Treulosen! Leb wohl, Bruder. Ich möchte in der Stadt Buenos Aires beerdigt werden, das ist der größte Wunsch, den zu erfüllen ich Sie ersuche; ich bitte Sie bei unserer Nationalfahne. *Verlieren Sie nicht die Leidenschaft, denn die Leidenschaft ist die einzige Bindung an die Wahrheit, die wir haben.* Respektieren Sie meine gebührend geordneten Schriften, die ich wie folgt benenne: Meine Annalen. Wer wird diese Geschichte schreiben? Welche Schande auch immer über mich kommen wird, ich bestehe auf meiner Verzweiflung und meiner Anständigkeit. Mir gefällt nach wie vor die Losung, die Ihrer Unterschrift vorangeht, erlauben Sie mir, daß ich sie übernehme: Vaterland und Freiheit. Ich muß Euch duzen, Juan Bautista, mit Verlaub, dieses eine Mal. Der deinige. Dein Kamerad Enrique Ossorio, der sterben wird.

4 Wegen der Hitze habe ich fast die ganze Nacht kein Auge zugetan und jetzt sitze ich am Fenster und halte mein Gesicht in die kühle Luft: Das Licht der Morgendämmerung schimmert, ganz schwach, und man sieht gegenüber den Fluß

zwischen den Weiden entlangfließen; manchmal steigt das Wasser und reißt alles mit sich fort. Die Leute hier lernen, an den Ufern des Unglücks zu leben. Die Touristen nennen dieses Elend Lokalkolorit. Grenzorte sind anscheinend pittoresk. Tardewski sagt, die Natur existiert nur noch in Träumen. Die Natur, sagt er, macht sich nur noch in Form von Katastrophen bemerkbar oder sie offenbart sich in der Lyrik. Alles, was uns umgibt, sagt er, ist künstlich. Es trägt die Zeichen des Menschen. Und welch andere Landschaft verdient es, bewundert zu werden? Ich dachte neulich darüber nach, bevor ich anfing, dir zu schreiben. Verschiedene Komplikationen, die man im Brief nur schwer erklären kann, machen mich glauben, daß du eine Zeitlang keine Nachricht von mir erhalten wirst. Der Briefwechsel ist im Grunde genommen ein anachronistisches Genre, eine Art verspätetes Erbe aus dem achtzehnten Jahrhundert. Die Menschen, die zu jener Zeit lebten, glaubten noch an die reine Wahrheit des geschriebenen Wortes. Und wir? Die Zeiten haben sich geändert, die Worte gehen immer leichter verloren, man kann sie in den Fluten der Geschichte schwimmen, untergehen und wieder auftauchen sehen, verfangen im Kamelottgras in der Strömung. Wir werden schon einen Weg finden, uns zu treffen.

Einige unerwartete Zwischenfälle haben mich gezwungen, meine Pläne zu ändern. Auf alle Fälle hätte ich gern, daß du mich irgendwann besuchen kommst. Die näheren Umstände werde ich dir mitteilen. Könntest du mir den Gefallen tun, Don Luciano Ossorio zu besuchen und ihn von mir zu grüßen? Ich weiß nicht, ob ich es schaffe, ihm zu schreiben. Ich habe dir mehr als einmal, zweifellos auf allzu emphatische oder komische Weise, gesagt, daß es für mich die Geschichte ist, die diese Komplotte schmiedet. Wir dürfen aber andererseits dem Widerstand des Realen oder seiner Undurchsichtigkeit nicht mißtrauen. Die Taube, die den Luftwiderstand spürt, sagt mein Freund Tardewski, Kant zitierend, die Taube, die den Luftwiderstand spürt, denkt, sie könne im Vakuum besser fliegen.

Auf dem Webstuhl dieser trügerischen Illusionen entstehen unsere Mißgeschicke. Herzlichst: Marcelo Maggi.

Vor einer Weile erhielt ich deinen Brief. Punkt eins: Natürlich werde ich kommen, wann immer du willst. Punkt zwei: Was hat der Hinweis zu bedeuten, daß ich eine Zeitlang keine Nachricht mehr von dir erhalten werde? Ich möchte klarstellen, daß du nicht verpflichtet bist, mir zu einem bestimmten Datum zu schreiben oder mir postwendend zu antworten oder so etwas. Ich denke nicht, daß es darum geht, sich einen Brief nach dem anderen zuzuspielen, wir sind ja nicht beim Billard. Und man sollte einen Briefwechsel auch nicht mit einem Schuldschein verwechseln, obwohl sie natürlich etwas gemeinsam haben: Briefe sind wie Wechsel, die man bekommt und schuldet. Man hat immer Gewissensbisse wegen irgendeinem Freund, dem man einen Brief schuldig ist, und nicht immer entschädigt einen die Freude, Briefe zu bekommen, für die Verpflichtung, sie zu beantworten. Andererseits ist der Briefwechsel ein perverses Genre: es bedarf der Distanz und der Abwesenheit, um zu gedeihen. Nur in Briefromanen schreiben sich die Leute, obwohl sie einander nah sind, sie schicken sich sogar Briefe, wenn sie unter ein und demselben Dach leben, anstatt miteinander zu reden, der Rhetorik des Genres unterworfen, das nebenbei bemerkt vom Telefon abgelöst wurde (ich meine den Briefwechsel), wodurch es endgültig anachronistisch wurde (man kann sagen, mit Hemingway vollzog sich der Übergang vom Brief- zum Telefonroman, nicht weil in seinen Geschichten viel telefoniert wird, sondern weil die Gespräche, obwohl sich die Personen zum Beispiel in der Bar oder im Bett gegenübersitzen, immer den trockenen, abgehackten Stil von Dialogen am Telefon haben, diese Art und Weise immer wieder den Kontakt herzustellen, die der Linguist Roman Jakobson – das sage ich nur, um mein universitäres Wissen anzubringen und nebenbei die herrschende Wissenschaft unserer Zeit der anachronistischen Kunstfertigkeit dieser von dir praktizierten Disziplin gegenüberzustellen, die nun ihren Niedergang erlebt nach ihrer Blütezeit im neunzehnten Jahrhundert, als sie mit Hegel zum weltlichen Ersatz der Religion wurde, und an dieser Stelle schließen wir die Klammer, die unsere kleine linguistische und historische Digression markiert – als die phatische Funktion der Sprache bezeichnet, und die man im Falle Hemingways mehr oder weniger folgendermaßen wiedergeben kann: Geht es dir gut? Ja. Und dir? Gut, sehr gut. Ein Bier? Wäre nicht schlecht. Eisgekühlt? Wie? Das Bier, eisgekühlt? Ja, eisgekühlt. Und so weiter und so fort. Das Genre des Briefromans ist veraltet und trotzdem muß ich dir gestehen, daß es ein Traum meines Lebens ist, einmal einen Roman zu schreiben, der aus Briefen besteht. Jetzt, wo ich darüber nachdenke, fällt mir auf, daß es in der argentinischen Literatur eigentlich keine Briefromane gibt, das hängt natürlich damit zusammen (um eine deiner Theorien zu bestätigen, die du in dem eher melancholischen Brief andeutest, den ich kürzlich erhielt), daß wir in Argentinien kein achtzehntes Jahrhundert hatten. Wie dem auch sei, abgesehen von diesem Traum, eines Tages einen Roman zu schreiben, der aus Briefen besteht, muß ich, wenn die Schwüle in Buenos Aires mich nicht schlafen läßt, an all die Briefe denken, die ich wohl in meinem Leben geschrieben habe und die, könnte ich sie alle hintereinander weg lesen, voll sein müssen von den Plänen, Träumen und verschiedenen Nachrichten über diesen Anderen, der ich in jenen Jahren war, als ich sie schrieb. Was kann man sich für ein besseres Modell für eine Autobiographie vorstellen als die Gesamtheit der Briefe, die man in unterschiedlichen Situationen und Gemütsverfassungen geschrieben und an diverse Adressaten, Frauen, Verwandte, alte Freunde, geschickt hat? Aber man könnte auch durchaus denken, was findet man denn in all diesen Briefen? Oder zumindest, was könnte ich darin finden? Veränderungen in meiner Handschrift, vor allem, aber auch Veränderungen meines Stils und der Art und Weise, wie ich die Schriftsprache benutze. Und was ist die Biographie eines Schriftstellers letztlich anderes als die Geschichte der Veränderungen seines Stiles? Was kann man, außer diesen Wandlungen, am Ende dieses Weges finden? Ich glaube beispielsweise nicht, daß man in diesen Briefen wertvolle Erfahrungen findet. Zweifellos kann man hier und da Ereignisse finden oder sich an sie erinnern, Kleinigkeiten, sogar Leidenschaften seines Lebens, die man vergessen hat, Details, aber nichts weiter. Im Grunde kann uns, wie dieser Freund von dir treffend sagte, nichts Außergewöhnliches passieren, nichts, was es wert wäre, erzählt zu werden. Was ich eigentlich sagen will, ist, es passiert uns wirklich nichts. Alle Ereignisse, die man von sich selbst erzählen kann, sind nichts als Wahnvorstellungen. Denn was kann man letztlich mehr im Leben *haben*, außer zwei oder drei Erfahrungen? Zwei oder drei Erfahrungen, nicht mehr (manchmal sogar nicht einmal das). Es gibt keine Erfahrung mehr (gab es sie im neunzehnten Jahrhundert?), es gibt nur Illusionen. Wir alle erfinden verschiedene Geschichten (im Grunde ist es immer ein und dieselbe), um uns vorzustellen, daß wir Erfahrungen gemacht haben oder daß uns im Leben etwas widerfahren ist, das einen Sinn hat. Aber kann jemand garantieren, daß die Abfolge der Erzählung der des Lebens entspricht? Wir sind aus diesen Illusionen gemacht, mein Lehrmeister, das wissen Sie besser als ich. Ich denke zum Beispiel immer wehmütig an meine Studentenzeit zurück. Ich lebte allein in einer Pension in La Plata, zum ersten Mal in meinem Leben allein; ich war 18 und ich hatte das Gefühl, ein Abenteuer würde auf das andere folgen. Und bei mir folgte in jener Zeit ein Abenteuer auf das andere (zumindest hielt ich es dafür). Nicht nur mit Frauen, obwohl es bei mir damals recht gut lief (das hatte nichts mit besonderer Tugend oder meinen Verführungskünsten zu tun, in den Geisteswissenschaften kamen ungefähr 38 Frauen auf einen Kerl, wer also dort nicht zu landen vermochte, konnte sicher sein, daß er, ohne es zu wissen, an einer besonderen Form von Aussatz leiden mußte, die nur die Frauen bemerkten). Wie gesagt, nicht nur mit Frauen, es passierten auch sonst viele Dinge. Ich war *verfügbar*, darin bestand das faszinierende Gefühl, mitten im Abenteuer zu leben. Ich konnte mitten in der Nacht aufstehen oder am Nachmittag das Haus verlassen, einen Zug besteigen, irgendwo aussteigen, in ein unbekanntes Dorf gehen, die Nacht in einem Hotel verbringen, unter Fremden, Handelsreisenden, Mördern, zu Abend essen, durch leere Straßen schlendern, ohne Geschichte, eine anonyme Gestalt, ein Fremdling, der die Abenteuer, die um ihn herum ihren Lauf nahmen, beobachtete oder sie sich vorstellte. Das war für mich damals die faszinierende Möglichkeit des Abenteuers. Jetzt merke ich, daß für die Muttersöhnchen, kaum haben sie das Haus verlassen, die Wirklichkeit augenblicklich zu einer Art sinnbildlicher Repräsentation dessen wird, was beispielsweise für Hermann Mellville die Jagd nach Walen im weißen Meer war. Die Kneipen sind unsere Walfänger, was zugleich etwas Komisches und Pathetisches hat. Zu allem Überfluß war ich damals davon überzeugt, daß ich ein großer Schriftsteller werden würde. Früher oder später, dachte ich, wird aus dir ein großer Schriftsteller; aber zuerst, dachte ich, mußt du Abenteuer erleben. Und ich dachte des weiteren, daß alles, was mir passieren würde, jeder Blödsinn, alles würde dazu dienen, diesen Grundstock an Erfahrungen zu schaffen, auf dem die großen Schriftsteller, so nahm ich an, ihre Werke schufen. In jener Zeit, mit achtzehn oder neunzehn, dachte ich, daß ich mit fünfunddreißig alle Erfahrungen gemacht und vielleicht schon ein Werk fertig hätte, ein so mannigfaltiges Werk und von solcher Qualität, daß ich es mir leisten könnte, vier oder fünf Monate nach Paris zu gehen, um mich in das pralle Leben zu stürzen (ich glaube, das war für mich das spektakulärste Vorbild des Triumphes). Mit fünfunddreißig nach Paris kommen, gesättigt von Erfahrungen und mit einem fertigen Werk in der Tasche, und die Boulevards entlang flanieren, wie man es von einem coolen Typen, der alle Erfahrungen schon gemacht hat, erwartet. Davon träumte ich mit achtzehn, und du siehst, jetzt bin ich über dreißig, habe ein Buch geschrieben, das mir immer weniger gefällt, das wäre ja völlig unbedeutend, wenn ich nicht seit mehr als einem Jahr überhaupt nicht mehr schreiben könnte, ich will damit sagen, alles was ich schreibe, halte ich für Mist. Das bringt mich zur Verzweiflung, ich will offen zu dir sein: Mein gegenwärtiges Leben, um in den Tenor deines letzten Schreibens einzustimmen, erscheint mir ziemlich schwachsinnig, wenn ich plötzlich, fast ohne es zu wollen, darüber nachdenke. Ich gehe zur Zeitung, um Mist zu schreiben (Mist über Literatur, um so schlimmer) und dann komme ich hierher und schließe mich ein, um zu schreiben, aber nach einer Weile überrasche ich mich dabei, wie ich Striche, Kreise, Figuren male, Bildchen, die wie der Plan meiner Seele aussehen, oder ich schreibe Dinge, die ich am nächsten Tag nicht einmal mit den Fingerspitzen berühren kann, ohne daß mir übel wird. Heute, wie du siehst, habe ich mich statt dessen seit mehr als zwei Stunden hingesetzt, um dir das zu schreiben, was anscheinend kein Ende nimmt, als wäre das für mich die Art und Weise, diesen rätselhaften Abschied, der dein letzter Brief war, zu beantworten (oder zu kompensieren). Ich verfasse also diese nichtendenwollenden Seiten, damit du, my uncle Marcel, der du von so weit her kommst, von einem vergangenen Ort, einer so fernen Zeit meines Lebens, daß dein (briefliches) Wiedererscheinen in diesen Monaten der reinste Triumph der Fiktion war, den ich vorzuweisen habe (um nicht zu sagen der einzige). Ich komme also, zusammenfassend, mit schwindelerregender Langsamkeit bei dieser Art Roman vorwärts, den ich zu schreiben versuche. Ich höre eine Musik und kann sie nicht spielen, sagte, ich glaube, es war Coleman Hawkins. Ich höre eine Musik und kann sie nicht spielen, ich kenne keine bessere Synthese des Zustandes, in dem ich mich befinde. Ich weiß sehr wohl, worum es geht, man kann sagen, daß ich in einem gewissen Sinne manchmal diese Musik höre, aber wenn ich zu schreiben anfange, kommt immer nur ungebrannter Ton dabei heraus, in dem kein Klang sich ankündigt. Gestern, als die Sache zu mühselig wurde, bin ich in den frühen Morgenstunden runter auf die Straße gegangen und ich habe eine Weile ein paar Kerlen vom Kanalbau (oder von den staatlichen Gasbetrieben) bei der Arbeit zugesehen, die mitten in der Nacht einen Tunnel aushoben; die Kerle waren damit beschäftigt, diesen Tunnel zu graben, und ich ging hinüber zu Ramos und bestellte ein Bier und einen doppelten Gin, denn diese Mischung empfiehlt Dickens denen, die kurz davor sind, sich umzubringen. Ich hatte nicht etwa vor, mich umzubringen oder ähnliches, mir gefiel nur die Vorstellung oder der Gedanke, daß ich ein Selbstmörder war, der zu früher Stunde durch die Stadt spaziert (oder besser gesagt schleicht), während ein paar Kerle mitten in der Nacht im Licht gelber Scheinwerfer einen Tunnel graben; all das erschien mir (wie damals mit achtzehn) wie ein Abenteuer. War das kein Abenteuer? Eines von den Abenteuern, die ich, ohne sie zu suchen, mit achtzehn hatte? Waren meine Abenteuer zu dieser Trostlosigkeit verkommen? Da betrat ich die Kneipe, die um diese Uhrzeit fast leer war, bis auf einen Tisch, an dem ein paar mehr oder weniger betrunkene Kerle in Begleitung von Damen aus dem Rotlichtviertel saßen. Es handelte sich offensichtlich um ein kleines privates Fest. Einer von ihnen, mausgrau gefärbtes Haar, Zweireiher und lavalliere Krawatte, war aufgestanden und mußte sich mit einer Hand an der Stuhllehne festhalten, um die Würde zu wahren, er erhob das Glas, um eine Rede zu halten oder auf eine der anwesenden Damen (Mademoiselle Giselle) einen Toast auszubringen, die offensichtlich an diesem Abend ihren Geburtstag oder einen ähnlichen Jahrestag feierte. »Ich erhebe mein Glas«, sagte der Betrunkene, »und trinke auf die Blume, die diese petit fête schmückt, die schöne Mademoiselle Giselle, weil in ihr die Lenze, die einander folgten, die Lenze sich vereinen, einer nach dem anderen vereinen sich die Lenze (er sprach fast in Versform), um die duftenden Jahre ihres Lebens zu einem Rosenstrauß zu machen. Ich stoße auf sie an«, sagte der Betrunkene, »und nicht auf uns oder auf mich, für die die Jahre wie die Ankündigung des Todes sind, wie das Schwert des Temistokles, das über unseren Herzen hängt.« (Er sagte das Schwert des Temistokles, ist das nicht wunderbar?) Daraufhin applaudierten die betrunkenen Herren und die Damen, und Mademoiselle Giselle beugte ihren in Atlas gehüllten Körper über den Tisch, um ihn zu umarmen, und sagte zu ihm »Danke, Marquitos. Danke, mein Lieber, ich bin so gerührt, du bist der Künstler, den wir Mädchen immer lieben werden.« Sie gab ihm einen Kuß, alle waren ganz gerührt, und Giselle setzte sich wieder, aber Marquitos blieb stehen, er hielt sich äußerst würdevoll an der Stuhllehne fest, um nicht allzu offensichtlich zu schwanken, und dann fing er noch einmal mit derselben Rede an. »Ich erhebe noch einmal mein Glas«, sagte er. »Ich erhebe mein Glas, weil auch ich heute nacht tief gerührt bin«, er fuhr sich mit dem Handrücken über die Augen, »tief gerührt und ich trinke«, sagte Marquitos, »auf die Damen und die hier anwesenden Freunde und ganz besonders«, sagte er und hielt einen Moment inne, »ganz besonders.« Ganz besonders nett wäre es, wenn du zum Ende kommen würdest, mach Schluß, sagte einer der Kerle und Marcos drehte sich ganz langsam um, zu Mademoiselle Giselle gewandt machte er eine leichte Verbeugung und setzte sich vorsichtig wieder an den Tisch, auch er wie ein unverstandener Künstler, der eine Musik hört und sie nicht spielen kann, während ich dem Rat des englischen Romanciers Charles Dickens folgend mein Bier mit Gin austrank, und in diesem Moment, mit den draußen unter dem gelben Scheinwerfer weitergrabenden Kerlen, fiel mir das Bild von Frans Hals ein: *Wenn ich selbst der düstere Winter wäre.* Und jetzt sollte ich bis zum Morgengrauen weiter an dich schreiben, einen Brief, der die ganze Nacht dauert, um Gesellschaft zu haben; bis zum Morgengrauen schreiben, damit ich danach auf die Straße hinausgehen und nachsehen kann, ob Marquitos immer noch im Ramos auf Mademoiselle Giselle Trinksprüche ausbringt, obwohl über seinem Herz die Bedrohung durch das schreckliche Schwert des Temistokles schwebt. Ich grüße dich ganz herzlich, Marcel, und warte, von dir zu hören.

Emilio

P.S. Ich werde natürlich versuchen, Luciano Ossorio aufzusuchen. Ich werde dir darüber berichten und über meine Reise nach Concordia (sobald du mir mitgeteilt hast, wie ich dich finden kann).

II

1 »Sie können mich Senator nennen«, sagte der Senator. »Oder Ex-Senator. Sie können mich Ex-Senator nennen«, sagte der Ex-Senator. »Ich bekleidete das Amt zwischen 1912 und 1916, ich wurde durch das Gesetz Sáenz Peña gewählt und zu jener Zeit war das Amt mehr oder weniger auf Lebenszeit, also müßten Sie mich eigentlich Senator nennen«, sagte der Senator. »Aber angesichts der aktuellen Situation wäre es vielleicht vorzuziehen und nicht nur vorzuziehen, sondern es würde auch mehr den Tatsachen und dem allgemeinen Sinn der argentinischen Geschichte entsprechen, daß Sie mich Ex-Senator nennen«, sagte der Ex-Senator. »Denn offen gestanden, was ist ein Senator anderes als jemand, der Gesetze macht und Reden hält? Und was ist er, wenn er keine Gesetze macht? Wenn er keine Gesetze macht, wird er automatisch zum Ex-Senator. Wenn aber jemand von diesem Amt oder besser gesagt dieser Funktion die Besonderheit des Redenhaltens beibehält, auch wenn ihm niemand zuhört und niemand ihm widerspricht, dann ist man in einem gewissen Sinne immer noch Senator. Deswegen ziehe ich es vor, daß Sie mich Senator nennen«, sagte der Senator.

»Denken Sie nicht, daß dahinter Boshaftigkeit oder Ironie oder ein Hintergedanke steckt, der mit der Mode zu tun hat, die in diesem Land in den Zwanzigern aufkam, vor allem mit dem Dichter Leopoldo Lugones. Denn worin besteht diese Mode oder Besonderheit? Sie besteht darin, diejenigen zu verachten, die Reden halten, die die Sprache benutzen. Sie besteht darin, Reden zu verfassen, um jenen Auserwählten das Vermögen absprechen, mit Worten die Wahrheiten ihrer Zeit ausdrücken zu können. Es hieß damals«, sagte der Senator, »daß es sich nur um leere, hohle Worte handele, und daß die einzige respektable Herrschaft die der Tatsachen sei. In gewissem Sinn bin ich damit einverstanden, solange wir dabei berücksichtigen, um welche Tatsachen es geht. Ein Beispiel: Es gibt Millionen von Menschen, die keinen Zugang zum Wort haben, das heißt, sie haben nicht die Möglichkeit, ihre Vorstellungen öffentlich in einer Rede auszudrücken, die gehört und mitstenographiert wird. Andererseits gibt es die, die handeln, sie sind vor den Worten da, denn der Diskurs des Handelns wird mit dem Körper gesprochen. Der Diskurs des Handelns«, sagte der Senator, »wird mit dem Körper gesprochen. Wie Sie sehen, bin ich gelähmt. Seit fast fünfzig Jahren sitze ich in diesem Stuhl. Also, in meinem Fall: Wen könnte ich repräsentieren? Wen außer mir selbst? Und doch«, sagte er, »war es nicht ganz so. Es stimmt«, sagte er, »wenn ich Reden halte, dann tue ich das, weil ich allein bin und auf diesem Gerät durch das Zimmer rolle und spreche, denn das ist für mich die einzige Möglichkeit zu denken. Die Worte sind alles, was mir geblieben ist. Ich würde sogar noch weiter gehen«, sagte der Senator, »die Worte sind meine einzige Aktivität. Folglich kann man also sagen, daß ich nicht für repräsentativ gehalten werden kann, da alle anderen Funktionen gelähmt sind, die mir helfen könnten, meine Worte mit dem Körper zu stützen.«

»Nun«, sagte er dann, »sie haben mich nicht zu Marcelo gelassen, als er im Gefängnis war. Ich habe sogar den Verdacht, daß er selbst mich nicht sehen wollte. Er ließ mir ausrichten, er sähe im Moment keinen Grund, warum man aus ihm einen Märtyrer machen sollte. Ich studiere und denke und mache Gymnastik, ließ er mir ausrichten«, gab der Senator wieder, was Marcelo gesagt hatte. »Ich habe einen Piemonteser getroffen, Cosme, einen Anarchisten der ersten Stunde, der mir beibringt, wie man *bagna cauda* zubereitet. Sonst spiele ich mit den Jungs aus der Abteilung Karten, wir organisieren ein Turnier, und es geht mir nicht schlecht. Ich habe keinen Grund, den Märtyrer zu spielen, ließ er mir ausrichten. Es fehlen die Frauen, das schon, aber dafür gibt es regen intellektuellen Austausch. Man kann sagen, er hat das Gefängnis akzeptiert«, sagte der Senator. »Ich habe damals zu ihm gesagt«, sagte er, »man muß abwarten, bis der Sturm vorüber ist. Und so, wie es aussieht, dauert das eine ganze Weile. Ich kenne sie, habe ich zu ihm gesagt, ich kenne sie gut: sie sind gekommen, um zu bleiben. Glaub nicht ein Wort von dem, was sie sagen. Es sind Zyniker, sie lügen. Sie sind Söhne und Enkel und Urenkel von Mördern. Sie sind stolz darauf, dieser Sippe von Kriminellen anzugehören, und wer ihnen auch nur ein Wort glaubt, habe ich zu ihm gesagt«, sagte der Senator, »wer ihnen auch nur ein Wort glaubt, der ist verloren. Aber was tat er? Er wollte sich die Dinge aus der Nähe ansehen, und sie schnappten ihn sofort. Was gab es für einen besseren Ort sich zu verstecken als mein Haus?« sagte der Senator. »Aber nein. Er ging hinaus auf die Straße und landete im Gefängnis. Das hat ihn kaputtgemacht. Er ist enttäuscht herausgekommen. Haben Sie nicht den Eindruck, daß er enttäuscht ist? Ich war in jenen Nächten, in denen das Land vor die Hunde ging, zu der Überzeugung gelangt, daß man lernen mußte, durchzuhalten.« Er sagte, er sei keineswegs optimistisch, es handele sich vielmehr um eine Überzeugung. »Hat er durchgehalten?« sagte der Senator. »Glauben Sie, daß er durchgehalten hat? Ich schon«, sagte er. »Hier bin ich«, sagte er, »eingeschränkt, fast ein Leichnam, aber ich halte durch. Ich werde doch nicht der Letzte sein? Von draußen erreichen mich Nachrichten, Botschaften, aber manchmal denke ich: Bin ich nicht vollkommen allein zurückgeblieben? Hier kommen sie nicht hinein. Erstens, weil ich kaum schlafe und sie kommen hören würde. Zweitens, weil ich ein Überwachungssystem entwickelt habe, über das ich keine Einzelheiten verraten kann.« Er hätte, sagte er, Botschaften, Briefe, Telegramme erhalten. »Ich erhalte Botschaften. Verschlüsselte Briefe. Einige werden abgefangen. Andere kommen an: es sind anonyme Drohungen. Briefe von Arocena, um mir Angst einzujagen. Arocena ist der einzige, der mir schreibt. Um mich zu bedrohen, mich zu beleidigen, sich über mich lustig zu machen; seine Briefe kommen durch, sie überspringen mein Überwachungssystem. Bei den anderen ist es schwieriger. Einige werden abgefangen. Ich bin auf dem laufenden«, sagte er. »Trotz allem bin ich auf dem laufenden.« Als er Senator war, sagte er, hätte er auch welche bekommen. »Was ist ein Senator? Jemand, der die Botschaften des souveränen Volkes erhält und interpretiert.« Er war sich jetzt nicht mehr sicher, ob er sie wirklich bekam oder erfand. »Diese Briefe, erfinde, träume ich sie? Sie sind nicht an mich gerichtet. Manchmal bin ich nicht sicher, ob ich sie nicht selbst diktiere. Jedenfalls«, sagte er, »liegen sie da, auf dem Möbel, sehen Sie? Dieses Bündel Briefe da«, sah ich sie? »Rühren Sie sie nicht an«, sagte er zu mir, »da ist jemand, der die eingehenden Botschaften abfängt. Ein Techniker«, sagte er, »ein Mann namens Arocena. Francisco José Arocena. Er liest Briefe. Genau wie ich. Er liest Briefe, die nicht an ihn gerichtet sind. Wie ich versucht er sie zu entschlüsseln. Wie ich«, sagte er, »versucht er die geheime Botschaft der Geschichte zu entschlüsseln.«

Dann sagte er, daß er vom Grunde der Müdigkeit, die auf ihm laste, das Vaterland um diese Idee anflehe, von der sie ihm immer gesagt hatten, daß er sie nicht gebären könne, weil es sich »offen gestanden«, sagte der Senator, »nicht um eine Idee handelte, die ein einzelner gebären konnte. Nun, ich bin allein, isoliert, und trotzdem *versuche* ich sie zu ersinnen, ich versuche es und wenn ich mich ihr annähere, *weiß* ich, um was es geht, es ist wie eine kontinuierliche Linie, eine Art Stimme aus der Kolonialzeit, und wer sie hört und entziffert, kann dieses Chaos zu einem durchscheinenden Kristall machen. Andererseits habe ich etwas begriffen: Diese, nennen wir es die kontinuierliche Linie, der Grund, der diese Unordnung erklärt, die seit mehr als hundert Jahren herrscht, diesen Sinn«, sagte der Senator, »kann man in einen *einzigen* Satz fassen. Nicht in ein einziges Wort, denn es ist kein Zauberwerk, aber in einen einzigen Satz, der, ist er erst einmal formuliert, allen die Wahrheit über dieses Land eröffnen wird. Ich kann Ihnen nicht sagen, wie viele Worte dieser Satz haben wird. Das kann ich nicht. Ich weiß es nicht. Aber ich weiß«, sagte der Senator, »daß es sich um einen einzigen Satz handelt. So als würde man sagen: die unendliche Bewegung, der Punkt, der alles überschreitet, der Ruhepunkt, das unmeßbare Unendliche, unteilbar und grenzenlos. Es ist nicht dieser Satz. Das ist nur ein Beispiel, um Ihnen deutlich zu machen, daß man nicht unbedingt viele Worte braucht. Merken Sie, wie nah ich dem Ganzen schon gekommen bin, bis zu welchem Punkt ich schon weiß, um was es geht? Aber ich kann diese Idee trotzdem nicht gebären, ich schaffe es einfach nicht, obwohl ich nur dafür da bin und nur deswegen weiterlebe, nur deswegen sterbe ich nicht. Ich habe nur eine einzige Befürchtung«, sagte der Senator. Er fürchte durch die mit den Jahren zunehmende Lähmung zu einem bestimmten Zeitpunkt das Sprechvermögen zu verlieren. Das, sagte er, wäre seine schlimmste Befürchtung. »Sie gebären und nicht mehr aussprechen zu können.«

»Was bin ich?« sagte der Senator dann. »Was sehen Sie, wenn Sie mich ansehen? Sie sehen den untätigen Überlebenden eines ziemlich patriotischen Lebens, einen beidseitig gelähmten Krüppel, der *ausharrt.* Ein Jockey feuerte am 25. Mai 1931 eine Kugel auf mich ab, um eine Ungerechtigkeit zu rächen«, sagte der Senator. »Jetzt lebe ich weiter und mein Schlaf ist so nah am Wachzustand, daß man kaum von Träumen reden kann. Ist nicht alles an mir das Zeichen einer brutalen Verwirklichung des Todes? Und dennoch«, sagte er. »Und *dennoch.*« Er wippte in seinem Rollstuhl hin und her, das Geiergesicht erleuchtet vom seidigen Glanz der Droge. »Ich habe diese Mission, unter anderem«, sagte er. »Sehen Sie? Auf dem Möbel. Warum ich? Sie sind nicht unbedingt an mich gerichtet. Sie kommen nur bei mir an. Träume ich sie? Ich habe noch nie den Traum vom Wachzustand unterscheiden können. Trotzdem sind sie da.« Sah ich sie? Ich sollte sie mir nehmen, sagte er. »Das sind die, die ich heute bekommen habe. Lassen Sie sie jetzt.« Ich sollte sie lassen. Ich könnte sie später lesen. »Alle können sie lesen«, sagte er, »zu gegebener Zeit. Alle Leser der Geschichte können sie zu gegebener Zeit lesen«, sagte der Senator. »Arocena«, sagte er dann. »Ich sehe ihn: eingeschlossen wie ich, eingeschlossen zwischen den Worten, den Wänden seines Büros, immer im Licht der Neonröhren, lesend.« Und was war mit ihm? »Mit mir?« Er sagte, die Welt wäre für ihn zu einem viel zu engen Raum geworden. »Ich komme hier nie raus. Ich habe meinen Wirkungskreis auf dieses Landgut beschränkt. Manchmal schaue ich aus dem Fenster. Was sehe ich? Bäume. Ich sehe Bäume. Sind die Bäume die Wirklichkeit? Marcelo war für mich die Gesellschaft, die ich immer gesucht habe. Für mich war er die Luft, die mich zum Leben erweckte, solange er da war. Er verbrachte die Nächte mit mir, wir schauten Papiere durch, sprachen über die Vergangenheit und die Zukunft. Nie über die Gegenwart, immer über die Vergangenheit und die Zukunft. Die Ehe war natürlich ein Witz«, sagte der Senator. »Wahrscheinlich hat sie nicht einmal einen Monat gehalten, als Ehe, meine ich. Sie sehen«, sagte er, »jetzt erzähle ich Ihnen schon die Familiengeheimnisse. Und was passierte dann? Er verschwand von jetzt auf nachher. Ohne jemandem etwas zu sagen. Ohne sich von mir zu verabschieden. Er hatte eine andere Frau. Und? Er sagte zu mir: Don Luciano, ihre Tochter macht mich traurig. Diese Frau, sagte er zu mir über meine Tochter Esperancita, diese Frau ist ein einziger unbegreiflicher Irrtum. Und dann verschwand er von jetzt auf nachher«, sagte der Senator. »Ich denke an ihn«, sagte er. »An ihn denke ich. An meine Tochter zum Beispiel«, sagte er, »denke ich nie«, obwohl sie, wie er sagte, das Wesen war, das ihm am meisten Kummer gemacht habe. Er hatte nachgedacht, warum er nicht an sie dachte, und sagte: »Ich träume auch schon seit Jahren nicht mehr von meiner Tochter. Ich träume von Feuern, die sie am anderen Ufer in den Niederungen der Lagune entzündeten. Sie machten Feuer auf den Höhen der Schluchten, damit wir im Wasser nicht die Orientierung verloren, als ich noch ein kleiner Junge war, denn wenn man nachts schwimmt, verirrt man sich leicht«, sagte der Senator. »Für mich«, sagte er, »für mich hat der Traum den Platz der Erinnerungen eingenommen.« Er sagte, er würde jetzt ohne Erinnerungen weiterleben und ohne auf den Tod zu warten. »Ohne Erinnerungen«, sagte er, »weil für mich nichts mehr Erinnerung ist. Nichts ist Erinnerung für mich. Alles ist Gegenwart, alles ist hier. Nur wenn ich träume, kann ich mich erinnern oder Gewissensbisse verspüren.« Und was das Warten angehe, sagte er, so wäre er überzeugt, daß es ein Trugschluß wäre, zu behaupten, daß irgend jemand auf den Tod warte. »Es stimmt nicht, daß man auf den Tod wartet. Das ist eine glatte Lüge.« Er sagte, er wäre überzeugt, daß es rein verstandesmäßig das einzige sei, das zu erwarten wir nicht imstande wären. »Es ist ein Trugschluß«, sagte der Senator. »Niemand wartet auf den Tod, niemand ist dazu fähig. Das gilt auch für mich, vor allem für mich«, sagte er. »Denn der Tod fließt, wuchert, überschwemmt alles um mich herum, und ich bin ein Schiffbrüchiger, den es auf dieses felsige Eiland verschlagen hat. Wie viele habe ich sterben sehen?« sagte der Senator. »Wie viele habe ich sterben sehen, selbst reglos auf dem Trockenen verharrend, bemüht, meinen klaren Verstand und meine Sprechfähigkeit zu bewahren, während um mich herum der Tod wogte?« Sollte er vielleicht das unaufhörliche Wuchern des Todes, sein Überborden, bezeugen? Und wenn dem so war, »wie kann jemand sagen, ich wartete auf den Tod?« sagte der Senator. »Wie kann das jemand sagen, wenn ich in Wirklichkeit der Tod bin; ich bin sein Zeuge, seine Erinnerung, seine beste Inkarnation.« Mit einem leichten Funkeln im Blick, hob der Senator eine Hand: »Hören Sie«, sagte er, und verharrte reglos, das Gesicht nach oben gewandt, als würde er etwas in der Luft suchen. »Hören Sie. Nicht ein Geräusch. Nichts. Kein Laut. Alles ist ruhig, ausgesetzt. In der Schwebe. Die Gegenwart all dieser Toten erdrückt mich. Sind sie es, die mir schreiben? Die Toten? Empfange ich die Botschaft der Toten?«

»Mein Vater«, sagte der Senator dann, »mein Vater zum Beispiel starb bei einem Duell.« Zwei Monate bevor er auf die Welt kam, war sein Vater bei einem Duell gestorben. »Man kann also«, sagte der Senator, »bei mir von einem posthumen Sohn sprechen. Und denken Sie nur, durch eine merkwürdige Koinzidenz war auch mein Vater das, was man einen posthumen Sohn nennen kann. Das heißt, wir beide waren jeder auf seine Weise unglückliche posthume Söhne. In seinem Fall«, sagte er über seinen Vater, »nicht etwa, weil mein Großvater Enrique

Ossorio vor der Geburt meines Vaters verstorben wäre, sondern weil er sich aus dem Land abgesetzt hatte und mein Vater ihn niemals kennenlernte. Und trotzdem verteidigte mein Vater diesen Mann, seinen Vater, den er nicht kannte, er ließ sich auf dieses Duell ein oder besser gesagt, er provozierte es. Er wollte die Ehre seines Vaters, meines Großvaters verteidigen, den er nie zu Gesicht bekommen hatte, und der ihn in gewissem Sinn *verlassen* hatte, er hatte ihn auf einer Pritsche in einem Keller gezeugt, man kann sagen, in den Eingeweiden der Erde, nachdem er seine eigene Cousine verführt hatte, die ihm Unterschlupf gewährte«, sagte der Senator. Man sollte nicht denken, daß er damit versuche, jemanden zu diskreditieren. Der Senator sagte: »Ich versuche nicht, jemanden zu diskreditieren. Im Grunde sollten alle Söhne verlassen werden, sie sollten im Portal einer Kirche, auf einem Speicher, in einem Weidenkorb ausgesetzt werden. Wir alle«, sagte der Senator, »sollten posthume oder ausgesetzte Söhne sein, denn genau *das* sind wir. Und nichts anderes. Welche Bedeutung hat das Kellerloch, in dem wir gezeugt wurden? Marcelo zum Beispiel«, sagte der Senator, »Marcelo zum Beispiel ist mein Sohn. Mein Vater starb bei einem Duell. Um die Erinnerung an seinen Vater zu verteidigen, die von irgendeinem Schreiberling beleidigt wurde. Blutsbande sind Blutsbande. Vor allem Bande. Blutige. Die Familie ist eine blutbefleckte Institution, eine verwerfliche Amputation des Geistes. Marcelo zum Beispiel«, sagte der Senator, »Marcelo ist mein Sohn.«

»Mein Vater starb also in einem Duell, weil er die Ehre seines Vaters verteidigte«, sagte der Senator. In *La Tribuna*, der Zeitung der Varelas, hätte man, so sagte er, die Erinnerung von Enrique Ossorio durch die Behauptung befleckt, er wäre schon immer, bis zu seinem Tod, ein Spion im Dienste von Rosas, ein Verräter, ein Verrückter, ein Barbar gewesen. »Er zog sich schwarz an und machte sich auf den Weg zum Duell auf einer Wiese in der Nähe des Flusses. Er hatte noch nie eine Pistole in der Hand gehabt, er war Anhänger von General Mitre. Er war schneeweiß im Gesicht, schließlich war er in einem Keller gezeugt worden.

Er hatte das Gesicht des Mannes, dessen Antlitz er als letztes in seinem Leben sehen würde, noch nie gesehen.« Der Vater des Senators hatte eine Nachricht hinterlassen, darin hieß es: *Es ist fünf Uhr morgens. Ich habe den ganzen Tag das Haus nicht verlassen. Alles, was ich von dem Feigling weiß, den die Herrschaften zu ihrem Schützling auserkoren haben, um ihm als Sekundanten zu dienen,* zitierte der Senator aus der Nachricht seines Vaters, *bestätigt mich darin, daß er für mich weniger als nichts ist, auch wenn diese Herren von ihm reden, als wäre er eine Ehrenmann*, hinterließ mein Vater, sagte der Senator. »*Meine Kleine*, schrieb er an meine Mutter, *wenn das Unglück auf dem Feld der Ehre auf mich lauert, weiß ich, daß du mit Anstand und mit der Liebe zu Gott, dem Vaterland und General Mitre meinen Sohn aufziehen wirst, den du unter deinem Herzen trägst*, also mich«, sagte der Senator. »An einem klaren Morgen im Jahre 1879 starb mein Vater.« Eine eisige Brise wehte vom Fluß herüber, man hörte nur das sanfte Rauschen des Windes zwischen den Bäumen. »Mein Vater schlug den Reverskragen des Frackes nach oben, aber weil er fürchtete, man könnte das als ängstliche Geste auslegen, zog er die Jacke aus und sein weißes Hemd hob sich von dem dunklen Hintergrund der Johannisbrotbäume ab.« Man hatte einen Abstand von zehn Schritten ausgemacht. »Mein Vater bekreuzigte sich nicht, weil er nicht wollte, daß man sah, wie seine Hände zitterten. Die beiden Pistolen wurden in die Luft gehalten, und noch bevor der Knall der Schüsse verhallt war, war mein Vater tot«, sagte der Senator.

»Zu jener Zeit waren«, sagte er, »die argentinischen Gentlemen, ohne es zu wissen, Hegelianer. Nur wenn man sein Leben riskiert, erhält man die Freiheit, und wer bis zum Ende das Risiko des Todes auf sich nimmt, bestätigt sich als Herr, als reines Selbstbewußtsein. Man kann sagen, sie töteten sich untereinander, weil niemand Knecht sein wollte. Die Herren töteten sich damals untereinander, um sich zu beweisen, daß sie argentinische Caballeros und Ehrenmänner waren, wodurch sich ihre Anzahl stetig reduzierte. Was ich aus heutigem Blickwinkel und wenn ich meine Loyalität als Sohn einmal beiseite lasse, nur als Vorteil sehen kann. Wäre man dieser Sitte weiter gefolgt, wären diese Gentlemen, die dazu beigetragen haben, dieses Land zu dem zu machen, was es heute ist, vielleicht von selbst verschwunden. Es war eine Art herrschaftlicher Genozid, jede Auseinandersetzung, jedes lustlos gewechselte Wort artete sofort in ein Duell aus. Man mußte diese Sitte abschaffen, die die Herren zwang, sich zu töten, um zu beweisen, daß sie argentinische Caballeros, daß ihre Väter, ihre Großväter und Urgroßväter argentinische Caballeros waren. Nun, stellen Sie sich vor, mein Vater starb 1879 bei diesem Duell, und es war der erste Fall eines Verbrechens aus Ehre, bei dem es zu einer öffentlichen Gerichtsverhandlung kam. Der Prozeß, bei dem der Mann, der meinen Vater getötet hatte, verurteilt wurde, ist ein *Ereignis.* Ein Ereignis«, sagte der Senator. Und was war in diesem Fall das Ereignis? »Nicht das Duell«, sagte er, »sondern dieser Prozeß.« Ein Ereignis wie dieses würde im allgemeinen nicht von den Geschichtsschreibern festgehalten, aber, sagte er, wer die Bedeutung unserer modernen Welt verstehen wolle, wer wissen wolle, was sich im Land um 1880 Bahn gebrochen hat, der muß es genau dort an der Schwelle des Wechsels, des Wandels zu entschlüsseln verstehen. Das war mehr oder weniger, was der Senator zu dem Duell sagte, das seinen Vater ins Grab gebracht hatte. »In dem Prozeß gegen den Duellanten, der meinen Vater getötet hat, gegen diesen Feigling im Dienste der Varela, löste sich die Justiz von einem literarischen und moralischen Mythos der Ehre, der jahrelang als Norm und Wahrheit gegolten hatte. Zum ersten Mal fallen die Norm der Leidenschaft und die der Ehre nicht mehr zusammen«, sagte der Senator, »und es hat sich eine Ethik der wahren Leidenschaften etabliert. Denn diese Caballeros, diese Ehrenmänner, diese Herrschaften hatten entdeckt, daß sie anderen gegenüber beweisen mußten, wer der Knecht war. Sie hatten entdeckt«, sagte der Senator, »daß es einen anderen Weg gab, ihre Männlichkeit und Ehrenhaftigkeit unter Beweis zu stellen und daß sie dem Tod ins Auge blicken konnten, ohne daß sie sich untereinander töten mußten, sondern, im Gegenteil, indem sie sich *verbündeten,* um diejenigen zu töten, die sich weigerten, ihre Position als Herr und Gebieter anzuerkennen; wie zum Beispiel«, sagte er, »die Immigranten, die Gauchos und die Indios. So«, schloß der Senator, »ist der Tod meines Vaters bei einem Duell und der nachfolgende Prozeß ein *Ereignis*, das aufs engste mit den Umständen und den Entwicklungen verbunden ist oder besser gesagt, das die Umstände und Entwicklungen begleitet und erklärt, die General Julio Argentino Roca an die Macht brachten.«

2 »Manchmal«, sagte er dann, »denke ich, daß diese Zusammenhänge, diese strikte Abfolge, mit ihren unvermeidlichen Konsequenzen, daß das alles in meinem Leben ist, aber nicht an irgendeinem Ort, zum Beispiel in meiner Vergangenheit, sondern *ici même*, wie auf einer Bühne direkt vor mir. Eine leere Bühne, auf der man die eisige Luft von den hohen Bergen atmet. Die frostige, eiskalte Luft von den hohen Bergen, die, wie Sie merken werden, in diesem Raum weht, in dem sich mein Leben abspielt.« Eine seiner Zerstreuungen sei, sagte er, »wenn ich mit meinem Wägelchen, meiner Kutsche, diesem Vehikel von einer Seite zur anderen, von einer Wand zur anderen in diesem leeren Zimmer herumfahre. Denn was ist mein Körper noch anderes als dieses Gerät aus Metall, Rädern, Speichen, Reifen und Nickelröhren, das mich von hier nach da durch diesen leeren Raum fährt? Manchmal gibt es hier, wo die Stille herrscht, kein anderes Geräusch als das metallische Surren, das meine Schritte von der einen auf die andere Seite begleitet. Die Leere ist vollkommen, ich habe es geschafft, mich allem zu entledigen. Trotzdem muß man für diese Luft geschaffen sein, sonst läuft man Gefahr einzufrieren. Das Eis ist ganz nah, die Einsamkeit ist immens! Nur wer, wie ich, es geschafft hat, aus seinem Körper ein metallenes Objekt zu machen, kann sich dem Risiko aussetzen, in diesen Höhen zu leben. Kühle oder besser gesagt *Kälte*«, sagte der Senator, »ist für mich die Voraussetzung für das Denken. Eine verlängerte Erfahrung, der Wille, auf den vernickelten Speichen meines Körpers dahinzugleiten,

hat es mir erlaubt, die Ordnung zu erschauen, die die polyedrische Maschine der Geschichte erläßt. Sie erlaubt mir, sie aus der Ferne zu betrachten, anders als es vielleicht wünschenswert wäre, sie erlaubt mir aber immerhin, mich in bestimmten Momenten mit meinem metallenen Körper dieser Sinnfabrik *anzunähern*, mich dorthin zu schleppen wie ein Schwimmer in der Sargasso See. Und was sehe ich, wenn ich schwach etwas erkennen kann? Ich sehe«, sagte er, »weit weg, am anderen Ufer die *Konstruktion*. Fern, einsam, die hohen Mauern wie verloren im Schnee, sehe ich *die große Konstruktion*«, sagte der Senator.

Dafür wäre es notwendig gewesen, allem zu entsagen und gleichzeitig alles zu bewahren. »Ich mußte allem entsagen und«, sagte er, »mich auf dieses Loch, diese Höhle beschränken.« Aber er mußte zugleich klug genug sein, den Besitz zu erhalten, der ihm von *außen* größte Freiheit garantierte und ihn vor möglichen Angriffen schützte. Er sei also zu einer ausgesprochen heiklen Operation gezwungen gewesen. Diese gefährliche logische Übung wäre, sagte er, »Symbol und Ergebnis« seines Allgemeinzustandes. Oder hätte er vielleicht nicht alle Körperfunktionen eingebüßt, bis er »zu einer Art metallenen Pflanze geworden war«, um so seine Eigenschaft, rational zu denken, »bis zum Gefrierpunkt« zu steigern? Er sagte, er habe seine Intelligenz seiner Krankheit, seiner Lähmung zu verdanken. Inmitten seiner Askese, gefesselt an sein sitzendes Fleisch, wüßte er trotzdem, daß sein äußerer Besitz das Maß an Freiheit und Isolation vorgab. »Ist das vielleicht die Art, dieses Ideal zu erreichen, das wir nicht gebären können? Der Zerfall«, sagte der Senator, »ist eine der nachhaltigsten Formen der Wahrheit.«

»Mein Vermögen«, hätte er gerade gedacht, sagte der Senator dann, »das, was man mein *Vermögen* nennen kann, hat für mich dieselbe abstrakte Qualität wie der Tod. Es wogt und fließt um diesen unwirtlichen Stein und versucht ihn auszuhöhlen. Ich finde darin«, sagte der Senator, »die Materie, aus der die Erinnerung gemacht ist. Eine *andere* Erinnerung, nicht meine Erinnerung aus Worten und verschlüsselten Botschaften, eine *andere*

Erinnerung, welche die Trostlosigkeit meiner schlaflosen Nächte begleitet. Ich versuche mich zu befreien«, sagte er. »Ich versuche, diesen Ballast *abzuwerfen*, der mich jahrelang an die Gezeiten der Vergangenheit, an ihre unterirdischen Strömungen gebunden hat. Um nicht in den Fluten der Vergangenheit zu ertrinken, bin ich gezwungen zu reflektieren, die Augen zu verschließen vor dem, was umhertreibt und untergeht, ich darf nicht zulassen, daß es sich mir nähert. Ich muß mich bemühen, mich von dem zu entfernen, zu dem man immer wieder Nein sagen muß. Das Abwehren, das Nicht-an-sich-herankommenlassen ist eine Verschwendung, da mache ich mir nichts vor, es ist eine zu negativen Zwecken *vergeudete* Kraft. Ich weiß, was ich riskiere, aber es gibt keinen anderen Ausweg. Es handelt sich nicht um den Zufall, sondern um ein eisernes Geflecht. Da mache ich mir nichts vor. Ich weiß, daß man allein durch die ständige Notwendigkeit sich zu verteidigen so sehr an Kraft verliert, daß man sich nicht mehr verteidigen kann. Das Denken ist in solchen Fällen für mich wie der Mast, der aus dem Wasser ragt und an dem der Schiffbrüchige sich festklammert, nicht nur, um zu überleben, sondern auch um Hilfe zu bitten, er schwenkt in der grenzenlosen Weite des Meeres die Arme, in der Hoffnung, daß jemand ihm zu Hilfe eilt.« In solchen Fällen, inmitten größten Elends, hätte er vieles begriffen, sagte der Senator. »Ich habe zum Beispiel begriffen, daß der Tod und das Geld, zumindest für mich, aus derselben verderblichen Substanz gemacht sind.« Nicht nur, hatte der Senator gedacht, weil das Geld und der Tod dem Menschen das Verderben bringen, »diese Analogie wäre allzu trivial, und außerdem teile ich diese verlogene Ethik nicht, die aus Selbstlosigkeit das Merkmal von Geistigkeit und die Armut zum Leib der reinen Seelen macht. Es stimmt nicht, daß Geld Verderben bringt; es sind das Verderben und der Tod, die das Geld hervorgebracht und es zum König der Menschheit erhoben haben. Sein willkürlicher, fiktiver Charakter, die Tatsache, daß es das abstrakte Zeichen ist, das den Besitz *jedweden* Objektes sichert, das man begehrt, diese universelle Logik der Entsprechungen, die im Geld ihren sichtbaren Ausdruck findet, hat die Vernunft gezwungen, sich einem Bemühen um Abstraktion anzupassen, das im Ursprung der Fähigkeit, vernünftig zu denken, selbst liegt, im Ursprung des Logos«, hätte er gedacht, sagte der Senator. »Wie Sie wissen«, sagte er, »bedeutet für die Griechen der Begriff *ousía*, der in philosophischer Terminologie das Sein, die Essenz, das Ding-an-sich, bezeichnet, auch Reichtum, Geld. Meine Askese«, sagte der Senator, »meine Askese, wenn es sie gibt, ist nicht moralischer Natur, sie hat eine andere Qualität, ich beraube mich allem, wie ich meines Körpers beraubt wurde. Mir gehören nur noch die Dinge, deren Geschichte ich kenne. Etwas gehört dann *wirklich* mir«, sagte der Senator, »wenn ich seine Geschichte, seinen Ursprung kenne. Dennoch«, sagte er, »gibt es etwas, eine Ausdehnung meines Körpers, etwas, das sich außerhalb, auf der anderen Seite dieser Wände aus Eis befindet, etwas, das sich fortpflanzt und wuchert wie der Tod, dessen Geschichte ich kenne, an das ich aber nicht mehr denke, nicht mehr denken will, und um das sich andere kümmern, die meine Bestatter, meine Totengräber sind. Um nicht daran denken zu müssen, werde ich also von etwas anderem reden«, sagte der Senator, »von etwas anderem, dessen Geschichte ich erzählen *muß*, denn mir gehört nur das, dessen Geschichte ich nicht vergessen habe. Ich denke, wenn ich es erzähle, wird es sich auflösen und aus meiner Erinnerung verschwinden, alles, was wir erzählen, verliert sich, rückt in weite Ferne. Erzählen ist für mich eine Form, aus den Strömen meiner Erinnerung auszulöschen, was ich für immer von meinem Körper fernhalten will.«

Der Senator erzählte daraufhin die Geschichte dieser Tradition, dieser Kette, die in seiner Erinnerung unverbrüchlich die goldenen Glieder des Todes und des Reichtums verband. »Der Tod, der Reichtum und das, was die Griechen mit ihrer musikalischen Sprache *ousía* nennen, darum geht es«, sagte er, »um die Ringe einer Geschichte, die ersten Glieder im Aufstieg zu dieser Höhe, die mich von den schlammigen Flüssen der Erinnerung befreit. Es gibt«, sagte er, eine »erste Definition, von der man ausgehen muß.« Man müßte dort anfangen, sagte er, um die Geschichte zu begreifen, obwohl dieser Anfangspunkt in Wirklichkeit die Folge von etwas anderem war. »Dieser Ausgangspunkt, das Resultat lautet: Für uns sind die Blutsbande oder besser gesagt die Nachkommenschaft immer vor allem eine wirtschaftliche Angelegenheit gewesen, und der Tod eine Form, den Besitz *fließen*, ihn sich vermehren und kreisen zu lassen.« Er wüßte, sagte er, daß er, der Senator, die Kette dieser Abfolge sozusagen unterbrochen habe. In gewissem Sinn, sagte er, »bin ich das Glied, das *nicht* untergegangen ist, das niemals untergehen wird«. Deshalb, sagte er, sei seine Situation wie ein trügerischer Syllogismus, ein Paradoxon. »Ich«, sagte der Senator, »bin ein Paradoxon. Und einige«, sagte er, »sind bemüht, die logische Kohärenz, diesen verlorenen Besitz aus der Vergangenheit wiederaufzunehmen. Wie soll ich zum Beispiel«, sagte der Senator, »die Augen davor verschließen, daß meine Kinder mir den Tod wünschen, um mich zu beerben.« Er sagte, er würde diese Gleichung kennen. Er würde, sagte er, diese Alchimie kennen, nicht weil er den Tod seines Vaters herbeigewünscht hätte, sein Vater wäre schließlich vor ihm, dem Senator, gestorben, »sondern als mein Vater bei diesem Duell starb, das die Ehre meines Großvaters retten sollte«, erzählte der Senator, »als er starb, wurde ich, noch *vor* meiner Geburt, zum einzigen Erben des Familienvermögens. Ich *weiß* also«, sagte der Senator, »was es heißt, ein Erbe zu sein, ich kenne das. Die Genealogien werden über dem Körper der Erde dekliniert«, sagte der Senator, »für den Sohn ist das Erbe die Zukunft, es ist eine tote Sprache, deren Verben man lernen muß zu konjugieren oder besser«, sagte der Senator, »eine *Vater*sprache, deren Verben man lernen muß zu konjugieren. Auf diesen territorialen Konjugationen«, sagte er, »diesen Abermeilen freien Geländes, die bleiben und die Vorfahren über*dauern*, auf dieser tödlichen Ausdehnung ist die Familienerinnerung errichtet. Diese *andere* Erinnerung durchdringt mich und zerfrißt mich in den rastlosen Nächten meiner Schlaflosigkeit. Denn ich«, sagte der Senator, »schulde noch einen Tod: meinen. Ich bin ein Schuldner, ich stehe beim Tod in der Kreide. Mit mir, der ich immer weiter altere, ohne Ende, der ich alt bin und immer alt war, mit mir sind diese Besitzungen so unbeweglich geworden wie ich selbst unbeweglich bin. Ich bin jemand, dessen verkrüppelter Körper aus dieser Erde gemacht ist, die in größter Gelassenheit fortbesteht. Ich, der Verbannte, bin diese Erde«, sagte der Senator. »Denn solange ich weiterlebe, bin ich der Besitzer. Dieser Grund und Boden gehört mir. Meine Söhne können ihn verwalten, darauf herum*laufen*, ihn nutzen, aber sie sind nicht Besitzer, sie werden es einmal sein, aber dazu muß ich erst mal sterben, und ich werde unaufhörlich älter, wie diese Felder. Meilen und Meilen ausgestreckten Landes, so weit das Auge reicht, vor dem unbeweglichen Hintergrund der Tränken, und gleichzeitig dieses metallische Objekt aus Fleisch und Nickelstahl, das ich bin, und das sich nur von einer Wand zur anderen in diesem leeren Raum bewegen kann«, sagte der Senator. »Das ist das Paradoxon«, sagte er. »Die Änderung eines Gesetzes, die an der Tradition verübte Gewalt: das ist das Paradoxon, das ich bin und das es mir erlaubt zu denken.« Er sagte, diese Gewalt, diese *Verdrehung* erlaube ihm zu denken. »Meine Logik ist allein das Ergebnis eines Schnitts in der Kette, die Generationen beugt und aus dem Tod den sichersten Hort der Erbfolge macht. Denn ich weiß«, sagte der Senator, »daß es immer so war. Immer. Bis hin zu mir. Mein Vater war zum Beispiel auch ein Erbe, und sein Vermögen, das nach seinem Tod, noch größer geworden, das meinige wurde, war logischerweise das Resultat eines anderen Todes, in diesem Fall sagen wir eines Selbstmordes. Und dann? Ein Kreis. Ein Tod nach dem anderen. Schön und gut, aber wo fängt diese Kette an, die die Jahre aneinanderreiht, um sich mit mir zu schließen? Wie fängt sie an? Wo? Sollte das nicht das Material meiner Erzählung sein? Der Ursprung? Wenn nicht, warum soll man überhaupt erzählen? Was nützt es, junger Mann, zu erzählen, wenn es nicht dazu dient, alles aus der Erinnerung auszulöschen, was nichts mit dem Ursprung und dem Ende zu tun hat? Zwischen dem Ursprung und dem Ende nichts, eine ausgetrocknete Ebene, die Saline, zwischen ihm und mir nichts, nur unwirtlichste Weite zwischen dem Selbstmörder und dem Überlebenden. Deswegen kann ich trotz der enormen Distanz *sehen*, weil sich nichts zwischen uns stellt. Wir stehen jeder auf einer Seite des Flusses, und der Strom der Geschichte fließt sanft zwischen uns dahin.

Also«, sagte der Senator, »gibt es einen unbestimmten Ursprung. Ein Ursprung, an dem alles seinen Anfang nimmt. Und dieser Ursprung ist ein *Geheimnis*, oder besser gesagt, *das* Geheimnis, das alle zu verbergen trachteten. Oder zumindest das Geheimnis, das sie von seinem richtigen Ort verschoben haben, um das ganze Rätsel auf einen Namen, auf das Leben eines Mannes zu konzentrieren, das so weit wie möglich verborgen gehalten werden mußte, wie ein Verbrechen. Dieser Mann, Enrique Ossorio, ist ein Held. Der Held. Der einzige, der alles sich selbst zu verdanken hat, der einzige, der von niemandem geerbt hat, der einzige, in dessen Schuld wir *alle* stehen. Er schuldet niemandem etwas, er hat alles sich selbst zu verdanken, diesem Fieber, das ihn bis zu den verbrannten Wüsten jenseits von Sacramento brachte und vorn dort bis zu dem ausgetrockneten Bett eines Flusses, wo zwischen Sand und Felsen, *das Gold* verborgen war. Dort fängt alles an. Mit dem Gold, von dem der Vater meines Vaters sich damals, 1849, sagen wir, vorgestellt hatte, daß er es in Kalifornien finden könnte. Es beginnt mit dem Gold, das dieser Mann, besessen, hartnäckig, fieberhaft zu finden träumte und wirklich fand. Dort liegt der Ursprung der Geschichte, die ich rekonstruiere, um in den verbrannten Nächten der Schlaflosigkeit zu vergessen«, sagte der Senator. »In dem Gold, das er fast unangetastet hinterließ, als er starb, weil er keinen Drang verspürte, es auszugeben, da er es nicht geerbt hatte; dieses Gold, das ihn nicht beschäftigte, er wollte lediglich wissen, daß es noch da war, er trug es an seinem Körper, direkt auf der Haut, wie einen goldenen, metallischen Gurt um die Hüften gebunden. Und all das konnte ich sehen«, sagte der Senator, »in der Ferne, auf der anderen Seite der Ebene, nichts stellt sich dazwischen, außer das unaufhörliche Wuchern des Todes, nichts steht zwischen ihm und mir, wir sind allein, einer auf jeder Seite der Geschichte, deswegen sehe ich ihn vor mir, während ich auf dem durchscheinenden Scheitel dahingleite, der für mich kaum spürbar den Wachzustand vom Schlaf trennt. Das Gewicht des Goldes behindert ihn beim Gehen, so daß seine Bewegungen eine falsche Würde bekommen, er bewegt sich ein wenig starr, steif, und fühlt an seinem Körper die Härte, in der sich seine Träume verwirklicht hatten. Ich sehe Bilder: Wellblechhütten an der mexikanischen Grenze, wo stolze, gelbhäutige Menschen in einem verunstalteten Spanisch, einer Art ungeschliffenem Dialekt, mit ihm sprechen, während der Held an etwas *anderes* denkt, an den seidigen Glanz des Metalles, das er auf der Haut trägt, an dessen grenzenlose Macht, sich in alles zu verwandeln, was er begehrt. Diese Alchimie, diese halluzinatorischen Wandlungsprozesse in seiner Vorstellung kann ich nachvollziehen. Alles, was er machte, kann ich mir vorstellen. Vor allem seinen völligen Rückzug aus der Welt am Ende: dieses fast leere Zimmer, am East River, wo er sich wochenlang eingeschlossen hat, um endlich zu schreiben«, sagte der Senator, »ein Wort nach dem anderen, Briefe, Fragmente, um endlich auszusprechen, was er mit einem Mal verstanden hatte. Manchmal, vor allem nachts, höre ich, wie er in diesem Zimmer auf und ab geht, auf und ab und auf und ab, ich höre seine Stimme, er spricht mit sich, vereinsamt, verloren in diesem New York, in diesem Land, dessen Sprache er kaum versteht, er versucht in Worten den Taumel festzuhalten, der sein Leben war, für ihn irgendwie überraschend und unvorhergesehen. Ich höre, wie er in diesem unwirtlichen Zimmer am East River auf und ab geht und schreibt«, sagte der Senator. »*Das Exil hilft uns, die Geschichte von ihren Überresten, von ihren Abfällen aus zu betrachten, weil dies der wahre Aspekt der Vergangenheit ist, der uns zu dieser Verbannung verurteilt hat. Das beste an extremen Situationen ist, daß sie uns immer zu extremen Positionen führen*, schreibt er«, sagte der Senator. »*Das Wesentliche an derart extremen Situationen ist, daß man lernt, roh zu denken. Rohe, unbearbeitete Gedanken hervorzubringen, wie die großen Geister*. Das hat er geschrieben«, sagte der Senator. »*Ich gestehe, daß ich keine Hoffnung mehr habe. Blinde Menschen sprechen von einem Ausweg, aber es gibt keinen, nicht einen. Wir müssen vom Wasser lernen, das mit der Zeit den harten Stein abschleift. Die Steinharten werden immer vom sanften Fluß des Stromes der Geschichte besiegt.* Das schreibt er, eingeschlossen in seinem Zimmer am East River, und ich höre ihn, ich sehe ihn. Er ist da, eingeschlossen in diesem leeren Zimmer, und nichts stellt sich zwischen uns, wir sind allein, er und ich, ich kann ihn hören, ich bin Ossorio, ich bin ein Ausländer, ein Verbannter, ich bin Rosas, war Rosas, der Hampelmann von Rosas, ich bin alle Namen der Geschichte, ich bin der Seevogel, der über das Festland fliegt, und dort unten, fern von der klaren Luft, die ich mit meinen Flügeln verdränge, dort unten, auf diesen vereisten Flächen, links, fast bei den letzten Ausläufern des Gebirges, weit weg von der Welt und ihrem Lärm, weit weg von ihrer düsteren Klarheit, liegen große Massen, die wie versteinert aussehen und dennoch dahingleiten, sie bewegen sich, trotz des Rückstroms, sie schieben sich vor, sie knirschen dabei wie große Eisschollen. Die Einschätzung, wie langsam, in welchem Rhythmus sich die Massen vorschieben, hängt davon ab, welche Flughöhe der Meeresvogel erreicht hat, je höher der Albatros fliegt, und je weiter er sich in das Festland vorwagt, um so deutlicher kann er die ununterbrochene Bewegung, das Fortschreiten der Massen sehen. Die Geschwindigkeit kann ein einzelner Mensch nicht einschätzen. Was nutzt es zu verlangen, sie sollen sich schneller bewegen, wenn ihre Zeit nicht die unsrige ist? Was soll das Drängen angesichts der unbeugsamen Beständigkeit dieses Fortschreitens? Versucht nicht vielleicht auch der Held, sich trotz allem *anzunähern*? Gelähmt gleitet er, schleppt er sich dahin, und das Nickelgeräusch seines Körpers, während er sich nähert, ist die einzige Musik, die man in den verbrannten Wüsten der Gegenwart hört. Von der anderen Seite, an der anderen Front, zeigt sich schon die Verschiedenartigkeit dessen, was unsere Feinde immer für eine geschlossene Einheit hielten. Das, was man für zusammengehörig, solide halten konnte, fängt an, sich zu spalten, sich aufzulösen, ausgehöhlt vom Strom der Geschichte. Diese Niederlage ist für sie so unvermeidlich, wie für uns unvermeidlich ist, daß wir die Bürde ertragen müssen, die ihr Wahnsinn, ihr Zynismus ihre kalkulierte Perversion in der Erinnerung hinterlassen haben. Oder hat das unaufhörliche Wuchern des Todes aus der Vergangenheit einmal aufgehört?«, sagte der Senator. »Und unsere Feinde, mit welcher Überzeugung halten sie durch? Sie können nicht durchhalten. An die Dürre der Zukunft gefesselt werden sie wankelmütig. Was uns angeht, so haben wir gelernt zu überleben, wir kennen die kristalline, unendliche, fast flüssige Substanz, aus der unsere Fähigkeit durchzuhalten gemacht ist. Die Geduld ist eine Kunst, für die man Jahrhunderte braucht, bis man sie erlernt hat. Und wir messen einer Fähigkeit nur dann einen Wert zu, wenn wir festgestellt haben, daß unsere Feinde nicht über sie verfügen.« Das war, was der Senator sagte.

3 »Und Sie, junger Mann«, sagte er dann, »Sie gehen also Marcelo besuchen. Sie müssen ihm folgendes ausrichten: Er soll auf sich achtgeben. Seine Briefe erreichen mich kaum noch. Es gibt Interferenzen, große Risiken. Er soll auf sich achtgeben und sich schützen. Arocena, dieser Taugenichts, unterbricht die Kommunikation, er fängt die Nachrichten ab. Er versucht sie zu entschlüsseln. Oder überwachen meine Kinder den Eingang und lassen die Worte nicht passieren? Filtern meine Söhne die Botschaften ab, die ich empfange, ohne daß sie an mich gerichtet sind? Er soll auf sich achtgeben. Das müssen Sie Marcelo sagen, junger Mann, wenn Sie zu ihm fahren. Sie müssen ihm sagen, daß ich an ihn *denke.* Nur das. Daß ich, Luciano Ossorio, der Senator, an ihn denke. Marcelo kann dann trotz all der Toten, die im Strom der Geschichte treiben, erraten«, sagte der Senator, »aus welchem Material dieser Gedanke besteht.« Dieser Gedanke bestünde, sagte er, aus Resten, aus Fragmenten, abgesplitterten Blöcken und der Erinnerung an Gespräche von früher. »Fragmente dieser verschlüsselten Briefe, die ich erhalte oder träume oder die zu erhalten ich mir einbilde oder die ich selbst diktiere, weil ich nicht schreiben kann. Ich muß Ihnen gestehen, daß ich nicht mehr schreiben kann. Sehen Sie? Meine

Hände sind zu Klauen geworden; ich bin der Albatros, mein Flug über die Gestade des *cimetiere marin* ist angenehm, aber in der Höhe sind meine Finger zu den Klauen dieses Vogels geworden, der sich nur über dem Wasser niederlassen kann, auf dem Felsen, der aus dem Ozean ragt. Ich kann nicht mehr schreiben, mit diesen Händen kann ich nicht mehr schreiben, ich habe« sagte er, »die priesterliche Eleganz meiner Handschrift verloren. Nur meine Stimme ist geblieben, sie ähnelt immer mehr dem Krächzen des Vogels, und mit ihr diktiere ich meine Antwort auf die Botschaften, die ich erhalte. Aber wem? Einsam und allein auf diesem Felsen, mit den Flügeln das Gleichgewicht haltend, wem könnte ich da meine Worte diktieren?« Dann fragte mich der Senator, ob er mir nicht ein Antwortschreiben diktieren könnte, das er verfassen wollte. Ob ich nicht sein Sekretär sein wollte. »Junger Mann, wollen Sie nicht mein Sekretär sein und mein Gekrächze in geschriebene Worte verwandeln?« Aber etwas müßte ich wissen, sagte er. »Mein Sekretär muß sich mit mir *einschließen*. Er darf das Haus nicht verlassen. Er muß mit mir inmitten dieser schneebedeckten Höhen leben.« Wie könnte er mich also bitten, daß ich sein Sekretär werden sollte? Er sagte, er würde mir auf alle Fälle einen Brief diktieren. »Ich, der Senator, werde Ihnen einen Brief diktieren«, sagte der Senator, und er fing an, in seinem Rollstuhl im Zimmer herumzufahren. »Señor Juan Cruz Baigorria«, diktierte der Senator. »Mein lieber Landsmann und Freund. Ich weiß um Ihre Situation, seien Sie meiner Solidarität versichert. Ich habe einen Brief von Ihnen erhalten, der nicht an mich gerichtet war, und deswegen weiß ich von Ihrem Unglück«, diktierte der Senator und fuhr dabei im Zimmer herum. »Der Verlust eines Sohnes ist der größte Schmerz, den ein Mensch erfahren kann. Aber ist Ihr Sohn tot oder ist er vom rechten Weg abgekommen? Das glaube ich nicht. Das Vaterland«, diktierte der Senator von einem Ende des Raumes aus, »das Vaterland vergißt seine besten Söhne nicht. Hüten Sie sich vor Arocena. Er läßt nicht zu, daß Ihre Worte den Adressaten erreichen. Ich werde versuchen, daß einer meiner Sekretäre oder mein Verwalter

Juan Nepomuceno Quiroga mit einer kleinen finanziellen Unterstützung zu Ihnen kommt, die Ihr Unglück natürlich nicht lindern kann, das weiß ich«, diktierte der Senator. »Diese Gabe bitte ich nicht als Geringschätzung Ihrer hohen Würde oder Ihres Anstandes zu betrachten, sondern als eine Form, Ihnen dabei zu helfen, durchzuhalten. Ich, der Senator, weiß, was die Leute in diesem Land mitmachen. Halten Sie durch, mein Landsmann Señor Don Juan Cruz Baigorria, und nehmen Sie in Ihrem Kummer meine Solidarität entgegen, es grüßt Sie, Senator Luciano Ossorio«, diktierte der Senator und sagte: »Bringen Sie mir das Papier und die Feder, damit ich es selbst unterzeichnen kann.«

4 Dann sagte der Senator, das sei alles, was er tun könne. »Das«, sagte der Senator, »ist alles, was ich, einsam, allein, schlaflos, tun kann. Von hier aus erleichternde Worte diktieren, auf und ab fahren, die Briefe, die Antworten ersinnen, all diesen Schmerz.« Er fuhr in seinem Rollstuhl in dem leeren Zimmer auf und ab. »Ich fahre auf und ab und ersinne die Worte, die ich diktieren könnte, ich fahre herum, lasse mein zum Sitzen verdammtes Fleisch durch den leeren Raum gleiten und stelle mir dabei vor, was ich zu schreiben habe. Und so werde ich weitermachen, indem ich mich hin und her bewege, manchmal im Kreis, manchmal geradeaus von einer Wand zur anderen, immer jedoch mit den Worten arbeitend, um den Nebel zu vertreiben, der mich die Konstruktion nicht klar erkennen läßt, die sich in der Ferne, am anderen Ufer, auf den Felsen der Zukunft erhebt. Vielleicht ermöglichen mir die Worte, wie in einem Netz die Vielfältigkeit dieser IDEE, dieser Konzeption, einzufangen, die vom Grund der Geschichte selbst, von dieser Stimme kommt«, sagte er, »die aus der Vergangenheit kommt und die ein einziger Mann nur schwer erfassen kann. Und trotzdem«, sagte der Senator, »kann kein Rückschlag verhindern, daß ich bei dem Versuch mich anzunähern auch weiterhin die Räder meines Körpers abnutze. Kein Rückschlag. Keine Drohung.

Nicht einmal Toleranz oder Mitleid. Denn ich«, sagte der Senator, »kenne mein Schicksal. Sitzend, morsch, künstlich, verrostet mein metallenes Fleisch im Schatten dieser Wände, die vom gleißenden Licht der elektrischen Lampen zernagt werden, und dennoch habe ich nie die Hoffnung verloren, über mich und meinen Ursprung hinaus denken zu können.«

»Manchmal«, sagte er dann, »habe ich den Eindruck, alles zu begreifen. Zum Beispiel all die vielen Jahre, die ein Körper braucht, bis er anfängt, zu zerfallen. Manchmal habe ich den Eindruck, sogar mein Schicksal zu begreifen. Dieses Begreifen währt nur einen Moment und zweifellos habe ich geträumt, als ich zu denken oder zu begreifen glaubte. Aber wir brauchen so wenig, um die Illusionen zu erhalten, aus denen wir bestehen, daß ich aus diesen Momenten, aus diesen Träumen, erneuert, mit erneuerter Überzeugung hervorgehe. Deswegen muß ich jetzt versuchen, die Illusion zu erklären, die ich irgendwann einmal mit meinen Worten zu erreichen versuche. Ich will diesen Lichtblitz erklären, den ich plötzlich in der Erinnerung zu sehen glaube, die ich von ein paar Hütten habe, die in meiner Kindheit unter den Weiden in der Nähe der Lagune Schutz suchten. Negra: dort leuchteten diese Feuer, die ich mir in meinen schlaflosen Nächten immer wieder vorstelle, als würde ich mich an sie erinnern. Ich will erklären«, sagte er, »welchen Sinn zum Beispiel für mich diese Papiere hatten, die ein Mann in einem Zimmer am East River schrieb. Oder eben das zu erklären, was vom Grund der Geschichte des Vaterlandes kommt, der zugleich einzigartig und vielfältig ist. Aber wie könnte ich das erklären? Wie? Deswegen sollte ich jetzt schweigen. Ich, der Senator, sollte vorläufig schweigen. Ich ziehe es vor, nichts mehr zu sagen«, sagte der Senator, »da ich unfähig bin, mich ohne Worte zu erklären.«

III

1 New York, 4.7.1850

Landsleute: Ich bin jener Enrique Ossorio, der unermüdlich für die Freiheit kämpfte und der jetzt in New York in einem Haus am East River weilt. Ich bin alle Namen der Geschichte. Alle sind in mir, in dieser Schublade, in der ich meine Schriften aufbewahre. Ich bin mit dem Entschluß hierhergekommen, mein Werk zu vollenden. Im Morgengrauen spaziere ich durch die Stadt und die Nachmittage verbringe ich manchmal in dem Bordell von Miss Rebba in Harlem, wo es eine junge Prostituierte aus Martinique gibt, die Spanisch spricht. Ich spreche mit ihr über unsere unheilvolle Zukunft und sie stimmt mir mit ihrem holden Katzengesicht zu. Wenn wir nackt auf dem Bett liegen und die Nacht die Luft im Zimmer abkühlen läßt, können wir einander rücksichtsvoll zuhören. Die »Gata« wurde als Sklavin verkauft und übt als Gegenleistung für ihre Freiheit ihr Gewerbe als Dirne seit zehn Jahren aus (sie ist 17). Ist es nicht genau das, was ich in den letzten Jahren meines Lebens getan habe? Ich habe mich erniedrigt wie kein anderer in der Geschichte des Vaterlandes sich je erniedrigt hat, um die Freiheit zu erlangen. Aber, habe ich sie bekommen? Ich, der Verräter? Ihr seht die Befreiung der Republik so nah, ihr seht den Fall von Rosas so zum Greifen nah, daß ihr euch Hoffnung auf eine Freiheit macht, die nicht kommen wird. Vereint mit Don Justo José sucht ihr in ihm die Kraft, die aus dem Land selbst heraus Wirklichkeit werden lassen kann, was wir immer erträumt haben. Aber wird es tatsächlich so kommen? Ich sehe voraus: Meinungsverschiedenheiten, Unfrieden, neue Kämpfe. Endlos. Morde, Massaker, Bruderkriege. Ich bin allein in New York und frage mich: Was hat sich geändert? War Justo José nicht der engste Verbündete des *Tigre*? Also war mein Leben ein einziger fortdauernder Irrtum, ich meine nicht meine Lebensziele – mir ging es immer um den Fortschritt und das Glück meines Vaterlandes –, sondern etwas anderes, Furchtbareres. Wir können nicht mehr zurück. Die Kavallerie von Entrerríos, die Gauchos von Pancho Ramírez, werden sie uns befreien? Ich glaube, unser Leben war ein einziger unvernünftiger Irrtum. Wir können nicht mehr zurück. Getan ist getan.

Ich habe daran gedacht, eine Utopie zu schreiben. Ich werde darin erzählen, wie ich mir die Zukunft der Nation vorstelle. Ich bin in einer Position, wie sie besser nicht sein könnte: von allem abgeschnitten, außerhalb der Zeit, ein aus dem Stoff der Verbannung gewebter Ausländer. Wie wird das Vaterland in 100 Jahren sein? Wer wird sich an uns erinnern? Wer? Über diese Träume schreibe ich.

Ich werde also über die Zukunft schreiben, weil ich mich nicht an die Vergangenheit erinnern will. Man denkt an das, was kommen wird, wenn man sich sagt: Wie kann es sein, daß ich *damals* nicht gesehen habe, was jetzt so offensichtlich scheint? Und wie kann ich es anstellen, daß ich in der Gegenwart die Zeichen erkenne, die die Richtung der Zukunft anzeigen? Ich habe angefangen, darüber und über mein Leben nachzudenken und deswegen schreibe ich euch.

Bald werde ich euch meine Autobiographie schicken. Jeder Mann sollte sein Leben niederschreiben, wenn er auf die vierzig zugeht.

Woher kommt diese panische Angst vor der Einsamkeit? Ich kenne den unwiderstehlichen Gefallen an der Prostitution. Meine Freundin, die junge Hure, heißt Lisette Gazel. Sie kann die Zukunft am Flug der Seevögel ablesen, sie ist abergläubisch wie eine Katze. Ihre Haut ist aus schwarzer Seide. Ich bezahle sie, um sie in ihrem Spanisch aus Martinique reden zu hören. Abartige Worte, ein verworrenes *créole.*

Mein lieber Don Luciano, ich denke immer an Sie, und wenn ich Ihnen nicht vorher geschrieben habe, so weil ich in den letzten Monaten mit einigen Widrigkeiten (ein schönes Wort, so metaphorisch) zu kämpfen hatte. Ich glaube, daß ich mich wieder auf den Weg machen muß. Offen gestanden, ich war glücklich dort in Concordia, das ich unter anderem wegen seines friedfertigen Namens ausgewählt hatte. Ich habe mich dort wohlgefühlt, zuhause, wie man so sagt, aber ich weiß, daß ich kein Mann bin, der lange Zeit an einem Ort leben kann, die Zeit, in der wir leben, hilft uns ja auch nicht gerade dabei, seßhaft zu werden. Sie sind ein Glückspilz, Senator, das meine ich ernst, Sie leiden allein und halten das aus, und eingeschlossen in Ihren vier Wänden können Sie nur das sehen, an was Sie sich erinnern wollen. Je näher man an den Ereignissen dran ist, um so komplexer und ferner erscheinen sie. Und doch ist in diesem Land alles so durchsichtig wie kristallklares Wasser.

Ich habe weiter an *Enrique Ossorio* gearbeitet, ich bin ziemlich fasziniert von der Etappe in New York, auch er war einsam und allein und versuchte festzustellen, wo und worin er sich geirrt hatte. Es gibt einen Brief vom August 1850 an Alberdi, der mich beeindruckt hat. Ich weiß nicht, ob Sie sich daran erinnern. »Allem und jedem zu mißtrauen, darauf verstehe ich mich«, schreibt er ihm. »Und ich weiß genau, daß auf die besten von Euch und auf Sie mehr als auf jeden anderen, Juan Bautista, der Sie ein Mann mit Prinzipien sind, wieder die Verzweiflung, die Verbannung wartet. Ich sehe das tragische Schicksal klar vor mir, das uns erwartet, vor allem Sie, Juan Bautista, weil ich Sie gut kenne und weiß, daß Sie niemals nachgeben würden. Sie gehören zu der Art von Männern, die nie nachgeben, und diesen Männern bleiben in den herannahenden Zeiten nur zwei Möglichkeiten: das Exil oder der Tod. Die anderen, darunter auch welche, die sich heute Ihre Freunde nennen, werden natürlich Karriere machen. Dieses Land ist reif dafür. Wie sollen sie keine Karriere machen, wenn sie das ganze freie Feld, die ganze Pampa für sich haben? Es werden die gewinnen, die am schnellsten laufen, nicht die besten, nicht die aufrichtigsten, und nicht die, denen das Vaterland am meisten am Herzen liegt. Was Sie angeht, kein Ruhm wird Ihnen verwehrt bleiben, Juan Bautista, aber auch kein Unglück.« Das schrieb er ihm in merkwürdiger Hellsicht. Niemand hörte ihm zu und er war ganz auf sich gestellt, vielleicht hatte er deswegen gelernt zu denken, wie es sich gehört; so denken diejenigen, die nichts mehr zu verlieren haben.

Kurzum, ich wollte Ihnen sagen, angesichts der Situation im Land bin ich ein wenig desorientiert, was meine unmittelbare Zukunft angeht. Es gibt einige Komplikationen, ich werde wohl einige Male meinen Wohnsitz wechseln. Ich dachte, im Moment wäre es das beste, das Archiv (mit den Dokumenten und den Anmerkungen und den bereits verfaßten Kapiteln) an jemanden zu übergeben, dem ich komplett vertraue. Diese Person könnte im entsprechenden Fall die Arbeit fortführen, sie fertigschreiben, ihr den letzten Schliff geben, sie veröffentlichen etc. Mir geht es vor allem darum sicherzustellen, daß diese Dokumente erhalten bleiben, weil sie nicht nur dazu dienen, Licht in die Vergangenheit unserer vom Pech verfolgten Republik zu bringen (zumindest für denjenigen, der sie gut zu lesen versteht), sondern auch um Dinge zu verstehen, die zur Zeit nicht weit von hier passieren.

Ich wollte Ihnen schreiben, um Sie ins Bild zu setzen, Senator. Ich wollte es Ihnen sagen, wie die Dinge stehen, weil wir uns gut kennen und weil ich weiß, daß Sie sich nicht mehr Sorgen um mich machen, als Sie es bisher taten. Die Widrigkeiten werden vorbeigehen, auf lange Sicht gehen sie immer vorbei.

Ich schließe hier; diese Zeilen sollen Ihnen zeigen, daß ich an Sie denke. Wir werden uns wiedersehen, am Willen mangelt es nicht. Passen Sie auf sich auf, Don Luciano, ich bin Ihnen tief verbunden. Ganz der Ihre

Marcelo Maggi

PS: Dieser Tage wird Sie ein Neffe von mir besuchen. Ich werde mich sicher bald mit ihm treffen, dann wird er mir sagen, wie es Ihnen geht.

Herzliche Grüße.

6.7.1850 Ich fahre fort. Meine Autobiographie.

Vorfahren 1.

Einer meiner Großväter verdiente ein Vermögen bei dem humanitären Geschäft, kranke Sklaven zu kaufen und sie soweit aufzupäppeln, um sie (zu einem besseren Preis) als gesunde Sklaven wieder zu verkaufen. Dieses Geschäft, das Gewinnstreben mit Philanthropie verband, ermöglichte ihm, sich dank der Gesundheit der anderen zu bereichern. Ich habe Abbildungen von abgezehrten, spindeldürren Sklaven voller Pusteln gesehen und dann andere Abbildungen, auf denen dieselben Sklaven kräftiger, aber immer noch abgezehrt und voller Pusteln, neben meinem Großvater stehen, der zufrieden mit der Spitze des Ochsenziemers auf sie zeigt. Als er siebzig wurde, hat dieser Großvater die Familie verlassen, um mit einer Negerin aus Jamaika in wilder Ehe zu leben, die er *Die Kaiserin* nannte. In meiner Jugend, scheint mein Großvater zu sagen, war ein Mann von siebzig Jahren nicht alt, die französische Revolution hat das Alter in die Welt gebracht.

Vorfahren 2.

Mein Vater war ein vom Leben enttäuschter Mann. Er wurde Soldat, weil die Zeiten das verlangten. Er kämpfte gegen die Engländer und danach marschierte er mit Belgrano in dem Feldzug Richtung Norden. Er kehrte krank und verwundet zurück, ohne je einen Sieg erlebt zu haben. Das nicht mehr nachlassende Fieber machte es ihm unmöglich, an dem Befreiungsfeldzug und den Bürgerkriegen teilzunehmen, und er fühlte sich seiner Provinz Santa Fe gegenüber immer in der Schuld. Er prozessierte mit der Regierung, bis man seinen Waffendienst anerkannte und ihm eine Pension gewährte, die er nicht brauchte. Zu Hause nannten ihn die Dienstboten »Mein General«, dabei hat er diesen Grad nie erreicht. Nachts ließen ihn die Schmerzen oder die Gewissensbisse nicht schlafen, und er spazierte über die Flure und wartete auf das Tageslicht. In den schlaflosen Nächten vertrieb er sich die Zeit, indem er niederschrieb, was er die *Grundsätze der Kunst der Kriegsführung* nannte. Ich erinnere mich an einige, die ich hier wiedergebe:

1. Ich, der Krieg, denke. Wir haben über der Verwüstung, mit der der Krieg die Nation unterwirft, das Plakat angebracht: *Hier wird gedacht.*

2. Es gibt keine Taufe außer der Feuertaufe.
3. Der Krieg läßt sich nicht menschlicher machen, seine Gewalt vertieft im Menschen eine Dimension, die vor jedem kulturellen Gewand liegt.

Ich habe gehört, die Entrerrianos wären (zu Pferd) die besten Soldaten der Welt, General Manuel Belgrano hätte nie geschwitzt und das Schlimmste an einem Gefecht sei der Scheißegeruch des Pulvers.

Vorfahren 3.

Meine Mutter war, ohne es zu wissen, von dem hochmütigen und vagabundierenden Geschlecht der Bohemiens dieser Welt. Von ihr habe ich das *mal du siècle* geerbt und eine affektierte Weise, beim Reden die Vokale in die Länge zu ziehen. Meine Mutter liebte meinen Vater nicht und das sagte sie ihm auch. Sie war grausam und zugleich unschuldig: Sie glaubte an die barmherzige Macht der Wahrheit mehr als an die Demütigungen der Lüge. Das Verhalten dieses Soldaten, der das lebende Abbild der Niederlage war, paßte nicht mehr zu der Vorstellung, die diese Frau von einer romantischen Leidenschaft hatte. Monatelang machte ihr Graf Walewski, französischer Konsul in Buenos Aires und unehelicher Sohn von Napoleon Bonaparte (mit der Polin Maria Walewska), den Hof und verfolgte sie mit Liebeserklärungen. Das alles geschah unter den Augen meines Vaters, der die Bastarde und die Europäer zu sehr verachtete, um sich zu Eifersucht herabzulassen. Der Graf, ein perverser und raffinierter Mann, lud meine Mutter ins Theater ein und schickte ihr Karten in perfider Schönschrift in gotischen Buchstaben, die sein erotisches Ansinnen betonten und ihm den Wert des Besonderen verliehen. Er verfaßte sie auf französisch, was mein Vater nicht beherrschte. Eines Nachts überraschte ich meine Mutter dabei, wie sie in der Nähe des Durchgangs La Piedad aus einer Kutsche stieg; sie hüllte sich in ihre schwarze Mantille und wollte mir damit zu verstehen geben, daß ich sie nicht gesehen hatte. Ich denke, diese Frau hatte es schließlich mit mühsam erarbeiteter Verzweiflung (aber vielleicht auch mit Scham) geschafft, sich ein geheimes Leben aufzubauen, das ihren Träumen und Hoffnungen entsprach. Sie las Alfred de Musset und George Sand und träumte davon, in Paris zu leben und den Salon von Madame de Staël zu besuchen; meine Mutter wußte nicht, daß die gute Frau schon vor vielen Jahren gestorben war, weil sie von dem Vater des Bastardes, dem sie jetzt ihren Körper hingab, abgewiesen worden war.

Vorfahren 4.

Was mich angeht, so bin ich eigentlich als Enrique *von* Ossorio geboren, aber ich habe diesen Partikel aus meinem Namen verbannt, dessen Nachklang die Vernunft meiner Zeit beleidigt, die Tugenden der Abstammung erscheinen mir nicht zeitgemäß und entsprechen auch nicht dem, was ich anstrebe, ich will mir alles selbst erarbeiten.

Was mich, Enrique Ossorio, angeht, so war ich ein Verräter, ein Spion und ein treuloser Freund und ich werde von der Geschichte verurteilt werden, wie ich jetzt von meinen Zeitgenossen verurteilt werde.

Sie haben einige der Nachrichten, die ich Ihnen gesandt habe, durchsickern lassen. In diesem Haus wächst das Mißtrauen. Wie soll ich wissen, ob man nicht Rückschlüsse gezogen hat und darauf wartet, den Verräter (ihr Wortlaut) zu enttarnen? Sie sollen wissen, daß ich das nicht aus Angst sage. Aber Sie sollten auf eine bessere Gelegenheit warten, um mich nicht zu kompromittieren. Ich bin allein hier, ich schlafe in der Höhle des Tigre.

Ich lese meine privaten Papiere noch einmal durch. Seit damals sind mehr als zehn Jahre vergangen, und trotzdem habe ich das Gefühl, wieder in der Position des Verräters zu stehen. Oder ist es vielleicht nicht so? Doch, da können Sie sicher sein. Ist das womöglich meine naturgegebene Position? Warum, werden Sie sagen. Ein Verräter? Schon wieder? Jetzt bin ich ein Verräter an meiner eigenen Vergangenheit, so wie ich vorher ein Verräter an meiner eigenen Zukunft war. Sie ziehen es vor, die Fehler in

Loyalität aufrechtzuerhalten, so zu tun, als ob das, was jetzt geschieht, schon damals vorgesehen und geplant war. Aber ich weiß, daß es nicht so war, ich muß es wissen, ich war dabei.

Ein gewisser J. R. Rey (oder Reyf) hat an einen hiesigen Residenten einen Brief geschrieben, der enthüllt, was nur ein Verräter und Spion enthüllen kann. Man ließ mich eine Kopie anfertigen (von dem Brief) und so erfuhr ich von dem Inhalt. Was für ein ruchloser Zeitgenosse muß dieser Rey sein! Muß am Namen liegen, denn welcher König ist das nicht. Ich möchte sicher gehen, daß Sie vorsichtig sind, meine Botschaften sollen unserer Sache dienen und dabei niemandem einen Schaden zufügen, den ich später bereuen würde.

Leben Sie wohl. Ich werde in meinen Briefen den Schlüssel in der von Ihnen angegebenen Weise benutzen und ich verspreche Ihnen, sowohl darüber als auch über unseren sicheren Weg völliges Stillschweigen zu wahren, wie Sie es (unnötigerweise) von mir verlangen.

2 Einer der Briefe war verschlüsselt. Oder alle. Arocena ordnete die auf seinem Schreibtisch ausgebreiteten Briefe neu. Er sah sich die Umschläge an und erstellte schnell ein erstes Klassifizierungssystem. Caracas. New York. Bogotá; ein Brief nach Ohio, einer nach London; Buenos Aires, Concordia, Buenos Aires. Er numerierte die Briefe, es waren acht. Er legte den Brief von Marcelo Maggi an Ossorio auf die Seite, den er gerade gelesen hatte. Er nahm eine Karteikarte und schrieb ein paar Namen auf: Juan Cruz Baigorria, Angélica Echevarne, Emilio Renzi, Enrique Ossorio. Das Licht der Neonröhren reichte nicht aus. Er machte die Schreibtischlampe an und versuchte, den Lichtkegel genau auf die Mitte des Tisches auszurichten. In exakt gleichem Abstand zu den Tischkanten, dachte er, und bewegte den Schirm nur ganz wenig. Er nahm einen maschinengeschriebenen Umschlag, er enthielt Papier mit Briefkopf: Ediciones del Orinoco, Avenida Simón Bolívar 687. Caracas (4563). Venezuela. Er hob das Blatt hoch und hielt es gegen das Licht. Er legte es wieder auf den Schreibtisch und fing an zu lesen.

Hier gibt es wenig Neues, eine Affenhitze; wenn man bedenkt, daß Miguel Cané in dieser Stadt seine *Juvenilia* geschrieben hat. Ein Grund mehr abzuhauen, wie Alfredo sagt. Aber wohin? Um Mexiko ist es nicht anders bestellt. Ich bin den ganzen Tag in meinem Zimmer eingesperrt und übersetze (im Moment ein ziemlich bemerkenswertes Buch von Thomas Bernhard). Ich gehe höchstens ins Kino; ich habe eine venezolanische Freundin, ich weiß nicht, ob ich es dir schon gesagt habe (ich bringe ihr bei, wie man Mate zubereitet). Die Toten und die Freunde (darunter du) erscheinen mir in meinen Träumen. So ist es in diesen Zeiten: um sich mit den Leuten zu treffen, die man liebt, muß man schlafen.

Raúl ist hier vorbeigekommen. Er will, daß wir Argentinier »aus dem Ausland« (wie er sagt) zusammenlegen und uns alle zusammen eine Insel im Pazifik kaufen (vorzugsweise die Isla Juan Fernández). Wir würden Weizen anpflanzen, Kühe züchten, aber ohne den Schutz des Kunsthandwerks im Landesinneren zu vergessen. Wir würden uns von der spanischen Krone unabhängig machen, aber ohne gleich alles Französische nachzuahmen. Wir würden die Zolleinnahmen nationalisieren und die Emphyteuse von Rivadavia abschaffen, um dem Latifundismus die Wurzeln abzuschneiden. Mariano Moreno würde im Land bleiben, an der Spitze der Junta Grande, statt nach Europa zu reisen, dann würde er uns auch nicht auf hoher See sterben etc. Das wäre seiner Meinung nach die erste nationalistische Utopie.

Man vermißt das Heimatland, die eintreffenden Nachrichten sind verworren und eher düster. Niemand versteht, was du dort noch machst. Mit wem triffst du dich? Kann man etwas veröffentlichen? Du scheinst der letzte Mohikaner zu sein. Du solltest wissen, daß Treue zum Stamm sich nicht immer geographisch äußert. Die chinesischen Dichter und Philosophen pflegten, wie ich gehört habe, ins Exil zu gehen wie die unsrigen in die Akademie (der von dir so bewunderte Brecht hat darüber geschrieben). Eine ehrenvolle Sitte. Viele flohen mehrmals und es scheint eine Frage der Ehre gewesen zu sein, so zu schreiben, daß man wenigstens einmal gezwungen war, sich den Staub des vaterländischen Bodens abzuschütteln.

Alle Freunde denken an dich. Grüße an Magdalena und die Kleinen. Ich warte auf deine Nachricht. Du fehlst mir.

Roque.

PS: Manchmal (das ist kein Scherz) denke ich, daß wir die Generation von 37 sind, versprengt in der Diaspora. Und wer von uns wird den *Facundo* schreiben?

14.7.1850

Also gut, habe ich heute bei mir gedacht: Was ist die Utopie? Der vollkommene Ort? Nein, das ist es nicht. Für mich ist das Exil die Utopie. *Es gibt keinen solchen Ort.* Die Verbannung, der Exodus, ein zwischen zwei Zeiten schwebender Raum. Wir haben die Erinnerungen, die uns aus dem Land geblieben sind, und dann stellen wir uns vor, wie das Land sein wird, wenn wir dorthin zurückkehren. Diese tote Zeit zwischen der Vergangenheit und der Zukunft ist für mich die Utopie, also das Exil.

Mit der Leere, die das Exil mit sich bringt, habe ich eine andere persönliche Erfahrung mit der Utopie gemacht, die es mir ermöglicht, an den Roman zu denken, den ich schreiben will. Das Gold Kaliforniens, dieser fieberhafte Marsch der Abenteurer, die getrieben von Gier gen Westen fortschritten, was war das anderes als die Suche nach der Utopie schlechthin, dem Gold? Ein utopisches Metall, ein Schatz, den man findet, ein Vermögen, das man in den Flußbetten einsammelt, eine alchimistische Utopie. Der warme Sand rinnt durch die Finger. We shall be rich at once now, with California gold, Sir, sangen die Männer in den Abenteurerwaggons der Wells Fargo. Ich weiß also, um was es geht. Jede Nacht spüre ich vor dem Einschlafen das Gewicht dieser goldenen Illusion auf der Haut an meinen Hüften. Es ist ein persönliches Geheimnis, verborgen gehalten wie ein Verbrechen. Nicht einmal Lisette weiß davon. Was hast du denn da?, hat sie mich gefragt. Eine Binde aus Bronze, habe ich ihr geantwortet, auf Anraten eines Arztes wegen einer Verkrümmung meiner Wirbelsäule. Und ich lüge nicht. Wie viele Jahre habe ich gebeugt verbracht, buckelnd wie ein Sklave? Niemand kann sich darüber wundern, daß ich jetzt diese Art Korsett aus massivem Gold benötige, um gegen die Auswirkungen dieser unbequemen Haltung anzukämpfen, zu der mich die Geschichte zwang. Nur das Gold kuriert die Erinnerung an Knechtschaft und Verrat.

Andererseits habe ich bei diesen Karawanen der Utopie, die durch die verbrannten Wüsten von New Mexiko zogen, Verbrechen und Greueltaten gesehen, die ich mir nicht mal in schlimmsten Alpträumen vorgestellt hätte. Ein Mann hat einem Freund mit der scharfen Kante einer Schaufel die Hand abgeschnitten, um als erster ein Flußbett zu erreichen, wo sich, nebenbei bemerkt, gar kein Gold befand. Welche Lehren habe ich aus dieser anderen Erfahrung gezogen, die ich in der blendenden Welt der Utopie gemacht habe? Daß dort, wo man ihr nachjagt, alle Verbrechen möglich sind. Und daß nur diejenigen das sanfte, glückliche Reich der reinen Utopie erreichen können, die es (wie ich) verstanden haben, in höchstem Maße moralisch zu verkommen. Nur im Geist der Verräter und der Niederträchtigen, von Männern wie mir, können die schönen Träume entstehen, die wir Utopien nennen.

Die dritte Erfahrung, die meiner Vorstellungskraft als Material dient, ist der Verrat. Der Verräter nimmt die klassische Position des utopischen Helden ein: Als Mann keines Ortes lebt der Verräter zwischen zwei Seiten, die Loyalität von ihm erwarten, er lebt den Doppelsinn, in der Verkleidung. Er muß täuschen, auf dem Ödland des Treuebruchs verweilen, nur gehalten von den unmöglichen Träumen einer Zukunft, in der seine Niederträchtigkeiten endlich belohnt werden. Aber in welcher Weise werden die Niederträchtigkeiten des Verräters in der Zukunft belohnt?

Gott zum Gruß. Ich weiß nicht mehr, ob ich Ihnen in einem Brief gesagt habe, daß materielle Interessen niemals die Motivation für mein

Handeln waren. Ich bedaure zutiefst und es überrascht mich, daß Sie mir Geld anbieten. Geld, mir? Weil wir beide uns derselben Sache verschrieben haben, will ich meiner Entrüstung und meinem Bedauern an dieser Stelle keinen Ausdruck verleihen. Ich habe die Schwierigkeiten, unter denen ich lebe, stets vor Augen, denn ich bin ein Kind derselben. Satan wählt abartige Szenarien für die Versuchungen, denen ein Ehrenmann sich stellen muß. Sei dem wie ihm wolle, wiederholen Sie nicht diese unwürdigen Angebote, die erniedrigend für mich, aber auch für Sie sind. Sie sollen wissen, daß ich keinen persönlichen Vorteil daraus ziehen will und auch nicht ziehe, eher im Gegenteil.

Ich lese meine Papiere aus der Vergangenheit noch einmal, um meinen Roman der Zukunft zu schreiben. Nichts zwischen der Vergangenheit und der Zukunft, diese Gegenwart (diese Leere, diese Terra incognita) ist auch Utopie.

15.7.1859

Die Utopie eines modernen Träumers muß sich von den klassischen Regeln des Genres unterscheiden: Man darf keinen nicht existierenden Raum rekonstruieren wollen. Das ist der entscheidende Unterschied: Die Utopie soll nicht an einem imaginären, unbekannten Ort (im Normalfall eine Insel) situiert werden. Man muß hingegen das eigene Land anvisieren, und zwar an einem Datum (1979), das in phantastischer Ferne liegt. Es gibt keinen solchen Ort, in der Zeit. *Noch* gibt es keinen solchen Ort. Das ist für mich ein utopischer Standpunkt. Mir Argentinien vorzustellen, wie es in 130 Jahren sein wird: tägliche Sehnsuchtsübung, *roman philosophique.*

Titel: 1979

Motto: *Jede Epoche träumt die vorhergehende.* Jules Michelet.

Ich spreche mit Lisette über das Thema meines Romans. Sie fragt mich: Wirst du auch eine Frau darin vorkommen lassen, die wie ich die Zukunft im Flug der Nachtvögel lesen kann? Ich werde vielleicht, sage ich zu ihr, eine Seherin darin vorkommen lassen, eine Frau, die, wie du, sehen kann, was niemand anderer zu sehen imstande ist.

Werter Herr: Ich bin fast sicher, daß wir uns in der Maestro Pizurno Schule an der Ecke der Calle Segurola 900 irgendwas kennengelernt haben. Ich habe dort die erste bis zur sechsten Klasse besucht. Mein Name ist Echevarne, Angélica Inés, man nennt mich Anahí. Ich war das Mädchen, das sich in der fünften und sechsten Klasse immer in die erste Reihe setzte, Herr Bürgermeister, und als ich Ihr Foto in der Zeitung sah, dachte ich sofort, daß ich mich bei Ihnen melden sollte. Erinnern Sie sich? In der ersten Reihe, fast am Ende des Ganges, 6 B. Einmal haben Sie mir einen Liebesbrief geschrieben, Exzellenz, den ich leider aus gesundheitlichen Gründen nicht aufbewahrt habe. Ich wollte die Gelegenheit dieser durch das Foto in der Zeitung *Crónica* wieder erwachten Erinnerung nutzen, um Ihnen folgendes mitzuteilen. Exzellenz, verehrte Obrigkeiten und Würdenträger: Verschiedene Visionen sind zuletzt in Richtung Nord-Süd und Süd-Süd-Ost-West aufgetaucht. Zum Beispiel die Zwillinge. Einer heißt Farnos und der andere ist »Der Japaner« (der Japaner aus Tokio). Auch wenn sie die verschiedensten Aktivitäten betreiben, werden Sie sie sofort erkennen, denn beide tragen Halbstiefel aus schwarzem Lackleder. Aber es ist ganz wichtig, daß Sie die angegebene Richtung berücksichtigen: Süd-Süd-Ost nach West (man könnte sagen Richtung Munro). Es verhält sich wie folgt, Herr Bürgermeister: Man hat an mir einen Eingriff vorgenommen und mir einen Sender eingesetzt, der zwischen den Verästelungen des Herzens verborgen ist. Während ich schlief, haben sie mir diesen Apparat eingesetzt, ganz klein, um senden zu können. Es ist eine gläserne Kapsel, wie ein Schmuckstück, ganz aus Glas, und dort spiegeln sich die Bilder. Ich sehe alles über diesen Apparat, es ist wie ein Fernsehbildschirm. Man sieht dieses freie Feld und kann sich nicht vorstellen, was ich gesehen habe: soviel Leid. Zu Anfang konnte ich nur den Verstorbenen sehen. Er liegt auf einem Eisenbett unter Zeitungen. Es gibt noch mehr am Ende eines Flures, der Boden besteht nur aus festgestampfter Erde. Ich schließe die Augen, um nicht sehen zu müssen, wie man ihn zugerichtet hat. Ich will ihn nicht leiden sehen, also singe ich, denn ich bin die offizielle Sängerin. Wenn ich von den Bildern spreche, die in dem *glitzernden Stein* zu sehen sind, glaubt mir niemand. Warum ich? Warum muß ich diejenige sein, die alles mit ansehen muß? Da ist zum Beispiel dieser Junge, der mich sucht, der mich sehen will. Und der Pole. Polen. Ich habe die Fotos gesehen: Sie töteten die Juden mit Verpackungsdraht. Die Krematorien sind in Belén, Bethlehem, im Norden, ziemlich weit im Norden, Belén, Provinz Catamarca. Die Vögel fliegen über die Asche. Hat Evita Perón das nicht gesagt? Sie sah auch alles und man hat ihr die Eingeweide herausgenommen und sie ausgestopft wie eine Puppe. Die Metastase liegt über der Haut wie eine blaues Spinnengewebe. Er liegt auf einem Metalltisch, warum muß ich ihn leiden sehen? Ich wurde zur Zeugin all dieses Schmerzes ernannt. Ich kann nicht mehr, Exzellenz. Ich schließe die Augen, um das Unheil nicht zu sehen. Und dann singe ich, um all das Leid nicht mehr sehen zu müssen. Ich bin die offizielle Sängerin und wenn ich singe, muß ich das Elend der Welt nicht sehen. Ich werde eine Hymne singen. *Hoch am Himmel erhebt ein kämpferischer Adler kühn seine Schwingen in siegreichem Flug.* So singt Anahí, die Königin des Litoral; ich singe, ich muß singen, sonst werde ich neurasthenisch. Ich muß singen, ich muß wieder singen. Ich muß die offizielle Sängerin werden. Ich möchte Sie, Herr Minister, mit allem Respekt bitten, mich zu ernennen. Darf ich Sie um diesen Gefallen bitten? Ich denke ganz gerührt an dieses Liebesbriefchen, das Sie mir über die Chola, eine Banknachbarin in der 6 B der Maestro Pizurno Schule, zukommen ließen. Ich grüße Sie, Herr Präfekt, voller Hochachtung, in Erinnerung an jene fernen Tage, die wir gemeinsam in der Calle Segurola 900 irgendwas verbrachten, 6 B (hoch oben auf der Bank), als Sie, Herr Bürgermeister, mir Ihr Briefchen mit den liebreizenden Worten zukommen ließen, das ich trotz der Schrecken, die mein Schicksal als Seherin mir aufgezwungen hat, nicht vergessen konnte. Die Klassenlehrerin hieß Fräulein Olga, sie war ein wenig klein, aber sie hatte himmelblaue Augen. Jeden Morgen, wenn sie den Klassenraum betrat, sagte sie: Guten Tag, Kinder. Und wir antworteten im Chor (auch Sie, Exzellenz, als Sie klein waren): Guten Tag, Fräulein! Natürlich hatten wir vorher, während die Fahne gehißt wurde, die *Aurora* gesungen, und zum Glück habe ich diese patriotische Hymne nicht vergessen, und immer, wenn ich nicht mehr kann, singe ich: *Blau ein Flügel in der Farbe des Himmels, blau ein Flügel in der Farbe des Meeres*, so singe ich, Anahí. Den Herrn Gouverneur grüßt voller Hochachtung Echevarne Angélica Inés.

Solche Briefe kamen ihm immer wieder unter. Sie waren an den Herrn Bürgermeister, Präfekten, Vizekonsul oder Sekretär oder sonstige Obrigkeiten gerichtet. Manchmal fotokopierte er sie, um sie mit nach Hause zu nehmen und sich einen Spaß daraus zu machen. Irgendwann, dachte Arocena, werde ich einen solchen Brief bekommen, der an mich gerichtet ist. Oder ich werde ihn mir selbst schreiben. Er legte ihn auf die Seite, abseits von den anderen. Dann nahm er den nächsten. Er war mühsam mit Bleistift auf ein Heftblatt geschrieben. Verdammt, dachte Arocena, als er zu lesen anfing, wo kommt denn dieser Juan Cruz Baigorria auf einmal her?

18.7.1850

Es gibt noch einen Unterschied zwischen dem Roman, den ich schreiben will, und den Utopien, die ich kenne (Morus, Campanella, Bacon): In meinem Fall geht es nicht darum, diese andere Epoche, diesen anderen Ort zu beschreiben, sondern eine Erzählung zu konstruieren, wo nur die möglichen Zeugen der Zukunft in trivialster und alltäglichster Form vorgestellt werden, so wie sich einem Historiker die Dokumente der Vergangenheit darbieten. Der Protagonist wird Papiere vor sich haben, die in jener zukünftigen Epoche geschrieben wurden.

Ein Historiker, der mit Dokumenten aus der Zukunft arbeitet (das ist das Thema). Das Modell ist die Truhe, in der ich meine Papiere aufbewahre. Was könnte jemand daraus schließen, der sie in hundert Jahren liest, ohne etwas anderes vor sich zu haben, ohne etwas anderes von dieser Epoche zu wissen, deren Leben er zu rekonstruieren trachtet?

23.7.1850

Alte Leiden flammen wieder auf. Schmerzen in den Schädelknochen. Ein eiskalter Gegenstand wie aus Metall zwischen den Knochen des Schädels. Der Schmerz dehnt sich aus und verteilt sich in den Spalten und Windungen des Gehirns. Ich erhöhe die Dosis an *Liquen* ohne Ergebnis. Der Tee ist nur morgens wohltuend. So wenig wie möglich sitzen. Also habe ich angefangen, im Zimmer herumzugehen. Ich muß trotzdem weiter an dem Plan dieses Romans arbeiten, der so ist, wie ich ihn mir vorstelle.

Die »reale« Zeit des Romans reicht von März 1837 bis 1838 (französische Blockade, Terror). In dieser Zeitspanne findet der Protagonist auf einem Weg, den ich mir noch ausdenken muß, Dokumente (das heißt, er hat sie in der Hand), die in Argentinien im Jahr 1979 verfaßt wurden. Während er sie liest, rekonstruiert er (stellt er sich vor), wie diese künftige Epoche sein wird.

Eine Entdeckung. Ich ging im Zimmer herum, hin und her, um diesen Schmerz zu vergessen, als mir plötzlich klar wurde, wie die Form meines utopischen Romans aussehen mußte. Der Protagonist erhält Briefe aus der Zukunft (die nicht an ihn gerichtet sind).

Also ein Briefroman. Warum dieses anachronistische Genre? Weil die Utopie an sich eine literarische Form ist, die der Vergangenheit angehört. Für uns Menschen des neunzehnten Jahrhunderts ist sie etwas so Archaisches wie der Briefroman. Keinem zeitgenössischen Romancier würde es einfallen (weder Balzac, um ein Beispiel zu nennen, noch Dickens oder Stendhal), einen utopischen Roman zu schreiben. Ich meinerseits lese nach Möglichkeit keine Gegenwartsautoren. Ich suche meine Inspiration in altmodischen Büchern (*Das Jahr 2440* von L. Mercier, *Persische Briefe* von Montesquieu, *Candide* von Voltaire, *Rameau's Neffe* von Diderot, *Aline und Valcoure* von de Sade, *Die Gefährlichen Liebschaften* von Laclos).

Mehrere Stunden im Bett verbracht. Ein feuchtes Tuch auf den Augen. Die Krise muß vorübergehen.

24.7.1850

Wie bin ich darauf gekommen, daß mein utopischer Roman ein Briefroman sein muß? Erstens: Einen Brief schreiben heißt, bereits eine Nachricht in die Zukunft senden; man spricht in der Gegenwart mit einem Adressaten, der abwesend ist, dessen Lebensumstände wir nicht kennen (in welcher Stimmung ist er, ist jemand bei ihm), während wir ihm schreiben, aber vor allem auch *danach*, wenn er uns liest. Der Briefwechsel ist die utopische Form der Konversation, denn sie löscht die Gegenwart aus und macht die Zukunft zum einzig möglichen Ort des Dialogs.

Aber es gibt noch einen zweiten Grund. Was ist das Exil anderes als eine Situation, die uns zwingt, die Beziehung zu unseren engsten Freunden, die fern, abwesend sind und in der ganzen Welt verstreut leben, durch das geschriebene Wort zu ersetzen? Außerdem, welche Beziehung können wir zu dem Land aufrechterhalten, das wir verloren haben, das man uns gezwungen hat zu verlassen, wie soll uns dieser abwesende Ort anders präsent sein als durch die Bekundungen seiner Existenz in den sporadischen, ausweichenden, trivialen Briefen mit Nachrichten aus der Familie?

Die Form ist also treffend gewählt für den Roman, der im Exil und seinetwegen entsteht.

Mein lieber Sohn, wir, deine Mutter und ich, sind wohlauf, alles beim alten. Ich hoffe, du bist bei guter Gesundheit. Deine Mutter wird immer nervöser. Nachts macht sie kaum ein Auge zu. Sie hat Angst, daß dir etwas zustoßen könnte. Bist du immer noch in Winnesburg, Ohio? Das ist eine Plackerei hier, ich kann dir sagen, und verdienen tut man immer weniger. Seit der General gestorben ist, denkt niemand mehr an die Armen. Aber darüber will ich dir schreiben, man weiß ja nie. Ich habe Kartoffeln angepflanzt und Kürbisse und Tomaten, da kommt wenigstens was bei raus, aber wenn Frost kommt, dann *Chau Espronceda.* Ich muß immer an meinen verstorbenen Vater denken, das war sein Spruch, soll soviel heißen wie dann bin ich geliefert, und er hatte noch einen Spruch, als wir in Mendoza waren, damals 21: Am Himmel die Sterne, auf dem Feld die Dornen und in meinem Herz Carlos Washington Lencinas, das war ein Politiker, den später einer aus Corrientes mit einem Schuß niedergestreckt hat. Hier ist viel los, viel Aufregung, ich hoffe, daß es dir gut geht da in Winnesburg, Ohio. Auf der Karte ist es nicht drauf, wir waren bei Don Crespo und wir haben die Vereinigten Staaten von Nordamerika gesehen, wir haben die Provinz Ohio gesehen, aber den Ort haben wir nicht gefunden. Deine Mutter ist ganz aufgeregt, sie schläft kaum. Der Älteste von den Webers fragt jedesmal nach dir, wenn er mich sieht. Er ist der einzige, der sich traut und auf mich zukommt. Die Schwester hat schließlich den hinkenden Ortigosa geheiratet. Auf dem Land kann man nicht mehr leben, es reicht nicht einmal für die Pacht. Ich werde meinem Freund Anselmo Arnaldo Maidana schreiben, der ist Offizier und Bäcker in Ezpeleta, Provinz Buenos Aires. Wer weiß, ich fange noch einmal von vorne an, ein neues Leben, ich gehe in die Hauptstadt. Ich wäre schon 46 gegangen, das waren glückliche Zeiten damals, ich denke, dann wäre alles besser gelaufen, dann wäre dir das jetzt nicht passiert. Wer bleibt in diesem Scheißdorf verschont? Sie haben sie alle gejagt, als wären sie tollwütig, von den Vereinigungen ist nichts mehr übrig. Uns Arme haben sie seit Mitres Zeiten auf dem Kieker, wie mein verstorbener Vater sagte. Was soll's, das letzte, was man verlieren darf, ist die Hoffnung, sorg dafür, daß man dich respektiert und laß dich nicht unterkriegen, mein Junge. Die Welt dreht sich und dreht sich und am Ende ist alles im Lot. Ich fühle mich mit meinen 63 Lenzen wie ein junger Spund, es geht mir ausgezeichnet, gesundheitlich meine ich, ich werde nicht müde, ich rufe immer »hier«, wenn es was zu tun gibt, aber mal ehrlich, wer wird mir in meinem Alter noch Arbeit geben? Hier in Pila war vor kurzem ein Zirkus. Clowns, Löwen und ein Typ, der über ein Drahtseil spazierte, es war beeindruckend, ihn da oben zu sehen, so hoch in der Luft, er sah aus wie ein Vogel, als er da so mit ausgestreckten Armen balancierte. Das beste war für mich eine Art Gaucho, der den *Martín Fierro* vorgetragen hat, mit viel Gefühl und ganz in schwarz. »Das Feuer zum Wärmen muß von unten kommen«, sagte er und ich mußte an General Perón denken. Gibt es Kühe da in Winnesburg, Ohio? Mensch, bist du weit weg, scheint ja der Arsch der Welt zu sein. Trotzdem, du hast es gut gemacht, du wirst deine Chance schon bekommen. Man darf sich nicht überfahren lassen. Ich denke mir, außerdem lernt der Junge was von der Welt kennen. Das wollte ich auch in den Jahren 1946, 47, als ich in die Hauptstadt wollte, aber dann bin ich doch hier hängengeblieben, manchmal schaue ich nach Bolívar rüber und denke, das Land hat mich nicht gehen lassen. Warum?, frage ich mich, wenn ganz am Ende die einzige Erde, die ein Mensch haben kann, die ist, die auf ihn herabfällt, wenn er beerdigt wird. Deine Mutter vermißt dich schrecklich und manchmal überrasche ich sie weinend in der Küche, aber ich tue so, als hätte ich nichts gesehen, und sie wischt sich mit der Hand über die Augen, als würde ihr der Rauch vom Herd in den Augen brennen. Es grüßt dich dein Vater Juan Cruz Baigorria.

Die naive Tour, dachte Arocena. Damit würden sie ihn nicht drankriegen. Winnesburg, Ohio, das wird dreimal wiederholt. Er stellte fest, daß auch sonst manche schlecht gewählten Ausdrücke wiederkehrten. Er schrieb sie gesondert auf eine Karteikarte. Danach zählte er die Buchstaben. Er brachte diese Zahl in Verbindung mit der Gesamtzahl der Worte des Briefes. Er analysierte diese Zahl und klassifizierte danach die Vokale des

Alphabets. Er arbeitete ausgehend von der Hypothese, daß der Code in dem Brief selbst enthalten sein müsse. Alles könnte ein Hinweis auf den Schlüssel sein, der es ihm ermöglichte, die geheime Botschaft zu ermitteln.

25.7.1850

Dieser eiskalte Schmerz ist wieder da. Winzige Eisschollen treiben durch das Blut des Gehirns.

Meine Feinde sind zu allem bereit. Sie würden sich Dokumente ausdenken, sie durch falsche Zeugen und apokryphe Briefe beglaubigen; sie würden verfälschen, was ich geschrieben habe, sie würden Leute aus niederem Milieu anheuern, damit sie die Plätze anzünden, wo ich mich verstecke und meine Archive aufbewahre, das wird ihnen nicht schwerfallen, obwohl ich einer Person meines Vertrauens vier Schilling bezahle, damit sie dort nachts die Runde macht.

Sichere Orte: dieses Zimmer am East River, wo ich mich abends mit der »Gata« einschließe. Und wenn sie eine Spionin ist? Ist es nicht merkwürdig, daß eine schwarze Hure aus Martinique so gut spanisch spricht und mir so aufmerksam zuhört? Ich weiß, wie die Denunzianten arbeiten, ich kenne ihre Art, einem was vorzumachen. Aus eigener Erfahrung. Habe ich ihr zuviel erzählt? Heute, als ich ihr meinen Verdacht andeutete, hat Lisette zu mir gesagt, was weißt du schon?, sie lag entspannt auf dem Bett, ein Knie hochgezogen, die Hand sanft auf dem bläulichen Laub zwischen ihren Beinen, was glaubst du? Keine Frau wird dir ergebener sein als Lisette. Oder habe ich dir nicht gesagt, daß sich zwischen uns etwas Schlimmes ereignen wird? Ich habe es dir gesagt (sagte sie), aber ich bin an deiner Seite, ich habe Angst, aber ich bin an deiner Seite, obwohl ich nicht in Erfahrung bringen konnte, wann oder was sich Schlimmes ereignen wird. Was denkst du?, sagte Lisette mit einer feuchten, weichen Stimme, als wäre sie eingeschüchtert von den Vorahnungen, die sie träumt und an die sie glaubt. Was glaubst du,

Süßer?, sagte die »Gata« und strich lethargisch über die glatte Haut ihrer königlichen Brüste. Daß ich nicht weiß, daß das Übel von dir kommt?

(Morgens)

Ich fahre fort. Unter der Bürde der Nacht. Im Zimmer herrscht Totenstille – nur meine Feder kratzt über das Papier –, ich denke gerne beim Schreiben, da die Maschine noch nicht erfunden wurde, die auf jedwedem Material unsere unausgesprochenen Gedanken wiedergeben kann. Mir gegenüber ein Tintenfaß, in dem ich mein Herz ertränken kann, eine Schere und die weißen Blätter, die auf meine Worte warten. Ich schreibe:

Nicht weit von hier lebt eine gute Nonne, die ich manchmal besuche, um in den Genuß ihrer Aufrichtigkeit zu kommen. Ich werde ihren Namen festhalten: Lisette Gazel. Ich kenne sie vom Scheitel bis zur Sohle, besser als mich selbst. Vor nicht allzu langer Zeit war sie eine dünne, magere Nonne; ich war Arzt und hatte es bald geschafft, daß ihr Fleisch schwarz wurde, daß sie zunahm und Spanisch lernte. Ihre Schwester, Miss Rebba, lebt mit ihr in ehelicher Gemeinschaft (Lesbos), für meinen Geschmack ist sie (die Schwester) zu fett; jetzt sehe ich sie vor mir, abgemagert, nur Haut und Knochen, wie ein Skelett. Ich bin Arzt. Sie wird demnächst sterben, was mir gut zupaß kommt, denn ich werde die Autopsie vornehmen.

Vor mir sehe ich die Schere, ein Tintenfaß, die weißen Blätter, die auf meine Worte warten. Ich schreibe:

Diese Papiere aus der Vergangenheit, die ich in einer Truhe aufbewahre, sind mein persönlicher Zoo: es sind dort Miniaturen von Tieren eingeschlossen: Eidechsen, Ratten, Schlangen mit kalter Haut. Man muß nur den Deckel anheben, dann sieht man das Gewimmel, winzige Tierchen, wie die Eisschollen, die in meinem Blut schwimmen. Im Pferch der Geschichte hüte ich die Tiere und füttere sie mit dem Fleisch meiner Gedanken.

Vor mir sehe ich die weißen Blätter, die in der Nacht auf meine Worte warten. Ich schreibe. Nur meine Feder kratzt über das Papier.

Als ich gestern nacht meine rechte Hand in die Truhe steckte, in der ich meine Papiere aufbewahre, sind die Tiere meinen Unterarm herauf-

geklettert, sie zappelten mit ihren Beinchen und Antennen und versuchten, an die frische Luft zu kommen. Diese Tiere, die über meine Haut kriechen, jedesmal, wenn ich beschließe, mit der Hand in die Vergangenheit einzutauchen, rufen bei mir ein grenzenloses Ekelgefühl hervor, aber ich weiß, daß das Gefühl ihrer schuppigen Bäuche, die spitze Berührung ihrer Beine der Preis ist, den ich zahlen muß, wenn ich feststellen will, wer ich gewesen bin.

Vor mir eine Schere:

Wenn schwarze Seide reißt, hört man ein merkwürdiges Knistern, ähnlich wie bei brennendem Papier.

Arocena änderte die Ordnung des Textes, er teilte den Brief in Abschnitte. Der Schlüssel paßte nicht. Da war nichts verborgen. Wirklich nicht? Er arbeitete noch eine Weile, aber am Ende entschloß er sich, die Blätter mit dem Gekritzel wegzulegen. Er suchte nach dem nächsten Brief. Emilio Renzi, Sarmiento 1516, an Marcelo Maggi, Postfach 12. Concordia. Entre Ríos. Er rückte die Lampe zurecht und fing erneut an zu lesen.

3 Lieber Marcelo, ich habe Besuch von der jungen Angela bekommen, deiner schönen Gesandten und/oder Schülerin (ein seltsam erotisches Wort, Schülerin, als würden darin pädagogische Disziplin und Prostitution zusammenfallen, und ich werde deinen geheimnisvollen (und aufregenden) Anweisungen folgen. Man hat immer das Gefühl, hinter deinem Leben wäre etwas verborgen, ein Geheimnis, das du hegst und pflegst wie andere die Blumen in ihrem Garten. Ich glaube, das ist nicht so sehr eine Auswirkung der Geschichte im eigentlichen Sinne, wie du mir einzureden versuchst, sondern es liegt eher an der Ausübung des Berufs des Historikers: Du bist so damit beschäftigt, in die Geheimnisse des Lebens anderer Menschen (eines anderen Menschen: Enrique Ossorio) einzudringen, daß du deinem Forschungsobjekt ähnlich geworden bist.

Gut, ich werde am 27. um zehn Uhr morgens in Concordia sein; ich komme mit dem Zug. Ich habe die Zahlen, die Adressen etc., aber ich glaube nicht, daß ich sie brauchen werde. Ich schreibe dir diese Zeilen nur, um dir Datum und Uhrzeit zu bestätigen. Wir werden uns also (endlich) sehen und endlos reden, bis wir unsere jeweiligen Versionen der Geschichte dem anderen dargelegt haben. Ich bin versucht dir zu sagen: Ich werde auf der Treppe des Bahnhofs auf dich warten, Marcelo (bestimmt gibt es eine Treppe im Bahnhof von Concordia), ich bin eher klein, habe lockiges Haar, trage eine Brille, ich werde eine Stofftasche in der einen Hand haben und mit der anderen Hand (die ich noch frei habe) ein schwarz eingefaßtes Buch fest gegen meine Brust drücken: die *Gesammelten Erzählungen* von Martínez Estrada, die ich mir gerade gekauft habe, um sie auf der Reise zu lesen. Hast du auch darüber nachgedacht, daß wir uns noch nie gesehen haben, daß wir uns gar nicht kennen, daß es also tatsächlich eine Verabredung zwischen zwei Unbekannten ist? Es grüßt dich herzlich, Onkel, *Le neveu de Rameau*, alias Emilio Renzi.

PS. Ich werde übrigens den Senator kennenlernen. Ich habe für Samstag ein Treffen mit ihm arrangiert, ich hätte es fast vergessen dir zu sagen, also füge ich es heute, am 12., einen Tag, nachdem ich dir das Vorhergehende schrieb, noch an. Ich kann dir sagen, das war vielleicht ein Theater (das Treffen zu arrangieren). Ich habe dort angerufen. Zuerst war eine Art Diener wie aus einem Roman von Agatha Christie am Telefon, den mein Anliegen nicht sonderlich zu interessieren schien, obwohl er den Hörer dann an Agatha Christie höchstpersönlich weitergab, an eine alte Frau (oder zumindest eine Frau mit einer alten Stimme), die sich als Frau von einem der Söhne des Senators vorstellte, und der ich dann noch mal gesagt habe, was ich dem Diener schon mitgeteilt hatte (daß ich persönlich mit Doktor Luciano Ossorio sprechen wollte), worauf sie mir antwortete, ich solle einen Moment warten, es dauerte dann fast eine halbe Stunde, bis endlich einer der Söhne (Javier, glaube ich) in der Leitung war und anfing mich auszufragen, als ob ich nicht dein Neffe wäre, wie ich ihm sagte, und damit, wenn man es recht bedenkt, eine Art angeheirateter Verwandter von Esperancita und damit auch von ihnen, sondern als ob ich ein Agent des KGB (um nicht zu sagen, der CIA, in dem Fall wären sie sicherlich verständnisvoller gewesen) wäre. Ich sagte, daß ich den Senator sprechen wollte, daß du mich dazu beauftragt hättest etc., aber der Typ wollte anfangs von all dem nichts wissen. (Wozu? Wie? Nein, man muß ihm seine Ruhe lassen, in diesem Stil.) Aber ganz plötzlich änderte er völlig unerwartet seine Meinung und legte dabei eine Bereitschaft zur schnellen Veränderung an den Tag, die zweifellos eine Besonderheit im Denken der oberen Gesellschaftsschichten ist, er wurde (mit einem Mal) überaus liebenswürdig und sagte, wenn ich einen Augenblick wartete, würde er das Telefon an das andere Ende des Gebäudes bringen, wo sich die Zimmer befänden, in denen sein Vater »residierte«. Ich habe ungefähr sieben Stunden gewartet, als hätte der Typ mit dem Apparat die Gänge, Treppen und Flure von Schloß Helsingör durchqueren müssen, um mich direkt mit dem Geist des Vaters von Prinz Hamlet zu verbinden, bis nach diesem labyrinthischen Schweigen die Stimme des Senators zu hören war, er hat eine unglaubliche Stimme, als spräche er aus einer anderen Welt; es ist ein distanzierter Ton, aber zugleich ironisch und großtuerisch, so argentinisch (so wie ich mir eine argentinische Stimme vorstelle), daß ich unvermittelt das Gefühl hatte, mit Juan Martín de Pueyrredón oder einem anderen Patrizier zu reden. Dann habe ich ihm gesagt, daß ich in deinem Auftrag anrufe, daß du ihn herzlich grüßen läßt und daß ich ihn gern persönlich besuchen würde, wenn das möglich wäre etc., und der Alte schien begeistert zu sein, von dir zu hören, aber nach diesem kurzen Augenblick der Freude wurde er wieder ernst und fing an, mir eine Reihe minutiöser und äußerst detaillierter Anweisungen zu geben, wie ich zu diesem Flügel des Schlosses von Helsingör komme, in dem er »residiert«. Wie ich durch eine Seitentreppe zu ihm hinaufkommen soll, die am Ende des Eingangsbereiches liegt, und daß ich auf keinen Fall den Aufzug nehmen und nicht zulassen soll, daß mich einer seiner Söhne oder andere Verwandte begleiten. »Ich will nicht, daß meine

Söhne oder ihre Frauen oder meine Enkel zu mir kommen, haben Sie mich verstanden? Sie kommen allein, die anderen sollen wegbleiben. All diese Leute«, sagte er, »fühlen sich hin und wieder aus Kindesliebe bemüßigt, hier einzufallen, um zu sehen, ob ich schon gestorben bin«, sagte der Senator. »Verstehen Sie, junger Mann? Deshalb werden Sie,« sagte der Senator, »erst den Flur durchqueren und dann die Treppe hinaufgehen, ich werde Sie in meinem Empfangszimmer erwarten.« Also werde ich nach diesem einfachen Verfahren, das ich dir eben zusammengefaßt habe, übermorgen den Senator kennenlernen und ich werde dir davon berichten, wenn wir uns endlich am 27. dieses Monats sehen (in deinem Empfangszimmer). Herzlichst, Emilio.

Die Krise ist vorüber. Rückzug von dem, was sie meine Krankheit nennen.

Mit meinem Roman geht es voran. Ich denke weiter darüber nach. Ich will eine Epoche in ihrer ganzen Dichte durch diese Briefe rekonstruieren, die aus einer anderen Zeit kommen. Der Protagonist arbeitet mit diesen Dokumenten, als wäre er ein Historiker der Zukunft. Warum fallen sie in seine Hände? Wie? Keine Erklärung, der Roman erläutert nicht, warum das alles plötzlich in Gang kommt. Alles ist von Anfang an gegeben: phantastische Literatur. (Wer von Euch hat die Geschichten von Edgar Allen Poe im *Herald* von Baltimore gelesen?) Ein paar vereinzelte, fast triviale Briefe, die Argentinier in der Zukunft austauschen. Briefe, die sich anscheinend in der Zeit verirrt haben. Allmählich beginnt der Protagonist zu begreifen. Er versucht, ausgehend von diesen fast unsichtbaren Zeichen, zu verstehen, was passieren wird.

(Wer wäre in der Lage, die Briefe der Zukunft zu lesen.)

Du warst in der Zeitung. Wir waren alle so stolz, im Club wurde am Samstag von nichts anderem geredet. Ich schicke dir den Ausschnitt, das Foto ist klein, aber du bist gut getroffen. Du siehst toll aus. Mama hat eine Überraschung für dich, aber tu so, als wüßtest du von nichts. Du kannst dir nicht vorstellen, was hier los war. Mama und Papa haben angefangen zu streiten. Mama ist ihm fast an die Gurgel gegangen. Sie sagt, es habe ihm nie gepaßt, daß du Physik studiert hast (stimmt das?), daß er erst dagegen war und jetzt nichts mehr davon wissen will. Er wollte, daß du Rechtsanwalt wirst und dich um die Firma kümmerst, was für rosige Aussichten, wenn ich nur daran denke, kriege ich schon einen Anfall. Ich sage dir, hier erreichen uns *schreckenerregende* Nachrichten über die Kälte in Europa. Alejandra, das arme Ding, ist am Boden zerstört, warum schreibst du ihr nicht? Sei ja nicht so herzlos und verliebe dich in eine Ausländerin (stimmt es, daß es in London *schwarze* Huren gibt?). Aber genieß das Leben, mein Lieber, du weißt, ich bin eine Schlafwandlerin. Es ist gähnend langweilig hier. Buenos Aires wirkt wie Catamarca. (Der Pöbel in den Hauptstädten ist nicht zum Aushalten, hat Spinetta nicht sowas gesungen?) Gehst du ins Theater, ins Cabaret etc. oder lernst du den ganzen Tag? Wir habe einen jungen, phantastisch aussehenden Geschichtslehrer, alle Mädchen studieren das erste Triumvirat und melden sich ganz eifrig. Papa hat neulich gesagt, wenn es so weitergeht, werden wir dieses Jahr den Sommer in Europa verbringen. (Noch ein Geheimnis: *anscheinend* will er ein Haus in Paris kaufen.) Bereite dich schon mal darauf vor, daß du mich *überall* hinführen mußt. Ich habe *ernsthaft* darüber nachgedacht, von zu Hause zu verschwinden. Papa ist geradezu unerträglich: Die jungen Leute heutzutage (er meint mich) haben nichts im Kopf, man muß sie an die Kandare nehmen (er verwendet Reitermetaphern); wir (die jungen Leute und ich im besonderen) werden die Welt an den Abgrund bringen. Du kannst dir vorstellen, wenn es nach ihm ginge, müßte man die Monarchie einführen, die Wiedereinsetzung der Inquisition verfügen, etc. Der Geschichtslehrer, so klasse er aussieht, predigt auch, was das Zeug hält: seiner Meinung nach war San Martín ein Monarchist, und das Unglück dieses Landes hat damit begonnen, daß wir die Engländer zur Zeit der Invasionen rausgeworfen haben undsoweiterundsofort. Ich muß die Erwachsenen nur reden hören, dann fühle ich mich wieder mit der Welt versöhnt. Apropos (dieser Brief ist ein wenig durcheinander), ich frage dich noch einmal: Wie kommst du mit der Sprache zurecht? I am the sister? This is a pencil. Ich beneide dich *so sehr.* Warum bin ich nicht als Junge geboren? Nebenbei bemerkt, ich lese wie verrückt, fünfzehn, sechzehn Stunden am Tag, Psychologie, Psychoanalyse, all das (Sigmund Freud etc.). Ich glaube, ich werde das studieren. Was meinst du? (*Wichtig*: Ich muß dich unbedingt etwas fragen, hältst du mich für intelligent? Seit einiger Zeit habe ich das Gefühl, daß ich verblöde. *Könntest* du mir einmal in deinem Leben ernsthaft eine Frage beantworten? Für mich ist das sehr wichtig, grundlegend etc. Antworte mir: Wenn du der Ansicht bist, daß ich über eine mittelmäßige bis unterdurchschnittliche Intelligenz verfüge, sag es offen und ehrlich, du brauchst keine Angst zu haben, daß ich mich dann umbringe oder so.) Seit einiger Zeit habe ich das Gefühl, daß ich ein wenig sonderbar werde. Ich verbringe beispielsweise den Tag damit, die Autos mit ungeradem Nummernschild zu zählen, die am Haus vorbeifahren. Es ist stärker als ich. Es zieht mich an. Ich kann es nicht verstehen. Plötzlich schaue ich aus dem Fenster und zähle, wie viele Autos mit ungeradem Nummernschild in fünf Minuten am Haus vorbeifahren (es sind ungefähr zwanzig im Durchschnitt). Kommt dir das nicht seltsam vor? Antworte mir, es ist sehr wichtig. Ich kann nicht mein Leben damit zubringen, Autos mit ungeradem Nummernschild zu zählen und Sigmund Freud zu lesen (ich verstehe zwölfeinhalb Prozent von dem, was ich lese). (Ich lese gerade *Die Psychopathologie des Alltagslebens*, es ist phänomenal. Hast du es gelesen? Es ist aber auch schwierig. Diese Sache mit den Autos mit ungeraden Nummernschildern ist doch psychopathologisch, oder?) Zu allem Überfluß weißt du ja, was Vater will: ich soll *Notarin* werden. Manchmal denke ich, daß er ein Unmensch ist, unerträglich, nicht zum Aushalten etc. Er lebt wie zu Zeiten des ersten Triumvirats (ich glaube, selbst die wären ihm noch zu modern). Notarin! Auch wenn ich mein Gehirn zwölf Stunden lang ausquetschte, käme mir nie so etwas Dämliches in den Sinn, wie Notarin zu werden. Ich bin also *voll und ganz* entschlossen, Psychologie zu studieren. Wenn ich mein

Diplom habe, heiraten wir. Der Inzest erscheint mir sehr interessant, modern und sündig etc. (Du mußt wissen, mein Lieber, in Ozeanien oder Australien oder irgendwo da unten können Brüder und Schwestern problemlos heiraten.) Beantworte mir all meine Fragen, sonst werde ich mich vor das erstbeste Auto mit ungeradem Nummernschild werfen, das an meinem *fenêtre* vorbeifährt. Ach ja, da ist dieser Junge mit dem Katzengesicht vorbeigekommen (Ernesto oder so ähnlich, man versteht seinen Namen nie richtig), der ein Kommilitone von dir war. Ich bin fast in Ohnmacht gefallen, was für ein scharfer Typ, es haut dich um, wenn er dich mit dieser sündhaft *männlichen* Ausstrahlung ansieht. Er sagt, Angela sei krank, man habe sie mit dem Notarzt ins Krankenhaus gebracht und du sollst ihr nicht schreiben; er war extra deswegen gekommen (er hat es dutzendmal wiederholt, er ist bestimmt überzeugt, daß ich geistig zurückgeblieben bin. Man hätte sie am 14. eingeliefert, du sollst ihr nicht schreiben etc.). Es gab also eine versteckte Angela in deinem Leben? Ich hasse dich. Du wirst deine Schwester niemals heiraten wollen, ich weiß. Männer sind etwas Schreckliches. Ich werde niemals heiraten. *Adieu, mon semblable, mon frère* (ich habe die Verbindung wieder aufgenommen für die Zeit, wenn wir in Paris sein werden). Es ist elf, Zeit, dem Ruf des psychopathologischen Instinktes zu folgen und ans Fenster zu gehen. Um die Mittagszeit kommt es (aus geheimnisvollen Gründen) zu einer Art leidenschaftlicher Beschleunigung des Rhythmus, in dem die Autos mit ungeradem Nummernschild auftauchen; die Häufigkeit nimmt zu und der Durchschnitt steigt in Momenten der Phrenesie von zwanzig (in fünf Minuten) auf fast siebenundzwanzig (in fünf Minuten). Ich mache mich auf den Weg. Lebe wohl, grausamer Bruder. Natürlich liebe ich dich wahnsinnig, ich bewundere dich, ich bete dich an etc. Tschau, du treulose Tomate. Gezeichnet, Juana die Wahnsinnige.

Arocena legte den Ausschnitt auf die Seite, der in dem Umschlag steckte. *London (AFP) PREISTRÄGER. Martín Carranza, Doktorand am Institut für Physik der Universität Oxford, erhielt gestern dort den einzigen Preis für das beste »paper« des Jahres in der Ka-*

tegorie Forschungen im Rahmen der Promotion. Preise, dachte er, man macht Fortschritte. Jetzt studieren die Muttersöhnchen Physik und ihre Schwestern onanieren mit den *Blumen des Bösen.* Er arbeitete ungefähr eine Stunde an diesem Brief. Er teilte ihn in Abschnitte und jeden Abschnitt in Sätze und jeden Satz in Worte und Buchstaben. Er suchte nach anagrammatischen Ausdrücken, nach Buchstabenwiederholungen. Am Ende kannte er den Text fast auswendig und konnte seine Logik klar erfassen. Paris: fünf Buchstaben. London: sechs Buchstaben. Er las ihn noch einmal. Plötzlich begriff er, daß es einen Bezug zwischen den hervorgehobenen Worten gab, eine Art konstante Wiederholung. Der Code könnte in den Buchstaben liegen, die auf jeden Einschnitt folgten. Er setzte den Brief noch einmal anhand dieser neuen Unterteilungen zusammen, aber das war nicht der Schlüssel. Irgend etwas stimmte nicht überein.

Wie sollte er diese Briefe entschlüsseln? Wie sollte er verstehen, was sich in ihnen ankündigte? Sie sind verschlüsselt, sie enthalten geheime Botschaften. Genau das sind Briefe der Zukunft, verschlüsselte Botschaften, deren Schlüssel niemand hat.

Wie sollte man verstehen, was da kommen würde, was sich in ihnen ankündigte? Der Protagonist vermutet etwas, forscht hartnäckig weiter, tappt im Dunkeln.

Es blieben noch zwei weitere Briefe. Einer an eine seltsame Anschrift in Buenos Aires, er war mit der Hand geschrieben, auf einem Bogen mit dem Briefkopf eines Hotels in Bogotá. Der Schreiber war verzweifelt, in einer Kirche hatte man ihm alles geraubt, was er bei sich hatte, und er bat dringend um eine Geldanweisung an das Importbüro, wo er arbeitete.

Ich sitze in dieser verfluchten Stadt fest, wo es nichts als Diebe gibt und es überall nach Scheiße stinkt. Vier Kerle haben mir ein Messer an den Rücken gehalten und den letzten Centavo aus mir herausgeholt, während der Priester in aller Ruhe weiter die Messe gelesen hat. Ich habe weder Ausweise noch Geld, ich habe nicht einmal mehr mein Adreßbuch, also wende ich mich an Sie, weil das Büro die einzige Adresse ist, die ich auswendig weiß. Bitte tun Sie etwas. Sammeln Sie Geld oder bit-

ten Sie Señor Peralta, mir das Gehalt für April im voraus zu überweisen.

Man müßte herausfinden, wo dieses Büro war. Es war ein seltsamer Straßenname, Arocena hatte ihn noch nie gehört.

Es war, als tappte er im Dunkeln, als versuchte er, ein Ereignis zu erfassen, das sich woanders zutragen würde, etwas, das in der Zukunft geschehen würde und sich so rätselhaft ankündigte, daß man nie sicher sein konnte, ob man es richtig verstanden hatte. Die größte Anstrengung bestand immer darin, den Inhalt, den wörtlichen Sinn außer acht zu lassen und den verschlüsselten Sinn zu suchen, der darunter, der zwischen den Worten verborgen war, wie eine Rede, von der man nur Fragmente, einzelne Sätze und Worte in einer unverständlichen Sprache hören konnte, aus denen man den Sinn rekonstruieren soll. Einer mußte doch (dachte er) in der Lage sein, den Schlüssel zu finden, sogar in einer Botschaft, die gar nicht verschlüsselt war. Als er dann schließlich den letzten Brief las und den Schlüssel fast auf Anhieb entdeckte, war Arocena zufrieden und enttäuscht zugleich. Viel zu einfach, dachte er, als hätte man mich förmlich darauf stoßen wollen. Er öffnete den Brief, er kam aus New York, aus einer Straße am East River, und war mit blauer Tinte auf gelbem Papier geschrieben.

Es ist mir etwas so Seltsames widerfahren, daß ich dir heute andere persönliche Neuigkeiten erspare (abgesehen davon geht es mir gut, ich besuche Museen). Vor ungefähr einer Woche war ich dabei, einen Roman von Bellow (Mr. Sammler's Planet) zu lesen. Ich hatte ihn an einem Stand gekauft, weil ich mir die Zeit vertreiben wollte, während ich auf die Erneuerung meines Visums wartete. Ich nahm einen Bus, der durch die 42. fährt, setzte mich und fing an zu lesen. Als ich aufschaue, sehe ich plötzlich einen Taschendieb, der eine Frau bestiehlt. Er war korpulent, trug eine dunkle Brille mit einem Horngestell und war außerordentlich elegant gekleidet. Fasziniert schaute ich ihm zu, aber plötzlich drehte der Kerl sich um und sah mich fast mit Behagen durch die getönten Brillengläser an; ich erschrak, und fast ohne es zu wollen, senkte ich den Blick und las weiter. Ich brauchte einen Moment, bis ich merkte, daß ich genau das las, was gerade in dem Bus passierte. Du kannst es in der Ausgabe von Random House auf Seite 3 nachlesen. Du wirst die Beschreibung eines korpulenten Mannes finden, der eine dunkle Brille mit einem Horngestell trägt, außerordentlich elegant gekleidet ist und eine Frau in einem Bus bestiehlt, der durch die 42. Straße fährt.

Ich war so verwirrt, daß ich nicht reagieren konnte, und als ich mich vergewissern wollte, war der Spuk schon vorüber. Der Kerl mit den getönten Brillengläsern war nicht mehr da, und ich dachte schon, daß alles nur eine Halluzination war. Später, als ich in der Schlange vor dem Konsulat wartete, dachte ich, daß es Zufall war. Vielleicht arbeitete der Taschendieb immer in dieser Buslinie und Bellow hatte ihn gesehen und die Szene nacherzählt. Die Natur imitiert die Kunst; der übertriebene Realismus der nordamerikanischen Schriftsteller etc. Ich vergaß die Angelegenheit (zumindest fast). Vier Tage später befand ich mich in einem Kino am Broadway, sie zeigten einen merkwürdigen Film über Gangster und Puppen. Es war eines von diesen Kinos mit 24-Stunden-Betrieb. Es war zehn Uhr morgens und ich war hineingegangen, um die Kälte draußen ein wenig zu vergessen. Das Kino war fast leer, es herrschte ein diffuses Licht, es war fast taghell, so als hätte man die Lampen nicht ganz ausgemacht. Auf der Leinwand wurden die Puppen zerfetzt und die Gangster starben. Auf einmal kam ein großer Kerl herein und setzte sich in meine Nähe, in die dritte Reihe des Parketts. Er fing an, mit einem anderen zu reden, der mit dem Rücken zu ihm saß und den ich gar nicht gesehen hatte, links außen in der ersten Reihe. Ich hörte ihre raunenden Stimmen, die sich mit der Filmmusik vermischten. »Du brauchst Mister Brown nicht aufzusuchen«, sagte der Kerl, der vorne saß, ohne sich umzudrehen. Ich beobachtete sie, ihre Umrisse hoben sich wie in einem Traum von den Silhouetten des Films ab. »Mister Brown hat schon so viele Nettigkeiten verteilt«, sagte der aus der ersten Reihe, ohne den Blick von dem Film zu wenden. Sie blieben noch eine Weile sitzen, ohne etwas zu sagen, und dann gingen sie an der Leinwand vorbei zu einer Seitentür, über der auf einem mit einem roten Licht beleuchteten Plastikschild EXIT stand. Ich glaube, ich war ganz allein im Kino, vor mir die Puppen, die auf der Leinwand kreisten, und da schwante mir plötzlich was. Ich ging nach Hause und suchte eine Weile, bis ich das Buch von Donald Barthelme, *Come back, Dr. Caligari,* fand, dort gibt es eine Erzählung, das kannst du nachprüfen, sie heißt »Movie« (S. 176, in der Ausgabe von Sribener's, 1970). Ich erinnere mich, daß ich ganz ruhig sitzenblieb und durch das Fenster auf die Straße blickte. Es ist schon vorgekommen, daß mich das, was ich lese, so begeistert, daß ich den Wunsch verspüre, es sofort zu erleben. Als ich vor Jahren beispielsweise *The great Gatsby* ausgelesen hatte, verspürte ich den Drang, mich stolz und leidenschaftlich und auf der Höhe meiner Träume zu fühlen. Ich fühlte mich elegant und ein wenig verzweifelt, aber zu allem fähig. Es ist wie eine Atmosphäre, eine Stimmung oder besser ein Gefühl, und dieser Eindruck hält solange an wie der Nachhall einer Musik, er ist immer etwas Flüchtiges gewesen. Das jetzt ist anders. Es ist keine Einbildung. Die Ereignisse wiederholen sich exakt. Deswegen suchte ich nach einem Beweis. Ich nahm ein zufällig gewähltes Buch in die Hand (*An accidental man* von Grace Paley) und schlug es auf. Im Central Park spielt ein himmelblau gekleidetes Mädchen mit einem Reifen und singt *Some of these days, you'll miss me, honey.* Ein Junge kommt vom Schlittschuhlaufen auf dem See. Er trägt die mit einem Riemen zusammengeschnürten Schlittschuhe über der Schulter. Sie fangen an, sich zu unterhalten. (Hi Raquel, how're you doing, etc.) Nebendran küssen sich eine Frau und ein alter Mann, das Mädchen sieht sie und muß weinen, ohne daß sie wüßte warum. Es ist fast Abend, das Licht ist weich, schmutzig. Ich ging hinaus auf die Straße, nahm die U-Bahn und stieg an der Ecke der 8th Avenue und 81. Straße aus. Ich überquerte die Avenue und betrat den Park, ich ging in Richtung See. Alles war ruhig. Plötzlich sah ich das Mädchen auf dem Kiesweg, himmelblau gekleidet, mit einem Reifen spielend und *Some of these days* singend. Der Junge kam mit den zusammengeschnürten Schlittschuhen über der Schulter vom See. Nebendran küssen sich eine Frau und ein alter Mann und das Mädchen singt und versucht dabei, nicht zu weinen.

Ich bin ganz ruhig. Ich denke: Ich habe eine unverständliche Beziehung zwischen der Literatur und der Zukunft entdeckt, eine seltsame Verbindung zwischen den Büchern und der Realität. Ich frage mich nur eines: Könnte ich die Szenen abändern? Gibt es eine Möglichkeit einzugreifen oder kann ich nur der Beobachter sein? Irgendwie möchte ich das Glücksgefühl nicht verlieren, das ich vor kurzem verspürte, als ich auf einer Bank im Central Park saß und das Mädchen sah, das *Some of these days* sang und mit einem Reifen spielte, und dabei wußte, daß ich sie bald weinen sehen würde, wenn die Frau und der alte Mann sich küßten.

Er begriff von Anfang an zwei Dinge. Erstens, in dem Titel der Bücher und in den Büchern selbst konnte der Schlüssel nicht liegen; das war zu offensichtlich. Zweitens, man versuchte ihn mit dieser Geschichte abzulenken. Der Schlüssel lag woanders. Die Worte am Anfang eines jeden Abschnitts gaben ihm einen ersten Hinweis auf den Code. Arocena arbeitete in aller Ruhe und eine Stunde später hatte er den verborgenen Text rekonstruiert.

Es gibt nichts Neues. Ich warte auf Kontaktaufnahme. Ich werde im Hotel Central Park, 8th Avenue und 42. Straße, bleiben. Broadway. Wenn ich vor dem 10. keine Nachricht bekomme, werde ich den Instruktionen 9.8 folgen. Wenn es Schwierigkeiten gibt und ich zurückkehren muß, erwarte ich ein Telegramm. Inhalt: Glückwunsch, Raquel.

Er setzte sich an die Schreibmaschine und schrieb: *Verschlüsselter Brief aus New York.* Von Enrique Ossorio an Marcelo Maggi. Er übertrug die Nachricht, die er entschlüsselt hatte. Dann fügte er, ganz unten, hinzu: *Telegramm an Enrique Ossorio schicken. Hotel Central Park, N.Y., Inhalt: Glückwunsch, Raquel.*

Ziemlich einfallsreich, der Knabe, dachte Arocena. Das einzige, was noch fehlt, ist, daß sie sich jetzt der phantastischen Literatur zuwenden.

Er stand auf und legte die anderen Briefe zusammen. Er schrieb auf eine Karteikarte: *Angela am 14. »eingeliefert«. Concordia. Renzi, Ankunft am 27. (Maggi).* Martín Carranza, Doktorand in Oxford. Da würden bald neue Nachrichten folgen, die von Quantenphysik oder farbigen Fischen handeln. Er sah sich den Brief aus Kolumbien an. Der zählt nicht, entschied er, und einen Moment lang amüsierte ihn der Gedanke, daß irgendein Angestellter in einer heruntergekommenen Pension in Bogotá festsaß. Selbst schuld, der Blödmann, dachte er, zur Messe zu gehen und das ganze Geld bei sich zu haben. Und dann dachte er, als hätte das Bild von den Dieben, die in einer Kirche klauen, ihm auf die Sprünge geholfen, daß auch ein Code noch einmal verschlüsselt sein könnte. Ein Code ist auch eine Nachricht, dachte er.

Er las noch einmal die Nachricht, die er soeben entschlüsselt hatte. (Es gibt nichts Neues. Ich warte auf Kontaktaufnahme. Ich werde im Hotel Central Park, 8th Avenue und 42. Straße, bleiben. Broadway. Wenn ich vor dem 10. keine Nachricht bekomme, werde ich den Instruktionen 9.8 folgen. Wenn es Schwierigkeiten gibt und ich zurückkehren muß, erwarte ich ein Telegramm. Inhalt: Glückwunsch, Raquel.) Er zählte die Buchstaben, stellte die Worte übereinander. Waren die Vokale übersprungen? Die Konsonanten? Nach zwei Stunden hatte er die Nachricht entschlüsselt, die in dem Code verborgen war.

Raquel kommt am 10. in Ezeiza an, Flug 22.03.

Er sah sich den Satz an. Er stand dort auf dem Papier. Raquel kommt am 10. in Ezeiza an, Flug 22.03. Und wenn das falsch war? Wer konnte schon darauf vertrauen? *Raquel*, das konnte genauso gut ein Anagramm von *aquel* sein, wer immer dieser »jener« sein mochte. Er schrieb »jener« auf eine Karteikarte. Er legte sie beiseite. Ezeiza: e/e/i/a/. Zweimal z. Eine Alliteration? Dann waren da noch die Zahlen: 22.0310. Das e kommt dreimal vor. Das a viermal. Es gibt ein o, zweimal ein i und ein u. Jedes Wort könnte eine Nachricht enthalten, jeder Buchstabe. Wer kommt an? Wer soll da kommen? Die Zahlen: 2.20.31.0. E/e/a/i/o/u. Zweimal z. Raquel, ein Anagramm. Wer kommt an? Wer soll da kommen? Mich, dachte Arocena, werden sie nicht an der Nase herumführen.

4 30. 7. 1850

Ich schreibe den ersten Brief der Zukunft.

ZWEITER TEIL

Descartes

IV

1 Man hat ihn um zehn Uhr morgens aus dem Zug steigen sehen, der aus der Hauptstadt kommt. Er blieb ein wenig desorientiert auf der Treppe des Bahnhofs stehen und fragte, auf welcher Seite der Fluß läge. Wir sehen uns dann um sechs. Wir verabreden uns telefonisch. Ich bin Emilio Renzi, sagt er zu mir. Señor Tardowski. Tardewski, sage ich zu ihm. Man spricht es Tardewski, mit der Betonung auf dem zweiten Vokal. Ich erkläre ihm, wie er zum Club kommt, wie er mich findet und verabschiede mich. Es war mir eine Freude etc. Mit wem haben Sie gesprochen?, fragt Elvira. Mit einem Neffen des Professors. Er ist gekommen, um ein paar Papiere zu holen, die hier zurückgeblieben sind, antworte ich. Sie glaubt mir nicht. Es ist schwer, die Wahrheit zu sagen, wenn man seine Muttersprache verlassen hat. Bitte passen Sie auf, mischen Sie sich nicht ein, sagt sie. Ihre flüssigklaren Augen sind wirklich außergewöhnlich. Flüssigklar? Eines der ersten Dinge, die man verliert, wenn man die Sprache wechselt, ist die Fähigkeit zu beschreiben. Ich soll mich nicht einmischen? Was will er hier?, fragt sie. Wer?, antworte ich. Dieser Junge, was will er hier? Das ist ganz einfach; der Professor hat sich entschlossen zu verreisen. Er hat mit seinem Neffen gesprochen und ihm gesagt, er solle mich besuchen. Vielleicht kommt der Professor heute schon zurück. Da bat Elvira mich, sie nicht zu belügen. Lügen Sie nicht, sagte sie. Bitte lügen Sie mich nicht an.

Ich lüge nicht. Vielleicht sollte ich das beweisen.

Ich lernte Professor Marcelo Maggi im Club Social kennen; wir trafen uns regelmäßig zum Essen oder um Schach zu spielen. Ich muß sagen, er war mir gegenüber nie besonders aufgeschlossen (ich ihm gegenüber auch nicht); ich weiß von seinem Leben nur, was er mich wissen ließ. Ob er ein geheimes Leben hatte? Wir alle haben ein geheimes Leben.

Eines Abends, vielleicht vor zehn Tagen, kam der Professor hierher, das war ungewöhnlich. Er sagte, er müsse mich um etwas bitten, aber er würde es vorziehen, wenn ich ihm keine Fragen stellte. Wenn ich ihm Fragen stellen wollte, sagte er, dann sollte ich das tun, bevor er seine Bitte geäußert hatte. Ich hatte keine Fragen an ihn. Da bat er mich, bei mir übernachten zu dürfen.

Er übernachtete also bei mir. Wir haben uns bis in den frühen Morgen hinein unterhalten. Worüber kann man bis in den frühen Morgen hinein reden?

In einem bestimmten Moment in jener Nacht sagte der Professor, er wolle mir die Entwürfe und Notizen zu einem Buch dalassen, an dem er gerade schrieb. Wir hatten bereits bei mehreren Gelegenheiten über dieses Buch gesprochen. Er sähe es lieber, wenn ich diese Mappen aufbewahrte, sagte er, bis er mich bitten würde, sie ihm wieder auszuhändigen oder jemanden vorbeischicken würde, der sie für ihn abholte.

Er sagte mir auch, er würde an diesem Abend möglicherweise nach Uruguay hinüberfahren, um sich von einer Frau zu verabschieden, mit der er früher einmal zusammengelebt hatte. Er wolle sich von ihr verabschieden, sagte er, weil er verreisen wolle und sich nicht sicher sei, ob er sie noch einmal wiedersehen würde.

Wir sind so verblieben, daß wir uns zwei Tage später zur gewohnten Zeit im Club treffen würden. Wenn er aus irgendeinem Grund nicht kommen könne, sagte er, würde er spätestens am 27. zurück sein.

Zwei Tage darauf erschien er nicht im Club und auch nicht an den folgenden Tagen. Von da an (heute ist der 27.) habe ich keine Nachricht mehr von ihm.

Das ist mehr oder weniger, was ich Renzi gesagt habe, als wir uns um sechs Uhr abends im Club treffen. Und was sollen wir jetzt machen?, fragt er. Nichts, sage ich. Auf ihn warten. Sobald er zurück ist, wird er sofort hier vorbeikommen. Sofern er zurückkommt, sagte er. Natürlich, sage ich, wenn er heute zurückkehren kann. Dann ist er also weg, sagte er. Schon merkwürdig. Von einem Tag auf den anderen. Er schien sehr wohl zu wissen, was er tat, sagte ich. Andererseits war er kein Mann, der gern Erklärungen abgab. Und warum sollte er das auch, nach allem? Er hat sich entschlossen zu verschwinden, sage ich. Das ist alles. Das sehe ich, sagt er. Aber warum jener Abend?, hebt Renzi an. Vielleicht, um eine Form von Gesellschaft zu haben, unterbreche ich ihn. Jemanden zu haben, mit dem man reden kann, während der Morgen anbricht. Der Professor und ich, wir waren gute Schachpartner in all diesen Jahren. Er hatte nicht viele Freunde; er hielt seinen Unterricht, manchmal traf er sich mit seinen Schülern; sie besuchten ihn. Seit einiger Zeit, erzähle ich ihm, lebte er in einem Hotel direkt am Flußufer, auf der anderen Seite der Plaza, vielleicht haben Sie es auf dem Weg hierher gesehen. Er schien sich selbst vergessen zu wollen; er hatte nichts übrig für vertrauliche Reden. Aber andererseits, wer sollte in diesen Zeiten ein Interesse an vertraulichen Reden haben?

Renzi dachte, ich müsse doch auf alle Fälle eine Hypothese haben. Was ich denn dächte, was passiert sei. Ich bin da nicht der beste Ansprechpartner, müssen Sie wissen, um irgendwelche Hypothesen anzustellen oder Erklärungen zu geben, was das Verhalten anderer angeht, sage ich. Ich lebe, wie soll ich sagen, ein wenig abgeschieden. Manchmal denke ich sogar, daß er all diese Zeit meine Freundschaft pflegte, wenn man es überhaupt so nennen kann, weil er diesen Rückzug vorbereitete und mich, Vladimir Tardewski, oder jemanden wie mich, einen Verbannten, einen Ausländer brauchte. Seit Jahren kümmert sich kaum jemand um mich, Sie sind, offen gestanden, der einzige Mensch, der mich besucht, seit der Konsul hier war und mich bat, mich einbürgern zu lassen, was ich natürlich nicht ablehnte.

Dann sagte ich zu ihm, ich sei nicht wie er, wie der Professor, ich hätte keinerlei Interesse, mich zu verändern. Es ist sehr schwierig, sich zu verändern, glauben Sie nicht? Die Dinge müssen sich ändern, sich wandeln, aber man selbst? Ich sagte ihm, daß es weit schwieriger und gefährlicher war, sich zu verändern, als die Leute gemeinhin annahmen.

Dann wollte Renzi wissen, über was wir, der Professor und ich, in jener Nacht gesprochen hatten. Er dachte, daß Marcelo vielleicht etwas gesagt oder angedeutet hatte, das es uns erlaubte, wie er sagte, zu verstehen, warum er beschlossen hatte wegzugehen. Auch ich denke, sagte Renzi, daß er von Anfang an wußte, was er tat beziehungsweise was er tun wollte, und wenn er anfing, mir zu schreiben, dann nur, weil er in einem gewissen Sinne auch mit mir den Rückzug vorbereitete, sagte Renzi, er wollte, daß ich in dem Moment, wenn es soweit war, hier sei, zusammen mit Ihnen, vorbereitet, bereit, auf ihn zu warten. Deswegen war er der Ansicht, wenn es möglich wäre, wenn auch nur teilweise, zu rekonstruieren, worüber wir an jenem Abend gesprochen hatten, man vielleicht einen Hinweis oder zumindest, sagte er, den Anfang einer Erklärung finden könnte.

Ich sagte ihm, daß es besser sei, gar nicht erst versuchen zu wollen, mit Worten zu erklären, was ein Mann beschlossen hatte, mit seinem Leben anzustellen. Wir können auf alle Fälle, sagte ich, später darüber sprechen, wenn auch wir uns ein bißchen besser kennengelernt hätten. Ich fragte ihn, ob er nicht noch einen Gin wolle, und rief den Kellner.

In diesem Club, sagte ich zu Renzi, kann man trinken, so viel man will, ohne daß jemand sich darüber aufregt. Sehen Sie diesen Mann da, den Dicken, der betrinkt sich jeden Abend, immer allein und behält dabei eine seltsame Würde. Man erzählt über ihn eine schmerzliche Geschichte, sage ich zu Renzi. Beim Reinigen des Gewehres hat er seine Frau erschossen, mit der er erst drei Monate verheiratet war. Ich sagte, das sei zweifellos ein Unfall gewesen und kein Verbrechen, denn niemand würde eine Frau, die er erst vor drei Monaten geheiratet hat, auf diese Weise, mit einem Schuß ins Gesicht, töten, außer wenn er verrückt sei. Außerdem, sage ich zu ihm, war er nach dem Unfall im wörtlichen Sinne ein gebrochener Mann. Er tut nichts anderes als sich zu betrinken und immer wieder zu sagen, der Teufel würde die Waffen laden. Ja, zwei Gin, sagte ich jetzt zu dem Kellner. Und bringen Sie bitte noch etwas Eis. Sie haben bestimmt, sage ich zu Renzi, meinen Landsmann Korzeniowski gelesen, den polnischen Romancier, der auf Englisch schrieb.

Ein Abtrünniger, um ehrlich zu sein, ein Romantiker schlimmster Art. Er war fasziniert von solchen Figuren. Der Mann, der ein Geheimnis hat. Aber wer von uns hat kein Geheimnis? Sogar der unbedeutendste Mensch, sage ich Ihnen, könnte, wenn er entsprechende Zuhörer hätte, uns mit dem Mysterium seines Lebens in den Bann ziehen. Dazu muß man nicht eine Frau mit einem Gewehrschuß getötet haben. Und dieser andere Kerl, sehen Sie, der dort in der Nähe von dieser Säule sitzt, er heißt Iriarte, er hat einen Uhrenladen und ist der klassische Vertreter eines unbedeutenden Menschen, und trotzdem bin ich sicher, wenn er genug getrunken hat, träumt auch er von dem großen Mann, der er fast einmal geworden wäre. In einem Moment seines Lebens muß er sich einer Tatsache gegenüber gesehen haben, die er verbergen muß. Das geht uns allen so. Jeder von uns, sage ich zu ihm, hat sein eigenes Repertoire an außergewöhnlichen Momenten und heroischen Träumen. Mag sein, sagt Renzi, aber der Unterschied ist, daß einige in der Lage sind, sie auch zu realisieren. Die Träume? Das ist eine Frage des Alters. Wenn wir einmal die dreißig überschritten haben, sage ich zu ihm, sind wir nur noch das traurige Gemisch aus unseren Träumen und den Frauen, die wir mit einem Gewehrschuß getötet haben. Auf der anderen Seite, sage ich zu Renzi, hat das, was ein Mensch über sich selbst denkt, keinerlei Bedeutung.

Renzi sagte daraufhin zu mir, der Professor wäre nicht so gewesen. Er sei sich nicht sicher, ob er ihn gut kenne, sagte er, aber er könne sich genau vorstellen, wie er dachte. Und wie dachte er Ihrer Meinung nach?, frage ich ihn. Gegen sich, immer gegen sich, sagte Renzi, für den diese Methode eine fast unfehlbare Garantie für Hellsichtigkeit war. Es ist eine exzellente Denkmethode, sagte er. Gegen zu denken, sage ich zu ihm, ist sicherlich nicht schlecht. Denn er, Marcelo, habe sich selbst nicht getraut, sagte Renzi. Sie unterweisen uns jahrelang in der Dummheit und am Ende wird sie zu unserer zweiten Natur, pflegte Marcelo zu sagen, sagt Renzi. Der erste Gedanke, der uns in den Sinn kommt, sagte Marcelo, ist immer schlecht, es ist ein konditionierter Reflex.

Man muß gegen sich selbst denken und in der dritten Person leben. Das behauptet Renzi, habe Professor Maggi in seinen Briefen gesagt. Stoßen wir auf ihn an, sagte er. Auf Professor Maggi, der gelernt hat, gegen sich selbst zu leben. Zum Wohl, sagt Renzi. Zum Wohl, antworte ich.

Und, Sie sehen, trotzdem tat der Professor, was er konnte, wie alle anderen, sage ich jetzt zu Renzi. Eines Tages, scheint es, beschloß er zu verreisen, sein Leben zu verändern, neu anzufangen, an einem anderen Ort, wer weiß? Und was ist das anderes, sage ich zu ihm, als ein moderner Traum? Im Grunde geht es uns doch allen so. Wir alle wollen Abenteuer haben. Renzi sagte, er sei überzeugt, daß es weder Erfahrungen noch Abenteuer gäbe. Es gibt keine Abenteuer, nur Parodien, sagte er. Denn die Parodie wäre nicht mehr länger, wie zu ihrer Zeit die Anhänger von Tynianov dachten, das Zeichen literarischer Veränderung, sondern sie sei zum Mittelpunkt modernen Lebens geworden. Ich erfinde keine Theorie oder so etwas, sagte Renzi. Ich denke ganz einfach, daß die Parodie sich verlagert hat und heutzutage die Gesten, die Handlungen beherrscht. Wo es früher Ereignisse, Erfahrungen, Leidenschaften gab, gibt es jetzt lediglich Parodien. Das versuchte ich gelegentlich Marcelo in meinen Briefen zu sagen: Die Parodie hat die Geschichte vollständig ersetzt. Oder ist die Parodie vielleicht nicht die Negation der Geschichte? Eine unvermeidliche Modalität des Sichtbaren, wie der als Telemach verkleidete Ire während des Karnevals von Triest im Jahre 1921 sagte, meinte Renzi kryptisch. Dann fragte er mich, ob ich James Joyce *tatsächlich* kennengelernt hätte. Marcelo sagte mir, Sie hätten James Joyce kennengelernt, das finde ich unglaublich, sagte Renzi zu mir. Ja, ich habe ihn kennengelernt, sage ich, kurzum, ich habe ihn ein paar Mal getroffen; er war extrem kurzsichtig, ziemlich mürrisch. Ein äußerst schlechter Schachspieler. Er hätte vermutlich Ihre Auffassung, daß es nur noch die Parodie gibt, bejaht (denn nebenbei bemerkt, was war er anderes als eine Parodie von Shakespeare?), aber er hätte Ihrer Hypothese entschieden widersprochen, daß es keine Abenteuer mehr gibt. Und ich selbst muß gestehen, gestehe ich Renzi, daß auch ich mich weigere, diese Hypothese zu akzeptieren. Vielleicht, weil ich Europäer bin? Der Professor sagte über mich, ich sei gekommen, um die lange Reihe von Europäern, die sich in diesem Land eingelebt hatte, zu schließen. Ich war der letzte auf einer Liste, die seiner Meinung nach mit Pedro de Angelis begann und bis zu meinem Landsmann Witold Gombrowicz reichte. Diese Europäer, sagte der Professor, hätten es geschafft, den größten Minderwertigkeitskomplex zu erzeugen, den je eine nationale Kultur seit der Okkupation Spaniens durch die Mauren erlitten hat. Pedro de Angelis war der erste, sagte der Professor, sage ich zu Renzi. Ein äußerst feinsinniger Mann, ein Gelehrter, Experte in Vico und Hegel, der Lehrmeister der Söhne von Joaquín Murat, Kulturattaché am Hof von Petersburg, Mitarbeiter der *Revue Enciclopédique*, ein Freund von Michelet und Desttut de Tracy, der in Buenos Aires landete und zur rechten Hand von Rosas wurde. Ihm gegenüber erschienen Echeverría, Alberdi und Sarmiento wie verzweifelte Kopisten, wie vom Wissen aus zweiter Hand zernagte Dilettanten. Ich war, nach Ansicht von Maggi, das letzte Glied dieser Kette, ein polnischer Intellektueller, der in Cambridge bei Wittgenstein Philosophie studiert hatte und dann in Concordia, Entre Ríos, gelandet war und Privatstunden gab. In diesem Sinne schien meine Situation dem Professor die reinste Metapher für den Fortschritt und die unterirdische Entwicklung des Europäischen als Grundelement in der argentinischen Kultur seit ihrem Ursprung. Alle Widersprüche dieser Tradition wurden durch die Intellektuellen verkörpert, die in Argentinien gelebt hatten, und ich war nicht mehr als das letzte Beispiel ihrer allmählichen Auflösung. Ich weiß, sagte Renzi, Marcelo hat mir darüber etwas in seinen Briefen geschrieben. Eine eigenwillige These, sage ich zu ihm, aber auf alle Fälle, wie kam ich nur darauf? Wir sprachen von etwas anderem und dann, ach ja, ich wollte eigentlich Ihrer Hypothese über die nicht mehr vorhandenen Abenteuer widersprechen und dachte, daß diese andere Ansicht vielleicht in meiner europäischen Herkunft begründet liegt, da erinnerte ich mich an De Angelis etc. Ich dachte, sagte ich zu ihm, daß die Argentinier, die Südamerikaner, nun, was für eine Verallgemeinerung Sie bevorzugen, eine allzu epische Vorstellung davon haben, was unter einem Abenteuer zu verstehen ist. Lassen Sie mich Ihnen eine Geschichte erzählen, sage ich zu ihm. Ich lag einmal in einem Krankenhaus in Warschau. Ich konnte mich nicht bewegen, hatte keine Kontrolle mehr über meinen Körper, und mit mir zusammen lag noch eine ganze traurige Reihe von Invaliden im Zimmer. Langeweile, Monotonie, Selbstbeobachtung. Ein langer weißer Saal, ein Bett neben dem anderen, es war wie im Gefängnis. Es gab nur ein Fenster, ganz hinten. Einer der Kranken, ein knochiger, fiebernder, vom Krebs aufgefressener Mann, er hieß Guy, Sohn von Franzosen, hatte das Glück gehabt, in die Nähe dieses Lochs zu kommen. Er brauchte sich nur ein wenig aufzurichten und dann konnte er nach draußen schauen, die Straße sehen. Was für ein Schauspiel! Ein Platz, Wasser, Tauben, Passanten. Eine andere Welt. Er klammerte sich verzweifelt an diesen Ort und erzählte uns, was er sah. Er war privilegiert. Wir haßten ihn. Wir hofften, ehrlich gesagt, daß er sterben würde, um seinen Platz einnehmen zu können. Wir stellten Berechnungen an. Schließlich starb er. Durch ein paar komplizierte Manöver und Bestechung schaffte ich es, daß ich in dieses letzte Bett im Saal verlegt wurde. So weit, so gut, sagte ich zu Renzi. Von dem Fenster aus konnte man nur eine graue Mauer und ein Stück schmutzigen Himmel sehen. Natürlich fing auch ich an, den anderen von dem Platz und den Tauben und dem Betrieb in der Straße zu erzählen. Warum lachen Sie? Das hat was, sagt Renzi. Es hört sich an wie eine polnische Version der Höhle von Platon. Warum nicht, sage ich, es dient als Beweis, daß man überall Abenteuer finden kann. Finden Sie nicht, daß das eine wunderschöne praktische Lektion ist? Eine Fabel mit Moral, sagt er. Genau, sage ich.

Schauen Sie mich an, sage ich jetzt zu ihm. Ich bin vor mehr als dreißig Jahren in dieses Dorf gekommen und bin hier nur auf der Durchreise. Ich bin auf der Durchreise wie ein Zugvogel, nur daß ich immer am selben Ort bleibe. So sind wir beide, er und ich, vielleicht hilft Ihnen das, sage ich zu Renzi, Männer ohne Wurzeln, anachronistisch, die letzten Überlebenden eines sich auflösenden Stammes.

Dann sagte ich ihm, die einzige Form zu überleben sei, jegliche Illusion abzutöten. Nachzudenken und jegliche Illusion abzutöten. Also zögern Sie nicht nachzudenken. Der Professor war beispielsweise ein Mensch, der über Prinzipien nachdachte. Oder besser gesagt, er war ein Mann, der nach Prinzipien handelte. Ebenfalls eine seltene Spezies in diesen Zeiten. Was haben wir denn außer unseren Prinzipien, um uns in dieser ganzen Scheiße aufrechthalten zu können?, war eines der Dinge, die der Professor mir in jeder Nacht sagte, die er bei mir zu Hause verbrachte. Er glaubte an Abstraktionen, sage ich zu ihm, an das, was man gemeinhin so nennt. Die abstrakten Ideen halfen ihm dabei, praktische Entscheidungen zu treffen, wodurch es keine abstrakten Ideen mehr waren.

Da fragte mich Renzi, warum ich zu ihm sagte, er solle nachdenken. Oder besser, worüber er denn ohne Illusionen nachdenken solle. Über ihn, sage ich, über den Professor, über den Abenteurer. Ich würde ihn gern sehen, vor allem, sagt Renzi, damit er selbst für mich keine Abstraktion bleibt. Ihn sehen? Warum nicht? Wenn er zu Ihnen gesagt hat, daß Sie heute kommen sollen, sage ich zu ihm, dann, weil das heute zweifellos der Tag ist, den er für seine Rückkehr gewählt hat. Lassen Sie uns auf ihn warten. Wenn er gehen wollte, dann kann er jetzt genauso gut zurückkehren wollen, sage ich zu ihm. Wir können die ganze Nacht auf ihn warten. Ich bin sicher, daß er heute zurückkommt. Wir haben Zeit, um sechs Uhr morgens fährt der Zug nach Buenos Aires. Wenn er nicht kommt, können Sie diesen Zug nehmen. Wir können, wenn Sie wollen, bis zum frühen Morgen zusammen bleiben und auf die Ankunft des Professors warten. Wir gehen dann später zu mir nach Hause. Dort habe ich, wenn ich mich nicht irre, ein paar Notizen, die ich mir in jener Nacht gemacht habe, die ich mit dem Professor verbrachte, bevor er abreiste, ein paar Gesprächsnotizen, ich werde sie Ihnen zu lesen geben, wenn der Professor bis dahin nicht zurück ist. Solange würde ich gerne noch ein Weilchen hier im Club bleiben, wir können auch etwas essen. Dies ist der Ort, an dem ich mein Leben verbringe, in diesen Räumen kann man sich der Illusion hingeben, man hätte eine eigene Welt, man hätte Gesellschaft und die Zeit würde stillstehen.

An dem Tisch dahinten, sehen Sie, sage ich zu Renzi, von wo man uns jetzt grüßt, da sitzen meine Freunde. Sie sind abgesehen vom Professor meine engsten Gefährten hier. Tokray und Maier. Wir haben vielleicht zusammengefunden, weil wir alle drei Ausgewiesene, Ausländer sind. Abschaum, der von den Gezeiten der europäischen Kriege an diese Strände gespült wurde. Der Älteste von uns, ich weiß nicht, ob Sie ihn sehen können, der Mann mit der Brille und dem dunklen Anzug, ist Anton Tokray. Als unehelicher Sohn eines russischen Adeligen hat er allen Schaden erlitten, den die Revolution in seiner Familie angerichtet hat, ohne an ihren Segnungen teilzuhaben. Als das rote Heer das riesige patriarchalische Landgut besetzte, war er gerade mal 18 Jahre alt; zwei davon war er in einem Kloster eingesperrt, wo eine geistliche Laufbahn auf ihn wartete. Im zaristischen Rußland rekrutierte man aus den Bastarden des Adels die Mitglieder der religiösen Elite. Aber dann brach die Revolution aus. Die Arbeiter, Bauern und Soldaten fielen in das Kloster ein, stellten alle Seminaristen und die Mönche und, wie ich vermute, auch Pater Zózima, in einer Reihe an die Wand und fragten sie, ob sie wüßten, daß der Zar nicht mehr alle Teile von Rußland regierte. Und wer regiert in diesem Land durch den Willen und die Barmherzigkeit Gottes unseres Herrn?, fragte einer der Mönche, sehr wahrscheinlich, wie ich schon sagte, Pater Zózima. Es regieren die Arbeiter, Bauern und Soldaten, sagten die Arbeiter, Bauern und Soldaten. Und was Gott angeht, sagten sie, der ist mit seinem gesamten himmlischen Hofstaat aus Rußland geflohen und hat sich unter die Soutane des Papstes im Vatikan geflüchtet. Graf Tokray, der die durch die Geschichte ausgelösten Veränderungen ausnutzte und sich seinen Adelstitel zurückholte, sah seine kirchliche Laufbahn vorzeitig beendet und floh als Frau verkleidet nach Finnland; von dort aus schaffte er es nach unzähligen Entbehrungen bis nach Paris, und von dort kam er als jüdischer Bauer mit einem der letzten Immigrantenkontingente, die Baron Hirsch in die Kolonien der Pampa schickte, nach Argentinien und ließ sich in Concordia, Entre Ríos nieder, wo er einen Salon eröffnete, der dem Zweck diente, die Leute in Zeremonien, Sitten und Umgangsformen bei Tisch und in der Gesellschaft einzuführen, die aus ihnen einen Kavalier oder eine feine Dame machten.

Anfangs funktionierte die Schule gut, aber dann, wie der Professor sagte, hat der Peronismus mit seiner Verachtung für die Befolgung und den Erhalt der aristokratischen Umgangsformen sein Geschäft kaputtgemacht. Der Graf lebt seit so vielen Jahren im Exil, daß er schon einen Ausdruck träumerischer Gleichgültigkeit angenommen hat, und manchmal habe ich das Gefühl, ich sehe in ihm meine eigene Zukunft vor mir. Rudolf von Maier war mit hochgradiger Wahrscheinlichkeit ein Nazi. Natürlich trat er wie alle Nazis gezwungenermaßen in die Partei ein und man dürfe auch nicht vergessen, wie er sagt, daß im Grunde alle Deutschen mit dem Führer und mit seiner Kampagne gegen die Arbeitslosigkeit, die Inflation und den Bolschewismus sympathisierten, diese Geißeln der Menschheit, die kurz davor waren, die Nation zu zerstören. Von den Konzentrationslagern hat er, wie alle Deutschen, bis zu den Nürnberger Prozessen nichts gewußt, die er in Buenos Aires, wie er sagt, mit aufmerksamem Entsetzen in den Seiten des *Argentinischen Tageblattes* verfolgt hat. Er hat nicht einmal am Krieg teilgenommen, sein Beitrag zum Krieg bestand darin, die Archive und die wissenschaftliche Bibliothek einer Sondereinheit der SS zur genetischen Forschung zu ordnen. Von daher kommt auch, wie Sie bald feststellen werden, dieses konfuse Konglomerat an biologischen Theorien und das fast mystische Vertrauen in die wissenschaftliche Spezialisierung, von denen seine Gespräche geprägt sind, vor allem, sage ich zu ihm, die Gespräche mit Pedro Arregui, der auf dieser Seite des Tisches sitzt, sehen Sie ihn? Dieses Bildungssammelsurium von Maier dient dazu,

Arregui zu unterweisen, der ihm fasziniert zuhört. Sie sind wie füreinander gemacht. Arregui ist der ideale Zuhörer und sein Vertrauen in die Macht des Wissens ist grenzenlos. Sie bilden ein perfektes pädagogisches Duo. Sie teilen sich ein Zimmer in einer Pension ganz in der Nähe und sie überleben dank des Gehaltes von Arregui, der beim Katasteramt arbeitet. Maier unterrichtet Arregui, er bildet ihn aus, und ich vermute, während der andere arbeitet, bereitet er die Themen seiner Abhandlungen vor. Maier ist der, der uns gegenübersitzt. Der uns gerade zulächelt, sehen Sie? Er hat gar kein deutsches Gesicht, wie Sie feststellen werden, wenn es überhaupt so etwas wie ein deutsches Gesicht gibt. Eigentlich ist er eine kuriose entrerrianische Lokalausgabe der universellen Spezies des autodidaktischen Enzyklopädisten. Ich weiß nicht, ob Sie ihn hören können, wenn Sie sich vielleicht hierher setzen wollen, sage ich zu Renzi, auf diese Seite; Sie sollten ihn hören.

Die Schädelkunde, klar, hört man Maier sagen. Eine der wenigen fast exakten Wissenschaften, die man auf die Moral übertragen kann. Jetzt ist sie größtenteils durch den Wiener Aberglauben ersetzt worden. Wiener?, hört man Arregui fragen. Ja. Aus Wien, Österreich, wo ein Kerl lebt, der in einer Nacht des Jahres 1897 von seinem Onkel träumte, weil man die Juden nicht an der Universität unterrichten ließ. Also die Schädelkunde, sagte Maier. Phrenologie, frenum, aus dem Lateinischen: *halt an Cäsar*, bzw. Kontrolle. Logie, auch aus dem Lateinischen, zurückgehend auf logos, das Wissen, die Lehre. Also die logische Wissenschaft von der Kontrolle. Man kontrolliert die Kriminellen, die Schwererziehbaren. Man klassifiziert sie nach der Form des Schädels. Das Böse folgt schon immer geometrischen Strukturen. Warum spricht man sonst vom Teufelskreis? Na? Teufelskreis: wie immer bei den in der Sprache sedimentierten Ausdrücken hat sich auch hier eine alte Weisheit abgesetzt und aus diesem Grund ist, nebenbei bemerkt, sagt Maier, das Wissen immer etymologisch. Oder sehen wir nicht in diesem Satz völlig deutlich die geheime Verbindung zwischen der Geometrie (Kreis) und der Moral (Teufel), die das Fundament der

Wissenschaft von den Geisteskrankheiten sind, hörten wir Maier sagen.

Bouvard und Pécuchet, sagt Renzi. Sie klingen wie Bouvard und Pécuchet. Hören Sie, was er jetzt sagt?, frage ich ihn.

Klar, die Relativitätstheorie. Die Anwesenheit des Betrachters verändert die Struktur des beobachteten Phänomens. So ist die Relativitätstheorie, wie der Name schon besagt, die Theorie der relativen Handlung. Relativ, von *relatio*, Berichterstattung. Der, der berichtet, erzählt, der Erzähler, das heißt, sagt Maier, der, der Bescheid weiß.

Bei dem Duo Maier-Arregui erschien die Beziehung, die den Professor interessierte, geradezu kondensiert und an ihre Grenzen geführt: der in Argentinien lebende europäische Intellektuelle, der das universelle Wissen verkörpert. Er war auf verschiedene Etappen und eine Reihe von typischen Paaren mit ihren Spannungen, Diskussionen und Veränderungen gestoßen. De Angelis-Echeverría in der Zeit von Rosas. Paul Groussac-Miguel Cané in den 80ern, Soussens-Lugones in den 90ern. Hudson-Güiraldes in den zwanziger Jahren. Gombrowicz-Borges in den 40ern und das Ganze setzte sich fort, zunehmend schwächer werdend, je mehr das europäische Vorbild an Kraft verlor, um schließlich auf exemplarische Weise in der Beziehung zwischen Maier und Arregui an seinen Endpunkt zu kommen. Die letzten Ausläufer dieser langen Reihe, behauptete der Professor, sind in Entre Ríos gelandet. Wenn der Professor gut gelaunt war, sagte er, daß sogar die Beziehung zwischen ihm und mir Teil derselben Struktur sei. Bei diesen Paaren war der europäische Intellektuelle immer, besonders im neunzehnten Jahrhundert, das beispielhafte Modell, das, was die anderen gerne sein wollten. Zugleich waren viele von diesen europäischen Intellektuellen nur erdachte Kopien, platonische Schatten von anderen Modellen. Natürlich, Charles de Soussens zum Beispiel, sagte Renzi, und jetzt übernahm es Renzi, Maggis Theorie zu entfalten, die wir dabei waren zu rekonstruieren, weil das eine Form war, den Professor bei uns zu haben. Dieser Soussens war eine Art Kopie von Verlaine für unseren Gebrauch, sagte Renzi. Er war die lokale Verkörperung dessen, was man unter einem *poet maudit* verstand. Er war der perfekte Bohemien. Er schlenderte betrunken durch die Straßen, in größtem Elend versunken, und erzählte Anekdoten über seinen Freund Paul Verlaine, während Lugones, ein bürokratischer Beamter, ein Schriftsteller im Korsett, das Prestige und die Nachteile der leidenschaftlichen Ausschweifungen des Dichters auf sein in Buenos Aires lebendes Double übertrug. Lugones war natürlich Abstinenzler, er praktizierte das Fechten, sagte unsinnige Sachen über die Philologie und übersetzte Homer, ohne griechisch zu können, sagte Renzi. Dieser Lugones war eine lächerlicher Figur, ehrlich gesagt, er war das Paradebeispiel des nationalen Dichters. Er schrieb so, daß man, wenn man es heute liest, feststellt, daß er einer der größten komischen Schriftsteller der argentinischen Literatur ist. Unfreiwillige Komik, werden Sie sagen, aber ich glaube, genau darin liegt sein Genie, sagte Renzi. Diese ungeheure Fähigkeit, unwissentlich komisch zu sein, hat ihn zum Buster Keaton unserer Kultur gemacht. Haben Sie *Der Krieg der Gauchos* gelesen? Man liest es und findet dort ein so hervorragendes, so *natürliches* komisches Talent, daß neben ihm selbst die Witze von Macedonio Fernández fad wirken. Zum Beispiel dieser: »Ich verstehe nicht, warum Lugones, der eine so gut informierte Person war, der soviel gelesen und sich soviel mit Literatur beschäftigt hat, sich noch nicht dazu durchringen konnte, ein Buch zu schreiben.« Die Witze von Macedonio Fernández sind im Vergleich zu den Texten von Lugones absolut öde. Lugones war ein Komiker der Sprache, sagte Renzi. Ein Humorist mit dem Genius von Mark Twain. Sogar, will Renzi gerade anheben, aber ich unterbreche ihn, weil ich sehe, daß Tokray auf uns zukommt. Pardon, sage ich zu Renzi, der da auf unseren Tisch zukommt, das ist Graf Tokray.

Störe ich? Aber keineswegs, Herr Graf, sage ich. Wie geht es Ihnen, Herr Tardewski?, sagt der Graf. Sehr gut, sage ich. Warum setzen Sie sich nicht? Ich will Ihnen Emilio Renzi, den Neffen von Professor Maggi, vorstellen. Nur eine Minute, sagt er. Ich will sie nur eine Minute stören, sagt Graf Tokray, und setzt sich. Junger Mann, es ist mir eine Ehre, Sie kennenzulernen. Der Graf sagte, er würde sich bald zurückziehen, denn er hätte sich nie daran gewöhnen können, nachts lange aufzubleiben. Offen gestanden, sagte er, denke ich manchmal, daß ich so früh schlafen gehe, weil der erste Schlaf der großzügigste ist und ich immer die Hoffnung habe, von meinem Geburtshaus zu träumen. Wissen Sie, sagt der Graf zu mir, daß mich der russische Konsul in Paraná zu einem Empfang eingeladen hat, bei dem irgendein unwichtiger Jahrestag gefeiert wird? Denken Sie, daß ich hingehen soll? Das ist doch hoffentlich kein schlechter Scherz? Er sagte, er hätte ein Einladung erhalten, eine offizielle Karte, auf der man ihn zum Lunch ins Konsulat einlud. Ich gestehe, sagte der Graf, daß ich versucht bin hinzugehen, auch wenn ich fürchte, daß es sich um einen Scherz oder sogar um eine Falle handelt. Und wissen Sie, warum ich trotz allem versucht bin hinzugehen? Weil ich seit mehr als fünfzig Jahren nicht mehr an einem Ort war, wo zwei lebende Personen russisch gesprochen haben. Ich höre die Sprache meiner Vorfahren in meinen Träumen und manchmal schaue ich mir sowjetische Filme an, nur um die Dialoge zu hören, aber ich habe dann immer den Eindruck, einen in Hollywood gedrehten Film, sagen wir von Walt Disney, zu sehen, der russisch synchronisiert wurde. Ich hatte das unangenehme Gefühl, sagte der Graf, daß die Russen jetzt die Sprache von Puschkin sprechen, als handele es sich um eine Übersetzung aus dem Englischen. Keiner von Ihnen kann sich vorstellen, wie musikalisch unsere Sprache ist. *Vesta fiave soglidatay krasavitsa movosti jvat*, rezitierte Graf Tokray. Oh, die Worte meines Heimatlandes, sagte er, eine unvergeßliche Musik. Etwas anderes, das bei ihm über die wahren Absichten dieser Einladung Zweifel aufkommen ließ, sagte er dann, sei die Tatsache gewesen, daß auf der Karte Señor Anton Tokray gestanden hätte. *Señor* Anton Tokray, das schien mir eine absichtliche und nutzlose Beleidigung zu sein. Ich kann Ihnen versichern, wenn ich die Gewißheit gehabt hätte, daß man in Rußland meinen Titel als Graf anerkennen würde, hätte ich mich vielleicht, ich sage vielleicht, doch entschlossen zurückzukehren. Ich habe mehr als einmal daran gedacht, sagte er. Ich habe sogar, sagte er, darüber nachgedacht, als was ich arbeiten könnte. Ich hatte auch schon eine Idee. Er hatte sich vorgestellt, er könne als Museumsführer arbeiten, wenn er sich erstmal zur Rückkehr nach Rußland entschlossen habe. Ich könnte der jungen Generation den Sinn und den Wert der alten Denkmäler aufzeigen, in denen die Geschichte unseres alten russischen Vaterlandes aufgehoben ist. Ich habe sogar daran gedacht, sagte der Graf, daß ich selbst zu einem Museum werden könnte. Gibt es Museen, die aus einer einzigen Person bestehen? Das habe ich noch nicht verifizieren können. Ich selbst könnte dieses Museum sein. Es würde ausreichen, wenn sie mich in einen Raum in irgendeinem der alten Paläste setzten, mich mit der entsprechenden Dekoration und dem Dienstpersonal, das man damals hatte, umgäben, und schon könnte ich ein lebendes Museum der Sitten und Umgangsformen des alten Rußlands sein. Man könnte mich besuchen, um zu sehen, wie ein russischer Adeliger vor der Revolution lebte. Es wäre eine lehrreiche Erfahrung für die Jugendlichen; Schüler, Abordnungen aus der Provinz, sogar ausländische Touristen könnten mich besuchen. Ein Museum mit Puppen oder Wachsfiguren ist nicht dasselbe wie ein lebendes Museum. Sie könnten meine Umgangsformen, meine Manieren, meinen Sprachgebrauch beobachten, diese natürliche Vornehmheit, die die Gezeiten der Geschichte nicht ausgelöscht haben. Und ich würde sogar noch weitergehen, sagte der Graf, ich würde mich nicht einmal unangenehm berührt fühlen, im Gegenteil. Ich würde das nicht für einen Affront halten und auch nicht für eine offene Kollaboration mit dem Regime. Es wäre ein Beispiel für meine Treue zum Zaren und zu der Kultur und den Sitten aus den Glanzzeiten des russischen Adels, die durch mich erhalten und geschützt werden. In mir würde die Erinnerung an diese glückliche Zeit fortbestehen, als wir alle von der Wiege an französisch sprachen, als unsere Gouvernanten Französinnen waren und wir das Alphabet und beten und schreiben auf französisch lernten. Sie haben bestimmt in den

Büchern von Graf Leo Tolstoi davon gelesen. Aber in diesem Fall wäre es etwas anderes. Es ist nicht dasselbe, über eine Epoche zu lesen, wie sie vor sich zu sehen, und sei es nur in einem Ausschnitt und in einem ihrer letzten Repräsentanten. Also, sagte der Graf, denken Sie nicht, wenn ich zu diesem Museum ernannt worden wäre, daß ich das als Kollaboration mit dem Regime gelebt hätte, im Gegenteil. Einerseits würden ohne Verzerrungen die besten Traditionen der alten Kultur erhalten bleiben und andererseits, der Graf senkte die Stimme, bin ich sicher, daß es eine Form wäre, das Programm und die Pflichten der Restauration wieder aufzunehmen, die heroisch, aber glücklos durch das Weiße Heer verteidigt wurden; ich will damit sagen, dieses Museum würde dazu dienen, da bin ich mir sicher, die jungen Russen zum Nachdenken zu bringen, die nur die durch mich repräsentierte alte Lebensform mit der Gegenwart, mit ihrem eigenen Leben in diesen Wohnblocks *onereux et bizarres* vergleichen müßten und schon würden die Schleier vor ihren Augen fallen. Könnte das nicht eine Form sein, die Bewußtseinsbewegung anzustoßen, die uns zum Sturz des Regimes und zur Restauration führt? Er sagte, daß er verschiedentlich in Momenten der Melancholie und tiefen Sehnsucht angefangen hatte, einen Brief zu verfassen, um seine Dienste anzubieten, und wenn er sich Einhalt geboten hätte, so nur, sagte er, weil er begriff, daß sie niemals zulassen würden, daß der Glanz des unvergeßlichen aristokratischen Lebens in Rußland der jungen, in Unwissenheit erzogenen Generation als Beispiel dienen könnte. Manchmal, sagte er, hatte er sich seine Rückkehr, den Nevsky Prospekt, den Frühling von Sankt Petersburg, sein Leben als Modell und Verkörperung vergangenen Ruhmes vorgestellt, aber er hatte diese Hoffnung ganz schnell wieder aus seinem Herzen verbannt. Er hätte keine Hoffnungen mehr, sagte er, nur noch die eine, daß Gott sich hin und wieder seiner erbarme und ihm die Gnade zuteil werden ließe, von seinem Geburtshaus zu träumen. Ich hatte diese Hoffnung aus meinem Herzen verbannt und jetzt kommt diese Einladung. Eine Einladung, sagte er. Wie solle man sich angesichts einer offiziellen

Einladung verhalten? Wie solle, frage er sich, ein Ehrenmann sich in einem solchen Fall verhalten? Ich zögere bei dieser scheinbaren Höflichkeitsbekundung. Es könnte ein Akt der Höflichkeit sein, ich weiß, daß sich die Dinge dort verändert haben, sie sind nicht mehr so fanatisch, jetzt herrschen die Technokraten, graue, realistische Männer. Auch das, sagte er lächelnd, brächte sie einander ein wenig näher. Ich bin auch Realist, sagte der Graf, Zar oder König, das macht kaum einen Unterschied. Sie sind realistisch, sie haben Abstand genommen von diesen jämmerlichen Utopien, die sich die *sansculottes* ausgedacht haben, Effizienz und Technik werden ihnen immer wichtiger. Und doch fürchte ich, daß diese Einladung eine Falle sein könnte. Außerdem, was bringt es mir, wenn ich hingehe? Ich könnte den unvergeßlichen Geschmack des Kaviars wieder auf meiner Zunge spüren, aber ich müßte auch ertragen, sagte er, daß meine schöne Muttersprache jetzt wie eine Übersetzung aus dem Englischen klingt. Soweit er wüßte, wäre der russische Konsul in Paraná kein unangenehmer Zeitgenosse, er hätte ihn an einem Abend in einem Theater während einer Aufführung für das diplomatische Corps unter Mitwirkung des Bolschoi-Balletts am 9. Juli in Concepción in Uruguay von oben beobachtet. Vom Paradies aus, während er gerührt der unsterblichen Musik des unsterblichen Tschaikowski lauschte, hatte er sein Opernglas auf den russischen Konsul gerichtet. Scheint ein vornehmer Mann zu sein, ein wenig *opaque mais distingué.* Ich glaube, er ist Ingenieur, sagte er; dort sind alle Ingenieure, da es keine Arbeiter mehr gibt, es ist ein Staat von Ingenieuren, Soldaten und Bürokraten, und der Konsul gehört zum Stand der Ingenieure. Ich glaube, er ist ein Musikfreund, aber vor allem Ingenieur. Er hielt den Konsul wirklich für einen feinen Mann. Er heißt Igor Suslov, und wenn ich mich recht erinnere, war seine Mutter die Cousine des Neffen einer Schwester meines Großvaters väterlicherseits. Vielleicht hat er mich deswegen eingeladen, sagte der Graf; in gewissem Sinn sind wir Verwandte, der Ingenieur und ich, aber ich werde nicht hingehen, denn die internationalen Gesetze sichern einem das lebenslange Recht auf den Adelstitel unanfechtbar zu. Señor Tokray? *Niet.* Das ist für mich eine Frage der Ehre. Aber, sagte er und schaute dabei auf die Wanduhr am Ende des Raumes, ich habe Sie schon viel zu lange aufgehalten. Er fragte Renzi, ob ihm die Stadt gefiele, ob er sie nicht zu tropisch fände, und dann senkte er die Stimme und teilte mir mit, daß Malcolm Firmin gestorben war. Ob ich wüßte, daß er tot sei, fragte er mich. Er hätte sich in der Badewanne das Genick gebrochen, vielleicht hatte er zuviel getrunken, sagte er, jedenfalls wäre er ausgerutscht und sein Kopf sei *comme un œuf* an der Kante der Badewanne zerschellt. Ich hätte zu seiner Beerdigung gehen müssen, sagte er, aber er hätte zu spät davon erfahren. Das ist ein Mann, den der Alkohol, der schlechte Ruf und das Unglück ins Jenseits befördert haben, sagte der Graf. Er starb nackt, wie er auf die Welt gekommen ist. Nackt. Darin müssen wir ein trauriges Bild unserer Situation auf dieser schwachen Brücke des Lebens sehen. Da wir gerade bei dem Thema sind, sagte der Graf und senkte dabei die Stimme kaum merklich noch ein wenig mehr, könnten Sie mir nicht, mein lieber Tardewski, wenn es Ihnen nichts ausmacht, ein paar *kopeks*, ich meine, ein wenig Geld borgen? Ich möchte wenigstens ein paar Blumen auf dieses englische Grab bringen, und ich habe das Geld noch nicht bekommen, auf das ich warte. Könnten Sie mir ein wenig aushelfen, nur ein kleiner Betrag für kurze Zeit, damit ich das dunkle Grab aufsuchen kann, in dem mein Freund ruht? Reicht das, Herr Graf?, frage ich ihn. Aber ja doch, das ist perfekt. Ich danke Ihnen sehr für Ihre Liebenswürdigkeit, Señor Tardewski. Sehen wir uns hier, *demain*? Paßt Ihnen das? Ich sagte ihm, das passe mir sehr gut. Junger Mann, sagte der Graf, und erhob sich mühsam von seinem Stuhl, es war ein Vergnügen, Sie kennenzulernen. Wissen Sie, sagte er, daß Sie Ihrem Onkel wie aus dem Gesicht geschnitten sind? *La même figure.* Ist es nicht so, Volodia? Hat der Junge nicht eine erstaunliche Ähnlichkeit mit dem jugendlichen Gesicht seines Onkels? Apropos, sagte er, der Professor ist schon länger nicht mehr im Club gesehen worden. Er ist verreist, sagte ich. Verreist? *Parfaît.* Ich hatte gehört, es ginge ihm gesundheitlich nicht gut. Aber ich will Sie nicht länger aufhalten, lassen Sie es sich gut gehen, noch viel Spaß, wir sehen uns morgen, sagte Graf Tokray und ging von dannen.

Sehen Sie seinen Gang?, sage ich zu Renzi, seine Art zu gehen ist wie ein falsch angewendetes Zitat der Regeln, die die französischen Gouvernanten den Kindern des Adels, sogar den unehelichen, beibrachten, unter anderem, wie ein Edelmann zu gehen hat, wenn er sich in der Öffentlichkeit bewegt. Der Oberkörper aufrecht, sehen Sie, und die Füße sollen sanft über den Boden gleiten. Wir sehen also gerade das Zitat dessen, was ein russischer Adeliger für einen würdigen Abgang hält. Ein falsch angewendetes Zitat, aber keine Parodie. Es hat zweifellos etwas Pathetisches, sage ich, aber es ist nicht parodistisch. Er versucht verzweifelt, Würde zu wahren, aber er schafft es kaum noch zu überleben. Wir kümmern uns zu mehreren um seinen Unterhalt; wir, das heißt die aus ihren Ländern vertriebenen Europäer, die in Entre Ríos leben, wir sind sechs. Er bittet jeden um eine bescheidene Summe im Monat, jedesmal unter einem anderen Vorwand. Heute hat der Vorwand, zu seiner Erleichterung, gestimmt. Firmin ist gestorben, zu seinem Unglück, dadurch sieht seine Zukunft noch finsterer aus. Firmin gehörte zu den sechs, die ihm diese kleine monatliche Unterstützung gaben. Ich vermute, die Angst, daß wir einer nach dem anderen vor ihm sterben, wird den Grafen Tokray auch nicht gerade besser schlafen lassen.

Aber es sind nicht Männer wie Graf Tokray, über die der Professor seine Theorie über die Europäer entwickelt hat, sage ich zu Renzi. Es geht auch nicht um die Immigranten oder die Reisenden, die über Argentinien schreiben oder geschrieben haben. Es geht vielmehr um die europäischen Intellektuellen, die in die argentinische Kultur integriert sind und in ihr eine besondere Funktion erfüllen. Diese Funktion kann man nicht analysieren, wenn man die Vorherrschaft des europäischen Ideals nicht berücksichtigt, denn diese Intellektuellen verkörperten genau diese Linie mit all ihren Veränderungen. Das eindeutigste Beispiel war für den Professor der Fall von Groussac. Er sah in Groussac den besten Repräsentanten dieser transplantierten Intellektuellen, vor allem, weil er genau in jenem Moment aktiv war, als der Europäismus zum bestimmenden Element wurde. Groussac ist der Intellektuelle der 80er Jahre schlechthin, aber vor allem der europäische Intellektuelle schlechthin, pflegte der Professor zu sagen. Das erklärt, wie er die Rolle des Schiedsrichters, des Richters und kulturellen Diktators erfüllen konnte. Dieser schonungslose Kritiker, dessen Autorität sich alle unterwarfen, war unwiderlegbar, weil er Europäer war. Er hatte, was wir einen beglaubigten europäischen Blick nennen können, und von dort aus beurteilte er die Errungenschaften einer Kultur, die sich bemühte, europäisch zu erscheinen. Ein echter Europäer amüsierte sich auf Kosten der verkleideten Einheimischen. Er lachte über sie, sie waren für ihn nur südamerikanische Literaten. Dabei war er, Groussac, seinerseits nur ein angeberischer kleiner Franzose, der zu seinem Glück am Rio de la Plata gelandet ist, denn in Europa wäre ihm nur das Schicksal beschieden gewesen, sich in beflissener Anonymität zu verlieren, aufgelöst in verdienstvolle Mittelmäßigkeit. Was wäre Groussac gewesen, wenn er in Paris geblieben wäre? Ein fünftklassiger Journalist, hier hingegen war er der Schiedsrichter des kulturellen Lebens. Diese nicht nur unsympathische, sondern geradezu paradoxe Figur war in Wirklichkeit ein Symptom: In ihm drückten sich die Werte einer Kultur aus, die vom Aberglauben an das europäische Ideal beherrscht wurden. Aber Borges macht sich über ihn lustig, sagt Renzi. Über Groussac?, sage ich, das hat aber gar nicht den Anschein. Klar, hat es nicht, sagt Renzi. Einerseits hält Borges die Lobreden, die wir von ihm kennen, er sagt etwas über Groussac. Aber Borges' Wahrheit muß man woanders suchen, in seinen fiktiven Texten. *Pierre Menard, Autor des Quijote* ist nichts anderes als eine bissige Parodie auf Paul Groussac. Ich weiß nicht, ob Sie ein Buch von Groussac über den apokryphen Quijote kennen, sagte Renzi zu mir. Das Buch von diesem pedantischen, betrügerischen Gelehrten hat zwei Ziele: erstens, zu vermelden, daß er rücksichtslos alle Argumente vom Tisch gefegt hat, die Spezialisten vor ihm über dieses Thema geschrieben haben könnten; zweitens, der Welt mitzuteilen, daß es ihm gelungen ist, die Identität des wahren Autors des apokryphen Quijote zu ermitteln. Das Buch von Groussac heißt *Un enigme littéraire* (den Titel könnte man ohne weiteres auf den Pierre Menard von Borges anwenden) und ist eines der unglaublichsten *gaffes* unserer Geistesgeschichte. Nach langwierigen, labyrinthischen Darlegungen, bei denen er sich äußerst diverser Beweise bedient, darunter ein auf einem Anagramm basierendes Argument, das er aus einem Sonett von Cervantes herausgezogen hat, kommt Groussac zu der unvermeidlichen Schlußfolgerung, der wahre Autor des falschen Quijote sei ein gewisser José Martí (der zwar denselben Namen trägt, aber ansonsten mit dem kubanischen Helden nichts gemein hat). Die Argumente und die Schlußfolgerung von Groussac haben, wie sein Stil, etwas Definitives und Gönnerhaftes. Natürlich findet man unter den Mutmaßungen über den Autor des apokryphen Quijote alles Mögliche, aber keine hat, wie die von Groussac, das Verdienst, physisch unmöglich zu sein. Der in *Un enigme littéraire* präsentierte Kandidat starb im Dezember 1604, daraus folgt, daß der angebliche Plagiator, der die Fortsetzung von Cervantes' Roman geschrieben haben soll, nicht einmal den ersten Teil des Quijote in gedruckter Form gelesen haben kann. Wie sollte man in dieser Pfuscherei des gelehrten Franzosen nicht den Keim, den unsichtbaren Plan sehen, sagt Renzi, von dem ausgehend Borges die ›paradoxe Geschichte‹ *Pierre Menard, Autor des Quijote* ersann? Dieser Franzose, der auf spanisch eine Art apokryphen Quijote schreibt, der trotzdem der wahre ist; dieser pathetische und zugleich scharfsinnige Pierre Menard ist nichts anderes als Borges' Verarbeitung der Figur dieses Paul Groussac, Autor eines Buches, in dem er mit tödlicher Logik beweist, daß der Autor des apokryphen Quijote ein Mann ist, der gestorben ist, *bevor* der echte Quijote erschienen war. Wenn der von Groussac entdeckte Schriftsteller in der Lage war, einen apokryphen Quijote zu schreiben, bevor er das Buch gelesen hatte, von dem seines die Fortsetzung war, warum sollte dann Pierre Menard nicht imstande sein, die Heldentat zu vollbringen, einen Quijote zu schreiben, der zugleich derselbe und ein anderer war, wie das Original? Es war also Groussac, der mit seiner posthumen Entdeckung des späteren Verfassers des falschen Quijote zum ersten Mal diese Lektüretechnik anwandte, die Menard lediglich wiederholt hat. Es war also in Wirklichkeit Groussac, der, um es mit Borges' Worten zu sagen, sagte Renzi, die abgestandene, rudimentäre Kunst des Lesens, vielleicht ohne es zu wissen, durch eine neue Technik bereichert hat: die Technik des vorsätzlichen Anachronismus und der irrtümlichen Zuschreibungen.

Wer zitiert an diesem unglaublichen Ort Borges?, rief Marconi von einem der Nachbartische. Wer zitiert in dieser abgelegenen Provinz an der argentinischen Küste auswendig Borges?, rief Marconi und erhob sich. Lassen Sie mich Ihre Hand schütteln, sagte er und kam auf unseren Tisch zu. Diese unendlich anwendungsfähige Technik veranlaßt uns, die *Odyssee* so zu lesen, als sei sie nach der *Aeneis* gedichtet worden, rezitierte Marconi. Diese Technik erfüllt die geruhsamsten Bücher mit abenteuerlicher Vielfalt. Wohl aber ist die Literatur eine Kunst, rezitierte Marconi weiter, und dann brach er ab, um zu fragen: Darf ich mich setzen? Wohl aber ist die Literatur eine Kunst, die jene Zeit vorauszukünden vermag, in der sie verstummt sein wird, die imstande ist, sich ingrimmig gegen ihre innerste Wesenskraft zu kehren, sich in die eigene Auflösung zu verlieben und ihr Ende zu umwerben. Mein Name, sagte er, ist Bartolomé Marconi. Wie geht es dir, Volodia? Bartolomé nach Padre Bartolomé de las Casas, nicht nach Mitre, dem Patrizier, was, wie Sie wissen, hier in der Provinz Entre Ríos ein Schimpfwort ist. Also Bartolomé nach jenem Mönch, der 1517 soviel Mitleid mit den Indios hatte, die sich in der Hölle der Goldminen der Antillen zu Tode schufteten, daß er Kaiser Karl V. vorschlug, Schwarze zu importieren, die sich dann in der Hölle der Goldminen der Antillen zu Tode schuften sollten. Dieser sonderbaren Variante des Philanthropen, sagte Marconi, verdanke ich meinen Namen. Mein Nachname ist eine autochthone Variante des Erfinders des Telefons. Des Telefons oder des Radios, Volodia? Des

Radios, glaube ich. Dann sagte ich, Renzi ist ein junger Schriftsteller, das, was man einen vielversprechenden Autor der jungen argentinischen Literatur nennt. Schön, sagte Marconi, ich bin untröstlich und neidisch. In Buenos Aires, dem Aleph des Vaterlandes, durch das Privileg des Hafens, sind die jungen Schriftsteller noch jung, selbst wenn sie schon die höllische Grenze von 33 Jahren überschritten haben. Was würden sie in dieser Stadt mit Rimbaud oder Keats machen? Sie würden sie, da bin ich sicher, in die Untergattung der nie besonders hoch eingeschätzten Jugendliteratur einordnen. Um die ganze Wahrheit zu sagen, sagte Marconi, das ist mein wunder Punkt. Wie soll ich es anstellen, damit ich, ein ressentimentbeladener Vielschreiber aus dem Landesinneren, trotz meiner unendlichen 36 Jahre zu den jungen Kräften der jungen argentinischen Literatur gezählt werde? Ich gieße mir ein wenig Gin ein, sagte Marconi. Volodia? Renzi? Regen Sie sich nicht auf, Marconi, sagte Renzi, es gibt keine argentinische Literatur mehr. Es gibt keine argentinische Literatur mehr?, sagte Marconi. Hat sie sich aufgelöst? Was für ein bedauerlicher Verlust. Und seit wann haben wir sie nicht mehr, Renzi?, fragte Marconi. Darf ich dich duzen? Versuchen wir eine erste metaphorische Annäherung an das Thema: Die argentinische Literatur ist gestorben. Und wann?, fragte Marconi. 1942, sagte Renzi. 1942? Warum genau da?, fragte Marconi. Mit dem Tod von Arlt, sagte Renzi. Das war das Ende der modernen Literatur in Argentinien, was dann folgt, ist eine einzige düstere Öde. Mit ihm soll alles vorbei gewesen sein?, fragte Marconi. Wie das? Und Borges? Borges, sagte Renzi, ist ein Schriftsteller des 19. Jahrhunderts. Der beste argentinische Schriftsteller des 19. Jahrhunderts. Kann sein, sagte Marconi. Ja, stimmt. Eine Art Vollendung eines Schriftstellers der Generation der 80er, sagte Renzi, der Paul Valery gelesen hat. Das auf der einen Seite, sagte Renzi. Auf der anderen Seite kann man seine Fiktion nur als den bewußten Versuch verstehen, mit der argentinischen Literatur im 19. Jahrhundert abzuschließen, die beiden Grundlinien, die das Schreiben im 19. Jahrhundert bestimmen, zusammenzuführen und zum Abschluß zu bringen. Als da wären?, sagte Marconi. Erstens, der Europäismus, sagte Renzi. Der bekanntlich, Tardewski und ich hatten es gerade, mit der ersten Seite des *Facundo*, dem Gründungstext der argentinischen Literatur, seinen Anfang nimmt. Und was steht da? Ein Satz auf französisch, so fängt der *Facundo* an. Als würden wir sagen, die argentinische Literatur beginnt mit einem französischen Satz: *On ne tue point les idées* (den wir alle, inzwischen übersetzt, in der Schule gelernt haben). Wie läßt Sarmiento seinen *Facundo* anfangen? Indem er erzählt, wie er am Beginn seines Exils eine Parole auf französisch schreibt. Die politische Geste liegt nicht im Sinn des Satzes oder zumindest nicht allein darin. Sie liegt vor allem in der Tatsache, daß er den Satz auf französisch geschrieben hat. Und die Barbaren kommen, lesen diese von Sarmiento geschriebenen Buchstaben einer ausländischen Sprache und verstehen sie nicht. Sie brauchen jemanden, der für sie übersetzt. Und dann?, sagte Renzi. Es ist offensichtlich, sagt er, daß der Schnitt zwischen Zivilisation und Barbarei dort verläuft. Die Barbaren können kein Französisch lesen oder besser gesagt, sie sind Barbaren, *weil* sie kein Französisch lesen können. Und Sarmiento läßt es sie wissen, deswegen fängt sein Buch mit dieser Anekdote an, das ist doch vollkommen klar. Aber dieser von Sarmiento geschriebene Satz (Ideen werden nicht getötet, wie wir in der Schule sagten), der für uns von ihm stammt, ist gar nicht von ihm, es ist ein Zitat. Sarmiento schreibt auf französisch ein Zitat, das er Fourtol zuschreibt, auch wenn Groussac sich mit der ihm eigenen Liebenswürdigkeit befleißigt, darauf hinzuweisen, daß Sarmiento sich irrt. Der Satz stammt nicht von Fourtol, sondern von Volney. Das heißt, sagte Renzi, die argentinische Literatur beginnt mit einem auf französisch geschriebenen Satz, der ein falsches, ein unrichtiges Zitat ist. Sarmiento zitiert falsch. Genau in dem Moment, in dem er zeigen und damit prahlen will, wie fließend er mit der europäischen Literatur umgehen kann, stürzt alles in sich zusammen, zerfressen von Unbildung und Barbarei. Von dort an können wir sehen, wie in Sarmiento, aber auch bei denen, die ihm nachfolgen, bis hin zu Groussac, wir hatten es gerade mit Tardewski, sagte Renzi, wie diese zur Schau gestellte vorgetäuschte Gelehrtheit, dieses gefälschte zweisprachige Wissen um sich zu greifen beginnt. Das ist die erste Linie, aus der Borges' Fiktion besteht, Texte, die Aneinanderreihungen von vorgetäuschten, apokryphen, falschen, abweichenden Zitaten sind; die erbitterte und parodistische Zurschaustellung einer Kultur aus zweiter Hand, durchzogen von pathetischer Pedanterie, darüber macht Borges sich lustig. Er, also Borges, sagt Renzi, treibt die Linie der betrügerischen kosmopolitischen Gelehrtheit, die einen Großteil der argentinischen Literatur im 19. Jahrhundert prägt und beherrscht, auf die Spitze und schließt sie durch die Parodie. Aber das ist noch nicht alles, sagt Renzi. Noch Gin?, fragt Marconi. Nur zu, sagt Renzi. Volodia? Mit ein bißchen mehr Eis, sage ich. Es gibt noch eine zweite Linie, die wir den populistischen Nationalismus von Borges nennen können. Ich meine damit den Versuch von Borges, auch die andere, die Gegenströmung zum Europäismus, in sein Werk zu integrieren, die auf der Gaucholiteratur basiert und die ihr Modell im *Martín Fierro* hat. Borges nimmt sich vor, auch diese Linie zu schließen, die ebenfalls die argentinische Literatur im 19. Jahrhundert prägt. Und was macht Borges?, sagt Renzi. Er schreibt die Fortsetzung des *Martín Fierro.* Nicht nur, weil er in *Das Ende* einen Schluß dafür schreibt. Willst du eine Zigarette?, fragt Renzi. Warte! Nicht nur, weil er ein Ende schreibt, sondern weil er den Gaucho in Gestalt des Vorstädters zum Protagonisten der Erzählungen macht, die nicht zufällig zwischen 1890 und 1900 spielen. Aber es ist nicht nur das, sagt Renzi, es ist nicht nur eine thematische Frage. Borges macht etwas anderes, etwas ganz Zentrales, er begreift nämlich, daß das literarische Fundament der Gaucholiteratur die Transkription des Gesprochenen, der Volkssprache, ist. Er schreibt keine Gaucholiteratur in Hochsprache, wie es Güiraldes tut. Borges schreibt, sagt Renzi, den ersten Text in der argentinischen Literatur nach dem *Martín Fierro,* dessen Erzähler die Flexionen, den Rhythmus und die Lexik der gesprochenen Sprache verwendet. Er schreibt *Mann der Esquina Rosada.* So sind also, sagt Renzi, die beiden ersten von Borges geschriebenen Erzählungen, die auf den ersten Blick so unterschiedlich wirken, *Mann der Esquina Rosada* und *Pierre Menard, Autor des Quijote*, Borges' Weise, an diese doppelte Tradition anzuknüpfen, die die argentinische Literatur im 19. Jahrhundert spaltet. Von da ab ist sein Werk zweigeteilt: auf der einen Seite die Erzählungen mit den Messerstechern in all ihren Varianten, und auf der anderen Seite die, sagen wir, gelehrten Erzählungen, wo die Gelehrtheit, die Zurschaustellung von Kultur auf die Spitze getrieben wird, in denen Borges den kulturfixierten Aberglauben parodiert und mit Apokryphen, Plagiaten, Aneinanderreihungen von erfundenen Zitaten, mit einer falschen Enzyklopädie etc. arbeitet, wo die Gelehrtheit die *Form* der Erzählungen bestimmt. Es ist also kein Zufall, daß für Borges selbst sein bester Text *Der Süden* ist, die Erzählung, bei der die beiden Linien sich kreuzen und miteinander verschmelzen. Was ich damit sagen will, ist, sagt Renzi, daß Borges, wenn man ihn richtig verstehen will, im Kontext der argentinischen Literatur des 19. Jahrhunderts gelesen werden muß, deren grundlegende Linien er mit all ihren Konflikten, Zwiespältigkeiten und Widersprüchen geschlossen hat. Borges ist anachronistisch, er setzt den Schlußpunkt, sein Blick ist auf das 19. Jahrhundert gerichtet. Wer neue Perspektiven eröffnet, das ist Roberto Arlt. Arlt fängt ganz neu an, er ist der einzige wirklich moderne Schriftsteller, den die argentinische Literatur im 20. Jahrhundert hervorgebracht hat. Eine der unbestreitbaren Fähigkeiten der Intellektuellen aus Buenos Aires ist ihre nicht unbedingt beneidenswerte Fähigkeit, alles ohne Punkt und Komma vorzutragen. Ja, sagte Renzi, Theorien bringt man am besten in einem Schwung, vor allem, wenn man genügend Gin getrunken hat. Kann ich mich also jetzt auf eine in einem Schwung vorgebrachte Theorie über Roberto Arlt einstellen? Warum nicht, sagte Renzi, ich hole ein wenig Luft und dann halte ich dir schnell einen Vortrag über die Bedeutung von Arlt in der argentinischen Literatur. Das kommt mir vor wie ein Roman von Aldous Huxley. Huxley?, fragte Renzi. Ich bevorzuge das Kapitel der Bibliothek, Skylla und Charybdis, in der gälischen Telemachie. Dann laß uns über Hamlet diskutieren, sagte Marconi. Mensch, sagte Renzi, in Concordia wimmelt es ja vor Gelehrten. Ich habe gerade erst angefangen, sagte Marconi. Haben wir nicht mit Hilfe der Algebra nachgewiesen, daß Hamlets Enkel Shakespeares Großvater und daß er selbst das Gespenst seines eigenen Vaters ist? Na, Buck Mulligan?, sagte Marconi. Alter, du hast ein Erinnerungsvermögen, da kommt nicht einmal José Hernández mit, sagte Renzi. Ein Dichter ohne Erinnerungsvermögen, sagte Marconi, ist wie ein Krimineller, der von Anstand bedrückt und fast ausgelöscht wird. Ein Dichter ohne Erinnerungsvermögen ist ein Oxymoron. Denn der Dichter ist das Gedächtnis der Sprache. Wie kann man also von mir erwarten, daß ich über Arlt spreche?, sagte Marconi. Ich frage, mit Verlaub, was war Arlt anderes als ein Chronist von *El mundo*? Genau das war er, sagte Renzi: ein Chronist der Welt. Jetzt wirst du bestimmt sagen, er war vielleicht ein verdammt guter Chronist, aber schreiben konnte er nicht. Genau, sagte Marconi, ich sagte dir jetzt, daß Arlt nicht schreiben konnte, und ich vermute, ich gebe dir damit den Anstoß für deinen theoretischen Spurt. Aber abgesehen davon, sagte Marconi, schrieb er wirklich beschissen. Wer?, fragte Renzi, Arlt? Nein, Joyce, sagte Maconi. Arlt, natürlich Arlt. Ich bringe ihm wirklich Respekt entgegen, dem armen Kerl, sagte Marconi, aber er schrieb, als wollte er sich sein Leben ruinieren, als wollte er sich selbst verachten. Den Masochismus, der aus seiner Dostojewski-Lektüre herrührte, dieses Gefallen am Leiden wie bei Aliosha Karamasov, übertrug er ausschließlich auf seinen Stil. Arlt schrieb, um sich zu erniedrigen, und zwar im wörtlichen Sinne, sagte Marconi. Er hat einen unbestreitbaren Verdienst: schlechter kann man nicht schreiben. Darin ist er unschlagbar und einzigartig. Bist du fertig, Morriconi?, sagte Renzi. Marconi, Alter, Marconi. Ich heiße Marconi, spiel hier nicht den Geistesabwesenden. Ruhe, meine Herren, sagte ich. *Pacem in terris.* Es geht doch nichts über das Lateinische, um die Gemüter zu besänftigen, sagte Marconi. Dann einigen wir uns also darauf, daß Arlt schlecht schrieb. Genau, sagte Renzi, er schrieb schlecht, aber in einem moralischen Sinn. Sein Schreibstil ist schlecht, abnorm. Es ist ein krimineller Stil. Er macht, was man nicht machen soll, was schlecht angesehen ist, er zerstört alles, was man in dieser farblosen Republik fünfzig Jahre lang für gutes Schreiben hielt. Farblose Republik, sagte Marconi, ein Zitat von Borges. Jede Grundschullehrerin, sogar meine Tante Margarita, sagte Renzi, kann eine Seite von Arlt korrigieren, aber keiner kann sie schreiben. Nein, sagte Marconi, das bestimmt nicht, das kann niemand außer ihm selbst. Aber ich will dich nicht mehr unterbrechen, ich höre dir zu, sagte er. Noch Gin? Ja, sagte Renzi. Volodia? Na gut, sagte ich. Arlt schreibt gegen die Idee des literarischen Stils, gegen das, was man uns als gutes Schreiben beigebracht hat, nämlich schön, peinlich genau, keine Gerundien, nicht wahr? Und keine Wortwiederholungen. Deswegen ist das höchste Lob, das man Arlt aussprechen kann, wenn man sagt, daß er in seinen besten Zeiten unlesbar ist, zumindest behaupten seine Kritiker, er sei unlesbar, sie können ihn nicht lesen, von ihrem Code aus können sie ihn nicht lesen. Arlts Stil, sagte Renzi, ist das Unterdrückte in der argentinischen Literatur. Alle Kritiker (bis auf zwei Ausnahmen), alle, die über Arlt geschrieben haben, ganz gleich, welcher Couleur, sagen wir, von Castelnuovo bis zu Morena, sind sich in einem Punkt einig: daß er schlecht schrieb. Es ist einer der wenigen Fälle in der argentinischen Literatur, wo alle einmütig zum gleichen Ergebnis kommen. An diesem Punkt lassen sie alle die Fahnen sinken und sind auf einmal einer Meinung. Eine rührende Versöhnung, sagte Renzi, die den Verstorbenen bestimmt nicht erfreut hätte. Sie haben recht, denn Arlt schrieb nicht vom selben Ort wie sie und auch nicht vom selben Code aus. Und darin ist Arlt absolut modern, er ist viel weiter als all diese Duckmäuser, die ihn anklagen. Wann taucht denn in der argentinischen Literatur, sagte Renzi, die Idee vom Stil, das Ideal des guten Schreibens als Wert auf, der die guten Werke ausmacht? Inzwischen ist es ein überholter Begriff. Er taucht erst auf, als die Literatur autonom wird und sich von der Politik unabhängig macht. Das Aufkommen der Idee des Stils ist ein Schlüsseldatum: Die Literatur hat angefangen, nach spezifischen, nach, sagen wir, rein literarischen Wertmaßstäben beurteilt zu werden, und nicht, sagte Renzi, wie es im 19. Jahrhundert der Fall war, nach ihrem politischen oder gesellschaftlichen Wert. Sarmiento oder Hernández wäre es nie in den Sinn gekommen, zu sagen, sie schrieben *gut.* Die Autonomie der Literatur und der damit verbundene Begriff des Stils als Wertmaßstab, dem ein Schriftsteller sich zu unterwerfen hat, entwickelt sich in Argentinien als Reaktion auf die Auswirkung der Einwanderung, in dem Fall die Auswirkung der Einwanderung auf die Sprache. Für die herrschenden Klassen zerstört die Einwanderung viele Dinge, sie zerstört unsere nationale Identität, unsere traditionellen Werte etc. etc. Im literarischen Bereich heißt es, die Einwanderung zerstöre und verderbe die Landessprache. In jenem Moment bekommt die Literatur in Argentinien eine andere ganz *spezifische* Funktion. Eine Funktion, die immer noch eine ideologische und gesellschaftliche ist, aber nur von der Literatur als solcher erfüllt werden kann. Die Literatur, hieß es überall, hat eine heilige Mission zu erfüllen: Sie muß die Reinheit der Landessprache bewahren und sie gegen die Verwässerung, die Zersetzung durch die Einwanderer verteidigen. Das wird jetzt die ideologische Funktion der Literatur: zu zeigen, wie das Modell, der richtige Gebrauch der Landessprache aussieht, der Schriftsteller wird zum Wächter über die Reinheit der Sprache. In diesem Moment, sagten wir um die Jahrhundertwende, sagte Renzi, übertragen die herrschenden Klassen ihren Schriftstellern die Funktion, ein schriftliches Modell vorzugeben, wie die wahre Landessprache auszusehen hat. Diese neue Funktion des Schriftstellers in Argentinien wird dann Leopoldo Lugones verkörpern. Lugones ist der erste argentinische Schriftsteller, der, im Unterschied zu Sarmiento, Hernández etc., in der Gesellschaft eine politische Funktion ausschließlich in seiner Eigenschaft als Schriftsteller erfüllt. Er ist der Nationaldichter, der Hüter der Reinheit der Sprache. Tardewski und ich, wir haben vorhin vom Stil dieses Mannes gesprochen, wir brauchen also nicht näher darauf einzugehen. Aber eines muß man festhalten: Lugones hat eine entscheidende Rolle bei der Definition des literarischen Stiles in Argentinien. Seine Texte sind ein Beispiel für gutes Schreiben; in ihm kristallisiert und definiert sich literarisches Schreiben. Für uns, sagte Borges, du wirst dich bestimmt erinnern, Marconi, sagt Renzi, für uns, sagte Borges mit Bedauern, hieß gut schreiben, so zu schreiben wie Lugones. Lugones' Stil ist mühsam mit dem Lexikon konstruiert, hat Borges auch gesagt. Es ist ein Stil, der darauf ausgerichtet ist, jedwede Spur der Auswirkung der Einwanderung zu tilgen, oder besser der Mischung, die sie in der Landessprache erzeugt hat. Denn dieser gute Stil fürchtet nichts so sehr wie die Vermischung. Arlt arbeitet natürlich in die genau entgegengesetzte Richtung. Er nimmt das Material, das *bleibt* und sich in der Sprache absetzt, er arbeitet mit den Resten, den Fragmenten, mit dem, was eine Landessprache wirklich ist. Er sieht die Sprache nicht als Einheit, als etwas Kohärentes und Glattes, sondern als Konglomerat, als eine Flut von Jargons und Stimmen. Für Arlt ist die Landessprache der Ort, wo verschiedene Sprachen mit ihren Registern und Schattierungen aufeinandertreffen und nebeneinander existieren. Aus diesem Material entwickelt er seinen Stil. Das ist das Material, das er umwandelt, das er in die »vielgestaltige Maschine« seines Schreibens einspeist, um ihn zu zitieren. Arlt verwandelt, er gibt nicht einfach wieder. Bei Arlt findet man keine Kopie der gesprochenen Sprache. Arlt war nicht der Illusion erlegen, die man unter den Schriftstellern im Dunstkreis von Borges so häufig findet, wie Bioy Casares, Peyrou oder der frühe Cortázar, die einerseits »gut« und »elegant« schrieben, und andererseits zeigten, daß sie in der Lage waren, die pittoreske Sprache der »unteren« Schichten wiederzugeben. Arlts Stil ist eine brodelnde Masse, eine widersprüchliche Oberfläche, wo es keine rohe Transkription des Mündlichen gibt. Arlt arbeitet mit einer atomisierten Sprache, er bemerkt, daß die Landessprache nicht nur mit einer Stimme spricht, es sind die herrschenden Schichten, die von der Grundschule an einen Sprachgebrauch als korrekten vorgeben; er bemerkt, daß die Landessprache ein Konglomerat ist. Das ist die eine Sache, sagte Renzi. Andererseits befreit er sich von der Tradition der Zweisprachigkeit; er steht außerhalb, er liest Übersetzungen. Wenn man im gesamten 19. Jahrhundert bis hin zu Borges die paradoxe Situation vorfindet, daß eine Nationalliteratur, ausgehend von einer Spaltung zwischen dem Spanischen und der Sprache, in der man liest und die immer eine ausländische ist, geschaffen wird – man muß sich nur die Spuren des Französischen bei Sarmiento, Cané und Güiraldes ansehen, dann weiß man, wovon ich rede –, so leidet Arlt nicht unter dieser Spaltung. Arlt liest Übersetzungen und daher erreicht ihn der ausländische Einfluß bereits gesiebt und verwandelt durch den Übergang von der Originalsprache ins Spanische. Arlt ist der erste, der die Lektüre von Übersetzungen verteidigt. Du mußt mal darauf achten, was er im Vorwort zu *Die Flammenwerfer* über Joyce sagte, dann siehst du es. Wo findet er also das Modell für seinen literarischen Stil? Er findet es in dem, was er liest, in den spanischen Übersetzungen von Dostojewski, Andrejew. Er findet es in dem Stil der miserablen spanischen Übersetzer in den Billigausgaben von Tor. Und das ist das zweite Material, aus dem sich Arlts Stil speist: Das, was die spanischen Übersetzer an Standardübersetzung und Wortschatz festschreiben, bearbeitet Arlt und macht es zum Rohmaterial seines Schreibstils. Arlt kommt also von einem Ort, der ein *anderer* ist als der, von dem aus man in Argentinien »gut« schreibt und »Stil« definiert. Es gibt nichts Vergleichbares, nichts so Grenzüberschreitendes wie den Stil von Roberto Arlt. Aber da ist noch etwas, sagte Renzi, und damit komme ich zum Schluß. Dieser sich aus Konglomeraten und Resten nährende, dieser alchimistische, perverse, marginale Stil ist nichts anderes als die verbale Umsetzung des *Themas* seiner Romane. Arlts Stil ist seine Fiktion und die Fiktion ist der Stil, das eine bedingt das andere. Deswegen kann ich über die Leute nur lachen, die herablassend über ihn sagen: Arlt ist ein großer Schriftsteller *trotz* seines Stils; diese Leute, die glauben, wenn ein Schriftsteller *soviel* zu sagen hat, wie man es Arlt unterstellt, würde die überwältigende Kraft seiner »Innenwelt« ihn zwingen, der Form keinerlei Beachtung zu schenken. Das sind diejenigen, die denken, je »aufrichtiger«, um ein Wort zu benutzen, das ihnen gefällt, ein Schriftsteller ist, um so mehr Wahrheiten er zu verkünden hat, um so schlechter schreibt er, denn ihrer Meinung nach ist gerade dieses Sich-nicht-kümmern um die Form, das Sich-treiben-lassen ein Zeichen seiner Kraft, dieser überwältigenden Natur etc. Auf Arlt trifft das überhaupt nicht zu. Es gibt viele Schriftsteller, die in diesem Sinn schlecht schreiben, aber Arlt gehört nicht dazu. Die Literatur von Arlt ist eine Maschine, die immer mit demselben Brennstoff funktioniert. Aber, sagte Renzi, um zu erklären, welche Bedeutung Arlt in der argentinischen Literatur hat, bräuchte man eine Woche lang. Ich bin enttäuscht, Renzi, sagte Marconi. Wir hatten so gut angefangen. Wenn man Arlt liest, so wie du ihn liest, kann man Borges natürlich nicht lesen. Oder man liest ihn anders, sagte Renzi, zum Beispiel von Arlt aus. Das ist zweifellos die bessere Variante, sagte Marconi, besser, man liest Borges von Arlt aus, denn wenn man Arlt von Borges aus liest, bleibt nichts mehr übrig. Abgesehen davon stimmt mich schon die reine Vorstellung, daß Borges eine Seite von Arlt liest, traurig. Ich glaube nicht, daß der Alte mehr als zwei Zeilen von dem lesen kann, was du Arlts Stil nennst, ohne einen kataleptischen Anfall zu kriegen. Ich glaube im übrigen nicht, daß Borges sich je die Mühe gemacht hat, ihn zu lesen, sagte Marconi. Arlt?, fragte Renzi. Sag das nicht. Schau, du wirst dich doch bestimmt an diese Erzählung aus *David Brodies Bericht* erinnern, »Der Unwürdige«. Lies es noch einmal, tu mir den Gefallen, und dann wirst du sehen. Es ist *El juguete rabioso.* Ich meine, sagte Renzi, es ist eine von Borges' typischen Übertragungen, eine Miniatur des Themas von *El juguete rabioso.* Ein Junge ist fasziniert von der Welt des Verbrechens, die für ihn von einem Gauner verkörpert wird, der ihn in diese Welt einführt, den er bewundert und den er genau in dem Moment, in dem er auf die andere Seite wechselt, das heißt, in dem er die Welt des Gesetzes, um es so zu nennen, verläßt, verpfeift. Der thematische Kern ist in beiden Texten derselbe, sagte Renzi, der Verrat ist in beiden Texten der Schlüssel. Nun, sagte Renzi, der Polizist, den der Protagonist aufsucht, um seinen

Freund zu verpfeifen, heißt in Borges' Erzählung *Alt*. Du weißt bestimmt besser als ich, welche Bedeutung die Namen in den Texten von Borges haben, so wird niemand mir weismachen können, daß dieser Name mit dem fehlenden R, das, würde ich sagen, der Anfangsbuchstabe eines anderen Namens ist, aus reinem Zufall dort steht. Das wäre dasselbe, als würde man behaupten, daß er das Mädchen in *Der Aleph* einfach so Beatriz Viterbo nennt oder als handele es sich bei der Erzählung *Daneri* nicht um eine Zusammenziehung von Dante Alighieri. Naive Gemüter sehen das natürlich anders, sagte Renzi, denen genügt es, wie alle sagen, daß Arlt *naiv* war. Wer ist der Unwürdige, wenn nicht Roberto Arlt? Der große Unwürdige der argentinischen Literatur. Und was ist die Erzählung anderes als eine Hommage von Borges an den einzigen ihm ebenbürtigen zeitgenössischen Schriftsteller? Das weißt du besser als ich. Hör auf damit, Alter, fiel ihm Marconi ins Wort, zu entscheiden, was ich weiß oder nicht. Ich höre mir aufmerksam und geduldig an, was du erzählst, was du weißt, aber was ich weiß, das überlaß mal schön mir, sagte Marconi. Was willst du, daß wir jetzt aufeinander eindreschen? Aufeinander eindreschen, Kopie der Umgangssprache, sagte Marconi. Dann eben mit den Fäusten aufeinander losgehen, sagte Renzi. Nein, ich bin ein friedfertiger Kerl, seit sie López Jordán umgebracht haben, sind wir aus Entre Rios vollkommen befriedet und unsere Konflikte mit denen aus Buenos Aires gehören der Vergangenheit an. Mir gefällt einfach nur diese lockere Art und Weise nicht, wie du deine Sätze mit deiner Einschätzung, was ich wissen müßte, anfängst. Und, was wolltest du uns sonst noch sagen?, sage ich. Nichts, sagt Renzi, ich denke, daß Borges in seinen fiktiven Texten die Hommagen und seine Lektüreerfahrungen mit Texten der argentinischen Literatur (und nicht nur der argentinischen, nebenbei bemerkt) verarbeitet. Wenn man wissen will, welche Autoren der argentinischen Literatur er schätzt, dann darf man sich nicht darum scheren, was er über sie *sagt*, sonst findet man Lobreden auf Mallea, Carmen Gándara und andere Meister dieser Art. Man muß schauen, über wen Borges seine fiktiven

Texte geschrieben hat, oder besser gesagt, welche argentinischen Schriftsteller er zum Thema seiner Texte machte. Borges hat fiktive Texte geschrieben über: 1. José Hernández (Tadeo Isidoro Cruz, Das Ende und noch einen anderen in *Borges und ich*, der mir jetzt nicht einfällt). 2. Sarmiento (Totengespräch). 3. Groussac (Pierre Menard). 4. Lugones (der Text, mit dem *Borges und ich* beginnt). 5. Roberto Arlt, diese Erzählung, von der ich gesprochen habe. Das sind für Borges die einzigen Namen, die in der argentinischen Literatur zählen. Was sagst du, Marconi?, fragte Renzi. Bist du nicht einverstanden? Oder bist du immer noch sauer? Ach was, sagte Marconi, ich bin ein Mann flüchtiger Gemütsaufwallungen. Und, bist du nun einverstanden? Nein, natürlich nicht, sagte Marconi. Zu abgehoben für meinen Geschmack. Aber um meine Rolle als liebenswürdiger Gastgeber nicht zu vernachlässigen, nimm mal an, wir einigen uns darauf, daß Borges ein Schriftsteller des 19. Jahrhunderts ist etc.; und nimm des weiteren an, daß wir uns darauf einigen, Borges beiseite zu lassen, was mehr oder weniger dasselbe ist, wie uns darauf zu einigen, daß wir den Fluß beiseite lassen, und uns auf eine Weise, die ich, ohne zu zögern, platonisch nennen würde, beschließen, zu Fuß nach Uruguay hinüberzugehen, als gäbe es kein Wasser. Dank dieser bescheidenen philosophischen Operation, die eines Berkley würdig wäre, um jemanden zu zitieren, den der zitiert, den wir gerade beiseite lassen wollen, stellen wir Borges auf die eine Seite, sagte Marconi, wie Berkeley die wahrnehmbare Wirklichkeit, und dann? Eine rhetorische Frage, auf die uns der junge Schriftsteller aus der Hauptstadt, der uns besucht, eine Antwort geben soll, und dann? Nun, sagte Renzi, wir sind von der Annahme ausgegangen, Borges ist ein Schriftsteller des 19. Jahrhunderts, der Endpunkt und so weiter und so fort und Arlt starb 1942, wer, frage ich, ist denn der Gegenwartsautor, der uns zu der Aussage bewegen könnte, daß die argentinische Literatur nicht tot ist? Da gibt es viele, sagte Marconi. Zum Beispiel?, sagt Renzi. Was weiß ich. Mujica Lainez zum Beispiel. *Wer*?, fragte Renzi. Mujica Lainez, sagte Marconi. Er ist eine Kreuzung in dem Sinn, den dieser Begriff in Kafkas Erzählung »Die Kreuzung« hat. Eine Kreuzung zwischen Hugo Wast und Enrique Larreta. Eine billige Mischung aus beiden. Er schreibt »raffinierte« Bestseller, damit Nacha Regules sie liest. Ich will nicht rachsüchtig erscheinen, aber um noch einmal auf die Stilfrage zurückzukommen, sagte Renzi, es ist doch evident, daß es auf *einer* Seite von Arlt mehr Stil gibt als im ganzen Mujica Lainez. Bist du fertig?, fragte Marconi. Ja, sagte Renzi. Hast du noch eine von diesen Evidenzen auf Lager? Im Moment nicht, sagte Renzi. Schön, sagte Marconi, ich bin nicht deiner Meinung. Das bedaure ich zutiefst, sagte Renzi. Deine Evidenzen, sagte Marconi, stellen den Heiligen Thomas in den Schatten. War es der Heilige Thomas oder Augustinus, Volodia?, fragt mich Marconi. Der mit den Evidenzen? Der Heilige Thomas, sage ich. Na schön, neben Renzi ist der Heilige Thomas ein kleiner Pinscher, zumindest was die Evidenzen angeht. Was soll's, sagte Marconi, trotz deiner Pedanterie und so sieht man, daß du ein netter Kerl bist. Wann fährst du? Ich weiß es noch nicht, sagte Renzi. Er wartet auf den Professor, sage ich. Auf den Professor?, sagt Marconi. Wenn mich nicht alles täuscht, ist er mir vorhin über den Weg gelaufen, auf der Plaza. Er kam aus Salto in Uruguay, glaube ich. Marcelo?, fragt Renzi. Ich bin fast sicher, daß er es war, sagte Marconi. Es war nicht gerade eine Evidenz, eher ein flüchtiger Eindruck in der Dunkelheit. Denn wenn du nicht fährst, wär's doch toll, wenn wir was auf die Beine stellten, was weiß ich, eine Podiumsdiskussion, eine Zusammenkunft in der Bibliothek, was, Volodia? Wir könnten die ganze Sache mit den Leuten diskutieren und Leben in das Wespennest bringen. Ja, das könnten wir machen, sagte Renzi, wenn ich bleibe, kein Problem. Ob es Marcelo war?, fragt mich Renzi. Kann sein, sage ich. Wir gehen ins Hotel, wenn er zurückgekommen ist, ist er bestimmt dort. Ich mach mich auf den Weg, Leute, sagte Marconi, es ist schon sehr spät. Willst du schon gehen?, fragte Renzi. Willst du nicht noch mit uns bis zum Hotel gehen? Nein, sagt Marconi, das wird mir zu spät, ehrlich gesagt, ich muß noch bei der Zeitung vorbei und eine Notiz von 36 Zeilen über den letzten Roman von Nabokov schreiben. Du arbeitest bei der Zeitung?, fragte Renzi. Nun, was man so arbeiten nennt, sagte Marconi. Und was machst du sonst? Ich?, sagte Marconi, nichts. Ich lese Borges und schreibe Sonette. Sonette?, fragte Renzi. Aber ja, sagte Marconi, zu uns in die Provinz kommt alles mit Verspätung. Du siehst, wir denken immer noch, daß Arlt abartig schreibt. Da seid ihr nicht die einzigen, sagt Renzi, es gibt Leute, die leben in New York, in Paris oder in anderen Metropolen und denken dasselbe. Du schreibst also Sonette?, sagte Renzi. Ja, sagte Marconi, ich will sehen, ob ich zum Enrique Banchs des Litoral werden kann. Weißt du, sagte er, wir hier, wir haben den Code nicht drauf. Code, das war doch das Wort, oder? Verarsch mich nicht, sagte Renzi. Ich verarsche dich nicht, sagte Marconi, wir sind hier so, kämpferisch, aber nicht nachtragend. Und, nerven sie in Buenos Aires immer noch so mit der Linguistik? Weniger, sagte Renzi. Jetzt ist die Psychoanalyse dran. Tja, sagte Marconi, ich muß wohl öfter in die Hauptstadt reisen. Hier bekomme ich nicht mit, was läuft. In Concordia ist jetzt gerade die Linguistik populär und wie es scheint, hinken wir schon wieder hinterher. Populär?, sagte Renzi. Die Linguistik, sagte Marconi. Wenn ich dir erzähle, was mir heute Antuñano erzählt hat, sagt er, wird Renzi merken, wie aufnahmefähig das Landesinnere ist. Weißt du, daß es hier immer noch Gauchos gibt?, fragte Marconi. Ja, ich habe einen gesehen, sagte Renzi, heute morgen, als ich aus dem Zug stieg, mit Pumphose und Filzhut. Ich dachte, es wäre ein verkleideter Polizist. Nein, sagte Marconi, es war mit Sicherheit ein Gaucho. Allein hier, im Gebiet von Concordia, gibt es ungefähr zweihundertfünfzig. Deswegen gibt es immer noch Gaucholiteratur, sagte Marconi, allerdings leidet auch sie unter den Auswirkungen der Linguistik. Die Gaucholiteratur? Die Gaucholiteratur und die Landarbeiter selbst, sagte Marconi. Zumindest, wenn das stimmt, was mir Antuñano heute erzählt hat. Ich übertrage für dich die lebendige Folklore des Vaterlandes, damit du es mit nach Buenos Aires nehmen kannst. Hjelmslev unter den entrerrianischen Gauchos oder ein Beispiel semiologischer Gaucholiteratur, kündigte Marconi an, nach der Erzählung von Antuñano, Augenzeuge und Berichterstatter des Ereignisses in der Schankstube *La colorada*, in seinem Besitz, gelegen zwischen Ubajav und Derrida, 70 Kilometer von der Provinzhauptstadt entfernt. Eines Abends, so hatte Antuñano ihm erzählt, sagte Marconi, diskutieren ein paar Gauchos in der Schankstube über Schreiben und Phonetik. Albarracín aus Santiago kann weder lesen noch schreiben, glaubt aber, daß Cabrera von seinem Analphabetismus nichts weiß; er behauptet, das Wort *trara* könne man nicht schreiben. Crisanto Cabrera, der ebenfalls Analphabet ist, behauptet hingegen, man könne alles schreiben, was man sagt. Ich gebe eine Runde für alle, wenn du *trara* schreibst, sagt der aus Santiago. Abgemacht, antwortet Cabrera, nimmt das Messer und ritzt ein paar Schnörkel in den Boden aus Erde. Von hinten kommt der alte Álvarez, schaut auf den Boden und sagt: Ganz klar, *trara*. Das ist wirklich gut, sagt Renzi, wirklich gut. Warum hörst du nicht auf, dich mit den Sonetten abzuquälen und stellst statt dessen dein Dorf dar? Nun, sagte Marconi, im Moment versuche ich gerade, Sonette in der Sprache der Gauchos zu schreiben. Ich will die Sprache von Hilario Ascasubi und die Sonettform, wie sie Stéphane Mallarmé festgelegt hat, zusammenbringen. Bei diesem Versuch bin ich, wie du siehst, ausgesprochen borgeanisch. Es kommt noch besser, sagte Marconi, heute nacht habe ich ein Gedicht geträumt. Im Ernst. Es waren ein paar Freunde zum Essen da, sie hatten einen unglaublich guten chilenischen Wein dabei und wir haben ungefähr sechs Flaschen abgekippt; dann bin ich schlafen gegangen und am Morgen mit dem Gedicht im Kopf aufgewacht. Ich habe es genauso aufgeschrieben, wie ich es geträumt habe; hier ist es:

Ich bin
der Seiltänzer, der
durch die Lüfte wandelt,
barfuß
über Stacheldraht

rezitierte Marconi. Es mag vielleicht kein Sonett sein, aber ich habe es geträumt, ohne Scheiß. Es ist eine Art *haiku*, nicht wahr? Zu erzählend, sagte er, nichts Besonderes, klar, aber *ich* habe es geträumt. Vielleicht geht es mir am Ende wie Coleridge. Aber was in dem Traum nicht vorkam, war der Titel, sagte er. Nenn es doch *Porträt des Künstlers*, sagte Renzi. Nein, sagte Marconi, darum geht es zwar, aber dieser Titel ist zu explizit. Es ist ein Gedicht, das vom Künstler handelt, aber das Wort Künstler muß nicht vorkommen, vor allem nicht im Titel. Ist es nun ein Gesetz oder nicht? In der Literatur darf das Wichtigste nie genannt werden. Ein Epigramm, sagte er, das diesem intellektuellen Stegreifgedicht als Schluß dient. Ich gehe, im Ernst, sagte er, es ist viel zu spät geworden, sogar um über Nabokov zu schreiben, sagte Marconi und verabschiedete sich.

Ein unglaublicher Kerl, sagte Renzi. Typisch für hier, sage ich, so sind sie alle. Das ist das gute daran, wenn man in einem Dorf lebt, wir sind alle wichtig. Diese Theorie wird ihn nicht mehr loslassen, sage ich zu Renzi. Und morgen wird er anfangen, sie zu wiederholen, als sei sie von ihm. Das wäre gar nicht so schlecht, sagte Renzi. Gehen wir, sage ich. Ob es Marcelo war, den er da gesehen hat?, fragt er. Vielleicht, sage ich. Sie wirken nicht sehr überzeugt, sagt er. Ach ja, und warum nicht? Wir werden es ja jetzt gleich sehen. Wir gehen hier raus, sage ich. Der Club war eines der Sommerhäuser von Urquiza. Er hatte was für Spiegel übrig, sagt Renzi. Seltsam, dieser Flur. Geht es hier hinaus? Nein, besser auf dieser Seite, sage ich, so kommen wir auf den Boulevard. Es ist ziemlich kühl, sagte Renzi. Gehen wir zu Fuß? Ja, sage ich, es ist ganz in der Nähe, man läuft direkt darauf zu, es sind ungefähr zehn Blocks. Nebenbei sehen Sie etwas von der Stadt. Auch wenn Sie heute nachmittag schon hier entlanggekommen sind. Hier weiß man über alles bestens Bescheid, wie Sie sich vorstellen können, sage ich. Na ja, nicht über alles, sagt Renzi. Gewiß, alles nicht. Mir gefallen diese Dörfer an der Küste, sagt Renzi, sie haben etwas Melancholisches. Und dieses Gebäude?, fragt Renzi. Das Gefängnis, sage ich. Als ich Sie da vorhin mit Marconi reden hörte, sage ich zu ihm. Ich habe ein wenig übertrieben, sagt Renzi, mir ist der

Gaul durchgegangen, zuviel Gin. Aber nein, sage ich, im Gegenteil; ich hörte Sie reden und mußte an Ihren Onkel denken. Sie sind sich im Grunde sehr ähnlich. Das habe ich heute schon oft gehört, sagte Renzi. Ich habe von ihm gelernt, in einem Sinn, der sehr schwer zu erklären ist. Wir haben uns fast ein Jahr lang geschrieben und erst jetzt stelle ich fest, daß es so war, als wollte er mir etwas erklären. Marcelo hat eine angeborene Neigung, pädagogisch auf einen einzuwirken, sagt er. Er ist ein sehr unterhaltsamer Mann, nicht wahr, sagte Renzi. Das unglaublichste ist, daß ich ihn nicht kenne, persönlich, meine ich. Ich habe nie mit ihm gesprochen, ihn nie gesehen. Er kam zu uns, als ich gerade geboren war, und dann kam er nicht mehr, ich hörte Geschichten über ihn, aber ich habe ihn nie gesehen. Und jetzt bin ich hier, auf dem Weg zu ihm, aber wir wissen nicht, ob wir ihn antreffen. Je mehr ich darüber nachdenke, desto unglaublicher kommt mir das alles vor. Er hat mir oft von Ihnen erzählt, sage ich, manchmal hat er mir Teile Ihrer Briefe vorgelesen. Er amüsierte sich wie verrückt über diese Diskussionen, die Sie beide führten. Emilio, erinnere ich mich, hat er an einem Abend zu mir gesagt, Emilio denkt, die Literatur sei das einzige, was es auf der Welt gibt, und wenn das vorbeigeht, und ich hoffe, das erlebe ich noch, sagte der Professor zu mir, sage ich zu Renzi, dann wird er diese ganze Familienscheiße abschütteln können. Das verstehe ich nicht, sagt Renzi. Ich auch nicht, sage ich, aber das hat er gesagt.

Dann sagte Renzi noch einmal, daß es ihm unglaublich vorkam, daß ich Joyce kennengelernt hatte. Nun ja, kennenlernen, was man so kennenlernen nennt. Ich habe ihn in Zürich ein paarmal gesehen. Er sprach wenig, fast nichts; er kam in eine Kneipe, in der Schach gespielt wurde, und las eine irische Zeitung, die man dort bekam, er setzte sich in eine Ecke und fing an, sie mit einer Lupe zu lesen, das Papier ganz nah vorm Gesicht, er ging die Seiten mit nur einem Auge durch, dem linken. Er saß stundenlang da, trank Bier und las die Zeitung von der ersten bis zur letzten Zeile, sogar die Werbung und die Todesanzeigen, alles; hin und wieder lachte er vor sich hin, ganz eigentümlich, es war eher ein Säuseln als ein Lachen. Einmal fragte er mich, wie »Schmetterling« auf polnisch hieße, ich glaube, es war das einzige Mal, daß er mich direkt ansprach. Ein anderes Mal hörte ich, wie er einen Wortwechsel mit einem Franzosen hatte, der ihm sagte, er hielte den *Ulysses* für ein triviales Buch. Ja, sagte Joyce. Es ist ein wenig trivial und auch ein wenig cuatrivial. Im Ernst?, sagt Renzi. Genial. Besucht hat ihn dann ein Freund, Arno Schmidt, ein bemerkenswert scharfsinniger Kritiker, der im Krieg umgekommen ist. Eines Abends nahm er allen Mut zusammen und fragte ihn, ob er ihn besuchen dürfe. Und wozu?, fragte Joyce. Nun, sagte Arno, ich bin ein großer Bewunderer Ihrer Bücher, Mr. Joyce, ich würde, ich würde gerne mit Ihnen sprechen. Kommen Sie morgen um fünf bei mir zu Hause vorbei, sagte Joyce zu ihm. Arno verbrachte die Nacht damit, eine Art Fragebogen zu erstellen, er war äußerst nervös, so als müßte er zu einer Prüfung gehen. Am besten gehen wir auf die andere Straßenseite, sage ich zu Renzi. Joyce selbst hat ihm die Tür geöffnet, das Haus war wie ausgeräumt, es waren kaum noch Möbel da, in der Küche briet Nora eine Niere in der Pfanne und Lucy betrachtete ihre Zähne im Spiegel; sie durchquerten einen ewig langen Flur und dann ließ Joyce sich in einen Stuhl fallen. Es war die Hölle. Arno wiederholte, daß er ein großer Bewunderer seines Werks sei, daß die Epiphanien der erste Schritt nach vorne in der Technik der Kurzgeschichte seit Tschechow seien, all diese Dinge, und irgendwann sagte er, daß Stephen Daedalus eine Figur von der Größe Hamlets wäre. Von wessen Größe?, unterbrach ihn Joyce. Was wollen Sie damit sagen? Wahrscheinlich war Hamlet klein und dick, sagt er zu ihm, wie alle Engländer im sechzehnten Jahrhundert. Stephen hingegen ist ein Meter achtundsiebzig groß, sagte Joyce. Nein, sagte Arno, ich meinte, eine Figur, auf der Höhe des Hamlet, eine Art jesuitischer Hamlet. Und es gibt auch, sagt Renzi, eine Art Kontinuität: der junge Ästhet, nicht wahr, der nichts anderes tut als inmitten seiner Träume zu leben, und anstatt zu schreiben seine Zeit damit verbringt, Theorien vorzubringen, sagt Renzi. Ich sehe eine Art Linie, sagt er,

Hamlet, Stephen Daedalus, Quentin Compson. Quentin Compson, die Figur von Faulkner, erklärte Renzi. Gut, also Arno sagte das zu ihm und ich vermute, noch ein paar andere Sachen, und Joyce sagte nichts. Er sah ihn an und hin und wieder fuhr er sich mit der kraftlosen Hand über das Gesicht, so. Das ist der Boulevard, sage ich, wir kommen jetzt auf die Plaza und dann sind wir am Hotel. Und dann?, fragte Renzi. Dann fängt Arno an, ihm direktere Fragen zu stellen, also Fragen, die er einfach beantworten mußte. Zum Beispiel: Gefällt Ihnen Swift? Was halten Sie von Sterne? Haben Sie Freud gelesen? Dinge dieser Art, und Joyce antwortete mit Ja oder Nein und schwieg. Ich erinnere mich an einen Dialog, ich glaube, es ist einer der wenigen Dialoge, die sie während des ganzen Gesprächs führten. Arno erzählte das sehr witzig. Was halten Sie von Gertrude Stein, Mr. Joyce?, sagt Arno zu ihm. Von wem?, fragt Joyce. Von Gertrude Stein, der amerikanischen Schriftstellerin, kennen Sie ihr Werk?, sagt Arno zu ihm, und Joyce verharrt einen unendlichen Augenblick in völliger Reglosigkeit, bis er schließlich sagt: Wie kann man nur auf die Idee kommen, sich Gertrude zu nennen? In Irland geben wir Kühen diesen Namen, danach schweigt er fünfzehn Minuten lang, und damit war das Gespräch beendet. Die Welt bedeutete ihm einen Scheißdreck, sagt Renzi. Joyce, meine ich. Er kümmerte sich einen Scheißdreck um die Welt und seine Umgebung. Im Grunde hatte er recht. Gefällt Ihnen sein Werk?, sage ich. Das von Joyce? Ich glaube, man kann keinen anderen Schriftsteller in diesem Jahrhundert nennen, sagt er. Gut, sage ich, erscheint er Ihnen nicht ein wenig, wie soll ich sagen, übertrieben realistisch. Realistisch?, sagt Renzi. Realistisch? Zweifellos. Aber was ist Realismus? Eine interpretierende Darstellung der Wirklichkeit, das ist Realismus, sagte Renzi. Im Grunde genommen, sagte er dann, hat sich Joyce ein einziges Problem gestellt: Wie soll man die realen Tatsachen erzählen? Was für Tatsachen?, frage ich. Die realen, sagt Renzi. Ah, ich hatte was mit Moral verstanden, sage ich. Gut, sage ich, da vorne ist das Hotel. Und wie heißt nun »Schmetterling« auf polnisch?, fragt Renzi, aber bevor ich es vergesse, wo kann ich Zigaretten kaufen? Dort, in der Kneipe, sage ich. Aber ich habe welche. Nein, ich kaufe lieber welche, sagt er.

Ich stand da mit dem alten Troy an der Ecke, erzählt ein Kerl an der Theke der Kneipe. Also ich stehe da so gemütlich herum, Gonzalo kann das bestätigen, ich, der alte Troy und Gonzalito, eh?, also wir drei stehen da rum; da sagt Troy auf einmal, Mensch Cholo, sagt er, guck mal, wer da kommt. Ich stehe, sagen wir, hier, als wäre das die Ecke, dieses Glas hier bin ich, hier steht der alte Troy, eh, Gonzalito? Genau, sagt Gonzalito. Guck mal, Cholo, sagt Troy, wer da kommt, sagte der Kerl am Tresen. Zigaretten, sagt Renzi. Es haut mich fast um, ich gucke zur Werkstatt hinüber, und sehe Goñi, in Klamotten wie ein Herzog. So war's doch, Gonzalito? Genau, sagt Gonzalito. Ich sage immer, auf dieser Welt laufen die Schweine und die Idioten frei herum, sagte der Kerl am Tresen. Das ist mein Leitspruch, aber als ich den Goñi sehe, haut es mich fast um. Cholo, sagt Troy zu mir, mach keinen Blödsinn, sei nicht dumm. Na, siehst du den Bekloppten oder nicht, sagte ich zu ihm, siehst du ihn oder nicht. Triste Goñi frei wie eine Taube, sieh doch selbst. Aber, sage ich zu Troy, ist denn hier alles verkehrt? Teikitisi, Cholo, sagt Troy. Nix da, Alter, sage ich, nix mit teikitisi verdammt, das darf doch nicht wahr sein, da schau hin, schau hin, sage ich. Ich schaue ja hin, sagt Troy. Siehst du ihn, und in was für Klamotten. Hier läuft doch was schief, sage ich zu Troy, hier läuft doch was verdammt schief. Oder wißt ihr nicht, daß er fünf seiner Brüder auf einen Streich abgemurkst hat, unser Triste Goñi? Er hat sie alle fünf kaltgemacht, auf einen Streich, mit einer Steppnadel, jetzt kommt raus, daß er sie einen nach dem anderen kaltgemacht hat, während sie pennten, mit einem Nadelstich, zack, der Triste, wie ein kleiner Schnitt, hier am Hals, genau hier, zack, in die Luftröhre, hier, seht ihr?, in die Gurgel, faß mal bei dir hin, González, spürst du's?, da ist sowas wie ne kleine Grube, sagt der Kerl am Tresen. Colorado corto, sagt Renzi. Spürst so was wie ne kleine Grube?, sagt der Kerl. Genau, sagt González.

Man macht hier einen kleinen Schnitt, und tschüß, ich weiß von nichts mehr, aus die Maus. Und dieser Kretin, dieser kleine Goñi, geschniegelt und gestriegelt, die Augen hier, direkt über der Nase, der halb bekloppt ist, der kommt da an, gekleidet wie ein Herzog, ich kann es nicht glauben. Guck, guck, sage ich zu Troy. Ganz ruhig, sagt der Alte. Sachte, sagt er, als er sieht, wie mir die Galle überkocht. Wie? Er hat sie alle auf einen Streich kaltgemacht, zack, mit einer Steppnadel, während sie pennten, seine eigenen Brüder, ja in welchem Land leben wir denn? Einer nach dem anderen, in die Luftröhre, was muß dieses Schwein für ein Durcheinander in der Birne haben, der jüngste Bruder ist noch mal davongekommen, und weißt du, warum, González?, sagt der Kerl. Nein, sagt González. Stellt euch mal vor, wie bekloppt der sein muß, schnappt sich den jüngsten Bruder und schickt ihn zur Busstation, damit er ihm ein Ticket nach Baradero kauft. Er sagte zu ihm, sagt der Kerl, geh und kauf mir ein Ticket nach Baradero. Einfach. Baradero, hör genau hin. Und, wißt ihr warum? Er dachte, Baradero läge außerhalb des Bezirks der Provinzpolizei, und er wollte dort bleiben, bis Gras über die Sache gewachsen ist. Und was passierte dann?, sagt der Kerl am Tresen. Der kleine Goñi, der jüngste Bruder, rennt los, direkt zur Polizeistation, nichts wie hin, denn auf einmal denkt er, daß da was im Gange ist, der Kleine, der war nicht blöd, ich sage dir, der war damals sieben oder acht, er ist jetzt Lastwagenfahrer, er macht die Route Santa Fe-Resistencia, Chaco-Santa Fe, das ist doch so, oder, Gonzalito?, sagt der Kerl. Genau, sagt Gonzalito. Der Junge sieht das freudige Gesicht vom Triste und merkt, daß irgendwas schiefläuft, aber als er ruckzuck mit der Polizei zurückkommt, ist es schon zu spät. Zack, die Luftröhre, das war's, auf einen Streich. Die fünf Goñi-Brüder verteilt im Hof, einer neben dem anderen, im Hof, alle fünf, Kadaver an Kadaver, sagt der Kerl. Colorado corto?, fragt der an der Bar. Ja, sagt Renzi, ein Päckchen. Ein Spektakel, ich kann dir flüstern, sagt der Kerl, anders als das Massaker von San Quintín; verteilt unter dem Weinlaub, jeder Bruder, hört gut zu, was ich jetzt sage, jeder mit einem roten kleinen Loch in der

Gurgel, als würden sie eine Krawattennadel, sagen wir, eine Krawattennadel mit einem Rubin tragen. Ein was?, fragt ein Typ an einem Tisch in der Nähe der Tür. Ein Rubin, in übertragenem Sinn, sagt der Kerl am Tresen. Ein roter Punkt in der Kehle, genau hier in dieser Grube, in der Luftröhre, da hat er die Nadel hineingedrückt. Was für ein Spektakel, verdammt, sagt der Kerl. Seine eigenen Brüder, eingerollt, alle fünf verteilt, im Hof, eingerollt, die fünf, weil er sie schlafend erwischt hat, und Goñi, der Zwerg, sitzt auf einer Bank, mit Anzug und Hut, und wartet darauf, daß der Kleine ihm die Fahrkarte nach Baradero bringt. Wißt ihr jetzt, was ich meine? Und dann stehen wir heute an der Ecke, eh Gonzalito?, guck mal, sagt Troy, und da kommt dieser Kretin auf uns zu, seelenruhig, gestriegelt und geschniegelt, sagt der Kerl. Hier bitte, sagt der an der Bar. Danke, sagt Renzi. Da überkam es mich, ich habe nur noch rot gesehen, ich schwöre es bei dem Licht, das mich erleuchtet, ich habe nur noch rot gesehen. Ich sage zu Gonzalito, Mensch, Gonzalito, was machen wir jetzt? So war es doch, Gonzalito? Genau, sagt Gonzalito. Gehen wir, sage ich zu Renzi. Schau dir dieses Arschloch an, sage ich zu ihm, habe ich nicht immer gesagt, wenn du ein Schwein bist in diesem Land, ein richtiges Schwein, nicht nur so halb, sondern eins, wie es im Buche steht, dann geht es dir am Ende wie ein Herzog. Das hast du gesagt, sagt Troy. Genauso wird es hier auch sein, sagt der Kerl am Tresen. Ganz genauso, und wir, was sollen wir machen?, sage ich zu Troy. Ja, gehen wir, sagt Renzi. Der Mann wirkte ziemlich aufgebracht, sagt er zu mir. Genau, sage ich. Das wäre etwas für Marconi, sagt Renzi. Vorsicht beim Überqueren der Straße, auf dem Boulevard fahren sie in beiden Richtungen. Und, sagt Renzi, wie heißt denn Schmetterling auf polnisch. Alaika, sage ich. Man sagt alaika. Das ist das Hotel, sage ich. Hier wohnt der Professor.

2 Das Hotel schien um 1900 gebaut zu sein. Es hatte eine Fassade aus schwarzem Marmor mit großen Fenstern zur

Plaza hinaus. Hier entlang, sagt Tardewski. Wir gehen erst an der Rezeption vorbei. Können Sie mir sagen, ob Professor Maggi zurück ist?, fragt Tardewski. Der Portier sagt, daß seine Schicht gerade erst angefangen hat, aber vielleicht ist jemand gekommen, weil der Schlüssel nicht mehr am Brett hängt. Na dann, gehen wir hoch, sagt Tardewski. Es ist sehr gut möglich, daß wir ihn schlafend vorfinden, wenn er zurückgekommen ist, vielleicht weiß er nicht, daß Sie da sind. Wir klopfen an eine Zimmertür im vierten Stock. Weil niemand antwortet und die Tür nicht abgeschlossen ist, gehen wir hinein. Das Zimmer ist leer. Es wäre ein Witz, sagte Tardewski, wenn er uns im Club suchen würde. Er sagt, es wäre das beste, dort anzurufen und nachzufragen, ob er dort ist. Von den Fenstern des geräumigen Zimmers aus sieht man den Fluß, ganz hinten, zwischen den Weiden. An einer Wand steht ein Schreibtisch. Ein Bett. Ein Kleiderschrank. Ein Sessel. Ein paar Bücher auf einem Regal. Ich gehe hin und schaue mir die Titel an, während Tardewski im Club anruft und hinterläßt, daß man dem Professor, wenn er vorbeikommt, sagen soll, daß wir bei ihm sind. Vor dem Regal stehend lese ich: *Das Leben von Juan Manuel de Rosas im Spiegel seiner Briefe* von Irazusta. *Das europäische Vorleben des Pedro de Angelis* von Ignacio Weiss. *Das Alltagsleben in den Vereinigten Staaten (1830–1860)* von Robert Lacour. *Alberdi und seine Zeit* von Mayer. *Nationalismus und Liberalismus* von José Carlos Chiaramonte. *Alexandre Dumas, Rosas und Montevideo* von Jacques Duprey. *Revolution und Krieg* von Tulio Halperin. Dann gehe ich zum Schreibtisch, der vollkommen sauber ist, ich meine, es liegt nichts darauf, bis auf eine leere Dose *Mazawatee*, die zur Aufbewahrung von Stiften genutzt wird, ein roter Textmarker, ein Lineal, ein Radiergummi, eine Metallklammer; auf einer Seite liegt ein Notizblock, auf dem steht: *Angela anrufen (Montag)* und dann noch etwas mit Bleistift Geschriebenes, das mit dem roten Textmarker angestrichen wurde. Man kann nur deutlich das Wort *Seminar* erkennen und noch ein fast unlesbares anderes, das *Projekt* oder *Prozeß* heißen kann. Auf der Mitte des Blattes sind verschiedene Dreiecke, Kreise und andere mit Bleistift gezeichnete geometrische Figuren zu sehen und eine Rechnung, oder zumindest eine Auflistung von Zahlen in einer Kolumne, links auf dem Papier, nach unten:

6.750
12.800
17.300
8.970
22.500

Ich ziehe eine der Schreibtischschubladen auf. Der Professor arbeitet eigentlich immer in der Bibliothek. In der Bibliothek oder im Provinzarchiv. In der Schublade liegen diverse Zeitungsausschnitte, speziell aus *La Prensa* und dem *Buenos Aires Herald*, fünf Wochen alt und mit Büroklammern zusammengeheftet, und ein Päckchen mit Lebertabletten (Novo-prohepat), ein paar Röhrchen Aspirin, ein Omnibusticket Paraná-Santa Fe der Linie *El cóndor* aus dem vergangenen Monat. Am besten gehen wir wieder hinunter und zu mir nach Hause, sagt Tardewski. Ich öffne die andere Schublade: da liegt ein gerahmtes Foto. Es ist eine Fotografie von dem jungen Marcelo, der im Freien in einer Bar in der Rambla von Mar del Plata neben einer Frau sitzt, die die Coca sein könnte. Wie Sie meinen, sage ich. Ich habe im Club hinterlassen, daß wir bei mir zu Hause sind, und jetzt schreiben wir ihm eine Nachricht, falls er hierherkommt, sagt er. In dem Zimmer gibt es ein einziges Bild, an der linken Wand. Eigentlich ist es gar kein Bild, sondern das Deckblatt einer Zeitschrift, ausgeschnitten und auf weißen Karton geklebt, auf dem man eine Menschenmenge auf einer Bühne sieht, ich bin mir fast sicher, daß es sich um die Beerdigung von Hipólito Yrigoyen handelt. Ich gehe zum Kleiderschrank; im Mond des Spiegels sehe ich, daß Tardewski sich an den Schreibtisch setzt, einen Stift aus der Mazawateedose nimmt, und, nachdem er das erste Blatt von dem Notizblock abgerissen hat, zu schreiben anfängt. Ich kann nicht sehen, was er mit dem ersten Blatt gemacht hat. Vielleicht hat er es weggeworfen, aber der Boden ist immer noch sauber. Der Kleiderschrank ist leer, bis auf einen weißen Sommeranzug auf einem Bügel und ein paar ausgelatschten Alpargatas auf einem der unteren Bretter. Nun gut, sagt Tardewski, wir können gehen. *Professor Maggi*, hat Tardewski geschrieben, *Ihr Neffe Emilio und ich haben Sie gesucht. Es ist jetzt halb eins (0.30). Wir werden bis zur Abfahrt des Morgenzuges in die Hauptstadt bei mir anzutreffen sein. Wir warten auf Sie, Volodia.* Wir legen die Nachricht hier hin, da kann er sie nicht übersehen, sagt er.

Wir gingen hinunter und sagten auch an der Rezeption des Hotels Bescheid, falls Professor Maggi zurückkäme, ganz gleich um welche Uhrzeit, möge man ihm ausrichten, daß wir bei Tardewski auf ihn warteten. Der Nachtportier hört sich mit irritiertem Gesichtsausdruck unser Anliegen an und nickt, aber er macht sich keine Notiz. Er sagt nur: In Ordnung, mein Herr, und wiederholt, daß seine Schicht um sechs Uhr morgens beendet sei. Es sah so aus, als hätte er es nicht richtig mitbekommen, sage ich zu Tardewski. Er schlief halb, der Arme, sagt Tardewski.

Wir überqueren die Plaza und gehen wieder den Boulevard am Fluß entlang. Tardewski erzählt mir von den Bauarbeiten in Salto Grande; er sagt, daß viele Leute an der Küste bald keine Bleibe mehr haben werden. Dieser ganze Teil dort, sagt er und zeigt auf ein Stück Flußufer, wird durch das Stauwasser weggefegt. Für mich existiert die Natur nicht mehr, sagt er, und fängt an, mir seine Theorie über den künstlichen Charakter von dem, was wir Natur nennen, darzulegen, von der mir Marcelo, ehrlich gesagt, schon in einem seiner Briefe berichtet hatte.

Als ich hierher kam, im Jahre 45, sagt er, war all das hier ein Ödland. Er hätte einige Jahre in Buenos Aires gelebt, als er gerade aus Europa gekommen war, und bei der polnischen Bank gearbeitet, und dann hätten sie ihn in die gerade erst eingerichtete Zweigstelle in Concordia versetzt. Während wir zu seinem Haus gingen, erzählte er mir einen Teil seines Lebens. Er war in Warschau geboren, aber mit 23 Jahren, sagte er, hätte er sich in England niedergelassen, um in Cambridge eine von Wittgenstein betreute Dissertation in Philosophie zu schreiben. Der Krieg hatte ihn in Warschau überrascht, als er dort die Sommerferien verbrachte. Ich schaffte es, inmitten des in völliger

Auflösung fliehenden polnischen Heeres zu entkommen, und nachdem ich durch halb Europa gereist war, nahm ich das letzte Schiff, das den Ozean überquerte, bevor der U-Boot-Krieg den Verkehr unterbrach. In seiner Jugend, sagte er, hätte er sich niemals träumen lassen, daß er mal vierzig Jahre in diesem abgelegenen Winkel verbringen würde. Manchmal, sagte er, dächte er darüber nach, was wohl aus ihm geworden wäre, wenn er in Europa geblieben oder am Ende des Krieges zurückgekehrt wäre. Vielleicht wäre er in einem Konzentrationslager umgekommen oder, wenn er in London geblieben und nicht auf die Idee gekommen wäre, den Sommer genau im August 1939 in Warschau zu verbringen, wenn er die Bombardements überlebt hätte, gesetzt den Fall, sagte er, vielleicht hätte ich dann meine Doktorarbeit zu Ende geschrieben und wäre heute Professor für Philosophie an irgendeiner englischen oder amerikanischen Universität. Mehr als einmal, sagte er, hätte er über sein Leben nachgedacht, über den Zufall, der sein Schicksal gewebt hätte. Darüber sprachen wir, als wir den Boulevard am Fluß entlanggingen und ich in der Ferne die Lichter an der uruguayischen Küste schimmern sah. In gewissem Sinn, sagte Tardewski, kann man von mir sagen, daß ich ein Gescheiterter bin. Und trotzdem, wenn ich an meine Jugend denke, bin ich sicher, daß es genau das war, was ich gesucht habe. Zu jener Zeit, als ich in Cambridge studierte, sagte er, habe ich unheimlich viel getrunken. Oder, sagen wir, ich habe viel mehr getrunken als jetzt. Ich betrank mich mindestens zweimal in der Woche, und wenn ich betrunken nach Hause kam, dann las ich die *Pensées* von Pascal, die Bettlektüre meiner Besäufnisse. Er sagte, insgeheim hätte er ganz bewußt seine alkoholisierte Lektüre von Pascal der erhellenden Lehre von Wittgenstein gegenübergestellt. Er sah in diesem fragmentarischen, aus Skizzen und halbausgegorenen Ideen bestehenden Buch das größte Denkmal, das je von einem Geist zu Ehren des Scheiterns errichtet worden war.

In seinem persönlichen Fall, sagte er, hätte er klar und deutlich gesehen, daß diese Faszination für das Scheitern etwas war, das auf seine Jugend, seine Jahre in Warschau, zurückging, die natürlich vor seiner alkoholisierten Lektüre der *Pensées* von Pascal in Cambridge lag. Er verspürte einen Hang zu dem, was man gescheiterte Existenzen nennt, sagte er. Aber was, sagte er, ist ein Gescheiterter? Ein Mann, der vielleicht nicht alle Fähigkeiten hat, aber viele, sogar mehr, als man bei erfolgreichen Männern findet. Er hat diese Fähigkeiten, sagte er, und nutzt sie nicht. Er zerstört sie. Und auf diese Weise, sagte er, zerstört er sein Leben. Ich muß gestehen, sagte Tardewski, daß sie mich faszinierten. All diese gescheiterten Existenzen, die sich speziell am Rande intellektueller Tätigkeitsfelder tummeln und immer Projekte und noch zu schreibende Bücher haben, hätten ihn fasziniert, sagte er. Es gäbe viele davon, überall auf der Welt, sagte er, aber einige seien ausgesprochen interessant, vor allem, wenn sie in die Jahre gekommen seien und sich selbst gut kennen würden. Ich suchte in jenen Jahren ihre Nähe, wie man es bei Weisen zu tun pflegt. Da war zum Beispiel einer dabei, mit dem habe ich mich häufig getroffen. In Polen. Dieser Mann war ewige Zeit an der Universität geblieben, ohne sich dazu durchringen zu können, die Examina zu machen, die ihm fehlten, um sein Studium zu beenden. Er hatte die Universität kurz vor dem Diplom in Mathematik verlassen und später hatte er seine Braut am Hochzeitstag sitzenlassen. Er sah kein besonderes Verdienst darin, etwas in die Tat umzusetzen. An einem Abend saßen wir zusammen und man stellte uns eine Frau vor, die mir sehr gefiel, von der ich hingerissen war. Als er das sah, sagte er zu mir: Ah, wie das, haben Sie denn ihr rechtes Ohr nicht gesehen? Das rechte Ohr? Ich antwortete ihm: Sie sind verrückt, das interessiert mich nicht. Doch los, schauen Sie hin, sagte er, erzählt Tardewski. Schauen Sie hin. Schließlich sehe ich, was sie hinter ihrem Ohr hat. Es war eine infame Warze, schlichtweg eine Warze. Damit war alles zunichte. Eine Warze. Verstehen Sie, was ich meine? Ein Teufelskerl. Seine Aufgabe bestand darin, den Antrieb der anderen zu sabotieren. Er war ein guter Menschenkenner. Tardewski sagte, in seiner Jugend hätte er sich sehr für solche Leute interessiert, für Leute, die immer übertrieben hinschauten. Es handelt sich im Grunde genommen, sagte er, um eine besondere Sehweise. Es gibt einen russischen Fachbegriff, Sie werden ihn bestimmt kennen, denn wie ich gehört habe, interessieren Sie sich für die Formalisten, er lautet *ostranenie*. Ja, sagte ich zu ihm, ich interessiere mich dafür, klar, ich glaube, Brecht hat von ihm sein Konzept der Verfremdung abgeleitet. Daran hatte ich nicht gedacht, sagt Tardewski. Brecht kannte die Theorie der Formalisten und die ganze Erfahrung der russischen Avantgarde der 20er Jahre durch Sergej Tretiakov, ein wirklich bemerkenswerter Mann; er hat die Theorie der *literatura fakta* erfunden, das heißt, das, was später so starke Kreise gezogen hat, nämlich, daß die Literatur mit dem rohen Dokument arbeiten soll, mit der Textmontage, mit direkten Zeugenaussagen, mit der Technik der Reportage. Die Fiktion, sagte Tretiakov, sage ich zu Tardewski, ist das Opium des Volkes. Er war ein guter Freund Brechts und durch ihn hat er zweifellos das Konzept der *ostranenie* kennengelernt. Interessant, sagte Tardewski. Aber um zu dem zurückzukommen, was ich Ihnen sagte, diese Form, die Dinge von außen, aus der Distanz, von einem anderen Standpunkt aus zu betrachten, ermöglicht es, die Wirklichkeit über den Schleier der Gewohnheit hinaus sehen zu können. Paradoxerweise ist das auch der Blick des Touristen, aber letzten Endes auch der des Philosophen. Ich will damit sagen, sagte er, daß die Philosophie im Grunde nichts anderes ist. Sagen wir mal, seit Sokrates konstituiert sie sich so. *Was ist das?* Nicht wahr? Die Frage des Sokrates. Ein Gescheiterter, nicht alle, klar, aber eine bestimmte Art von Gescheiterten betrachtet alles immer mit diesem Blick. Und diese abnorme Hellsicht treibt sie natürlich noch weiter ins Scheitern. Ich habe mich für solche Leute in meiner Jugend sehr interessiert. Sie übten auf mich eine dämonische Anziehung aus. Ich war überzeugt, daß diese Menschen, sagte er, sich der wahren Funktion der Erkenntnis widmeten, die immer destruktiv ist. Aber wir sind jetzt da, sagt Tardewski und geht vor, um die Eingangstür zu öffnen.

Das Haus war klein und weiß, es hatte nur eine einzige Etage und es erinnerte mich, ich weiß nicht, warum, an eine Voliere. Wir waren durch einen sehr gepflegten Garten gekommen und Tardewski brauchte eine Weile, bis er die Eingangstür aufbekam. Treten Sie ein, sagte er dann. Wir können uns hier hinsetzen, sagte er und wies auf zwei einander gegenüberstehende Sessel inmitten eines fast leeren Wohnzimmers. Ich glaube, ich habe noch ein wenig Weißwein im Kühlschrank.

Tardewski ging hinaus und ich blieb allein zurück. Außer den Sesseln und einem flachen, achteckigen, schwarzgestrichenen Tischchen gab es keine anderen Möbel, nur noch eine Art Anrichte mit Schubladen und zwei Schranktüren. An der Wand mir gegenüber hing mit Reißzwecken befestigt das vergrößerte Foto von jemandem, der mir vage bekannt vorkam, dessen Gesicht ich aber nicht identifizieren konnte.

Ich lebe allein hier, sagte Tardewski, während er die Gläser und die Weinflasche abstellte. Jeden Tag kommt eine Frau und kümmert sich um den Haushalt. Sie heißt Elvira, sie kommt schon seit Jahren, aber ich weiß überhaupt nichts von ihrem Leben. Ich weiß nur, daß sie Elvira heißt und außerhalb wohnt. Der Professor mochte sie sehr, sagte Tardewski. Er verbesserte sich sofort, er hätte sagen wollen, daß er sie sehr mag. Manchmal, sagte er, braucht jemand nur ein paar Stunden wegzusein, und wir reden schon von ihm, als ob er tot wäre. Genau umgekehrt wie im Traum.

Dann sagte er, während er in der Küche gewesen wäre, hätte er an mein Gespräch mit Marconi gedacht. Und ihm wäre sofort ein Gespräch in den Sinn gekommen, das er, Tardewski, mit Marconi vor einiger Zeit geführt hatte. In diesem Gespräch hätte Marconi ihm etwas Außergewöhnliches über eine Frau erzählt. Dieses Gespräch, das sie vor einiger Zeit im Club geführt hatten, sagte er, hätte mit ein paar Bemerkungen von Marconi zum Thema Frauen angefangen.

Marconi, sei, wie er mir ja schon gesagt habe, eine stadtbekannte Figur. Der Dichter. Seine Gedichte, vielleicht nicht die, die er träumt, aber die wenigen, die er schreibt oder zumindest die wenigen, die er veröffentlicht, sind gar nicht schlecht, sage ich Ihnen, sagte er. Sie sind hermetisch, von fast manischer Dunkelheit. Diesmal, wie ich Ihnen schon sagte, sagt Tardewski, während er mir Wein einschenkt, sprachen wir über eine Besonderheit der Frauen, oder besser gesagt, über eine Besonderheit in der Beziehung zwischen den Frauen und Marconi. Ich ziehe die ganz jungen Mädchen von 15 oder 16 an oder die ganz Alten, sagte Marconi, erzählt Tardewski. Er bekam eine Menge Briefe in die Zeitung, wo er arbeitet und wo er hin und wieder seine Sonette veröffentlicht. Ich bekomme, erzählte mir Marconi, mindestens zwei oder drei Briefe in der Woche von den unterschiedlichsten Frauen. Manche sind bemerkenswert; es ist alles mögliche dabei, sagte Marconi, erzählt Tardewski, Sie können es sich vorstellen: Mädchen, die sich von der Poesie angezogen fühlen und kitschige und sentimentale Briefe schreiben; Frauen, die mir heimlich schreiben, um mir zu gestehen, daß sie sich schon immer für Literatur interessiert haben, aber daß die Ehe, die Kinder und die Verpflichtungen im Haushalt sie von dem weggeführt haben, was sie für ihre wahre Berufung halten. Viele schreiben mir, um mir solche Sachen zu erzählen. Aber es gibt andere Briefe, die sind wirklich bemerkenswert, zum Beispiel die obszönen, erzählte mir Marconi. Ich bekomme häufig erschreckend obszöne Briefe von Frauen, die mir an die Zeitung schreiben, ohne sich zu erkennen zu geben. Ich bin fast nie das Objekt in diesen Briefen, sie denken nicht an mich, wenn sie sie schreiben. Ich bin einfach nur der Adressat. Sie erzählen mir die Abenteuer mit ihren aktuellen Liebhabern oder erinnern sich an vergangene Bettgeschichten. Manche Briefe enthalten Phantasien von faszinierender Perversion, die manchmal von infamen Zeichnungen oder anatomischen Beschreibungen begleitet werden, um die Besonderheit der Vorstellungen oder erotischen Erfahrungen zu illustrieren. Ist das nicht bemerkenswert?, sagte Marconi an jenem Abend im Club zu mir, erzählt Tardewski. Ist es nicht bemerkenswert, daß sie mich, den Dichter, zum Adressaten dieser Briefe erwählen? Im allgemeinen erwarten sie keine Antwort, sie setzen sich einfach hin und schreiben, erzählte er mir, sagt Tardewski. Marconi sagte, kurzum, ich bekomme viele Briefe, und manchmal schreibt mir eine Frau über Monate hinweg. Aus Prinzip, sagte er, antworte ich nie, und in meinen Sonetten gibt es nicht die leiseste Anspielung, weder dunkel noch anagrammatisch, auf den Inhalt dieser Briefe. Und doch, sagte Tardewski, hätte Marconi ihm gesagt, seien einige dieser Briefe so ungewöhnlich, daß, hätte er gesagt, ich sagen kann, daß sich darin nicht nur das einzigartige Material, sondern die tiefste Inspiration meiner ganzen Dichtung findet. Vor einiger Zeit, erzählte mir Marconi, erhielt ich auf einmal außergewöhnliche Briefe von einer Frau. Es handelte sich in dem Fall nicht um Briefe, die so pornographisch oder kitschig waren, daß man sie, wie es mir manchmal passiert, deshalb als außergewöhnlich bezeichnen könnte. Diese Briefe, die ich da auf einmal bekam, waren in jeder Hinsicht außergewöhnlich. Man kann sagen, in jeder Hinsicht, sagte Tardewski, hätte Marconi ihm erzählt. Sie waren von einer solchen literarischen Qualität, daß, wenn es nicht komisch klänge, ich sagen würde, erzählte er, es den Anschein hatte, als seien sie von einem Schriftsteller mit einem absoluten Ausnahmetalent geschrieben worden. Sie waren in einem leicht archaischen, fast nach Quevedo klingenden Spanisch verfaßt, die Sprache war so rein und klar, daß mir, wenn ich die Briefe las, das von mir Geschriebene unerträglich grob und erschreckend unbeholfen vorkam. Allein die Vorstellung, diese Briefe mit dem von mir Geschriebenen zu vergleichen, lähmte mich vollkommen. Andererseits schrieb die Frau in diesen Briefen nichts über sich, sie erzählte merkwürdige Geschichten, die die Textur und unpersönliche Starre einer Parabel hatten. Am Ende des Briefes fügte die Frau einen Satz an, der im Grunde, dachte ich, sagte Marconi, der einzige Teil des Geschriebenen war, der an mich persönlich gerichtet war. Am Ende des Briefes schrieb die Frau immer: *Die Ihrige,* und dann unterschrieb sie mit ihrem Vor- und Nachnamen, den ich nicht preisgeben werde, hätte Marconi an jenem Abend im Club zu ihm gesagt, sagte Tardewski, und unter dem Namen stand die Nummer eines Postfachs und eine Telefonnummer. Der Briefschluß war also immer derselbe, aber die Briefe selbst waren immer anders und immer perfekt, sagte Marconi, sie waren das Höchstmaß an literarischer Perfektion, das mir in all den Jahren untergekommen ist. Nach drei Monaten beschloß ich, ihr zu antworten, erzählte Marconi, sagte Tardewski. Und ich antwortete ihr. Ich sagte ihr, ich hätte nicht vor, sie zu treffen, also wäre die Telefonnummer überflüssig; ich sagte ihr, ich wolle ihr auch nicht antworten, ich würde ihr nur dieses eine Mal schreiben, um ihr zu sagen, daß ihre Briefe ein sinnloser Versuch wären, denn das, was sie da schriebe, diese albernen Parabeln, wären einfach schlechte Literatur. Mit freundlichen Grüßen: Bartolomé Marconi. Zwei Wochen lang schrieb sie mir nicht mehr, sagte Marconi, sagt Tardewski; und dann machte sie weiter. Ihre Briefe änderten sich nicht, ich meine, sie ließ sich nicht dazu herab, meine Ansichten zu kommentieren, und schrieb weiter diese merkwürdigen wunderschönen Erzählungen wie zuvor, in diesem ihr eigenen hypnotisierenden Spanisch, das die Reinheit eines Kristalls und die geschmeidige Eleganz der Katzen in dem Sonett von Charles Baudelaire hat. Eines Abends, berichtete Marconi, erzählt Tardewski, hörte ich Musik. Ich liebe die Quartette von Beethoven, sagte Marconi, erzählt Tardewski, und fügte hinzu, darin wäre er keineswegs originell. Ich liebe diese Quartette, sagte Marconi, sie versetzen mich in einen speziellen Gemütszustand. So müßte man schreiben, denke ich jedesmal, wenn ich sie höre. Jedesmal, wenn ich die Quartette von Beethoven höre, wiederholte Marconi, der um diese Zeit schon leicht angetrunken war, erzählt Tardewski, denke ich: Ich würde zehn Jahre meines Lebens geben, wenn ich etwas schreiben könnte, das beim Lesen so klingt wie diese Quartette von Beethoven. Haben sie den *Doktor Faustus* gelesen?, fragte mich Marconi, sagt Tardewski. Nein, antwortete ich ihm, Mann gefällt mir nicht, ich ziehe Kafka vor, aber ich habe, erzählt Tardewski, hätte er an jenem Abend im Club zu Marconi gesagt, als dieser ihn fragte, ob er *Doktor Faustus* gelesen habe, die Essays über Musik von Adorno gelesen, und von daher verstehe ich vollkommen, was Sie meinen. Ich verstehe Sie vollkommen, habe ich zu ihm gesagt, erzählt mir Tardewski. Und was geschah dann? An jenem Abend, antwortete Marconi, hörte ich also die Quartette von Beethoven: So müßte man schreiben, verdammt, und ich war bereit, auf der Stelle einen Pakt mit dem Teufel zu schließen. Ich will damit sagen, sagte Marconi, ich befand mich in einem ganz besonderen Gefühlszustand und da sagte ich mir: Ich muß diese Frau sehen. Ich rufe sie also an, erzählte Marconi. Ich sage zu ihr: Ich muß Sie sofort sehen. Können Sie zu mir kommen? Ich lebe mehr als zwanzig Kilometer von Concordia entfernt, aber ich kann ein Taxi nehmen, hätte die Frau zu ihm gesagt, erzählte Marconi, sagt Tardewski. Kommen Sie sofort, hat Marconi zu ihr gesagt. Ja, sagte die Frau. Ich ziehe mich um, ich ziehe einen Anzug und eine Krawatte an, erzählte Marconi. Ich war in einem so besonderen Gemütszustand, daß ich es unbedingt brauchte, daß *diese* Frau und niemand anderes auf der Welt zu mir sagte: Sie sind der Größte, der beste, es gibt keinen Dichter wie Sie. Schwache Momente, die man so hat, sagte Marconi. Schwache Momente im umfänglichen Wortsinn. Ich ging im Zimmer herum und wartete. Eine Stunde später klingelt es an der Tür. Ich öffne und im Öffnen, sagt Tardewski, hätte Marconi ihm an jenem Abend im Club erzählt, fing ich an zu lachen oder zu husten wie ein Idiot. Ich hatte ein Glas in der Hand, mit Gin oder Whisky, irgend etwas Alkoholisches auf Eis, beim Husten zitterte das Glas und das Eis machte ein Geräusch, das ich immerzu hörte, während ich dachte: Das ist das Geräusch, das Eis macht, wenn es gegen die Wände eines Glases stößt. Die Frau war unglaublich häßlich, von einer faszinierenden, fast perversen Häßlichkeit. Ich stellte das Glas ab. Ich bat sie herein. Wir setzten uns. Sie blieb vier Stunden. Ich werde sie nie vergessen. Es war etwas Außergewöhnliches. Sie erzählte mir alles, worüber sie in ihren Briefen nie gesprochen hatte, ich meine, sie sprach über ihr Leben. Über bestimmte Situationen, Augenblicke ihres Lebens, ihre Jugend: Sie war monströs, aber sie verfügte über eine feinsinnige, subtile Intelligenz und diesen seltsamen und schönen, ein wenig archaischen, wie latinisierten Gebrauch des Spanischen. Die Frau lebte mit ihrer Schwester in einem Haus außerhalb und verdiente ihren Lebensunterhalt, indem sie Tischdecken bestickte. Sie hätte angefangen, ihm zu schreiben, weil ihr, sagte sie, die Sonette gefielen, die er schrieb, auch wenn sie darin einen übertriebenen Willen sah, durch technische Virtuosität verblüffen zu wollen. Was sie anginge, so hätte sie sich schon immer für Literatur begeistert, aber sie hätte sich unfähig gefühlt zu schreiben, denn, so sagte die Frau, erzählte Marconi, sagt Tardewski, auf was kann ein Schriftsteller sein Werk aufbauen, wenn nicht auf seinem eigenen Leben? Auf was sonst?, sagte sie. Und ihr Leben, sagte sie, sei so abscheulich wie ihr Körper, und von daher sei es unmöglich, daß sie sich der Literatur widmen könne, weil Schreiben für sie gerade bedeute, all das zu vergessen, was das Thema ihres Werkes sein sollte. Sie sagte, sie hätte diese Briefe geschrieben, weil sie manchmal nachts nicht mehr könnte. Manchmal könnte sie nachts nicht mehr und diese Briefe zu schreiben verschaffe ihr Erleichterung, sie ermöglichten ihr, sich eine Weile von sich selbst und ihrem Leben abzulenken. Aber er, Marconi, habe völlig recht gehabt, ihr zu sagen, daß es schlechte Literatur sei. Sie hätte es geahnt, sagte sie, sie wüßte es, denn Literatur könne nur mit einer Lebensgeschichte geschrieben werden. Man schreibt, sagte die Frau, und die Worte sind der Körper, und solange ich meinen Körper in dem, was ich schreibe, auslöschen will, werde ich nie etwas anderes hervorbringen als blutleere, hohle, aus Luft bestehende Worte. Das hatte die Frau, viel schöner und rätselhafter formuliert, gesagt, sagte Marconi, erzählt Tardewski. Und ich, der ich sehr wohl verstand, daß die Frau mit dieser absurden Theorie von der mit dem eigenen Leben konstruierten Literatur völlig falsch lag, weil ich zudem gelesen hatte, was sie schreiben konnte, ich, erzählte Tardewski, hätte Marconi an jenem Abend im Club zu ihm gesagt, sagte ihr, sie hätte völlig recht, sie sei nicht für die Literatur geschaffen, ihre Briefe wären, trotz ihres Versuches, sich selbst zu vergessen, so ungestalt wie ihr Körper. Ich riet ihr, sagte Marconi, erzählt Tardewski, ihre ganze Energie in das Besticken von Tischdecken oder ein anderes unpersönliches Kunstwerk dieser Art zu legen. Ich sagte ihr, was ich mein ganzes verdammtes Leben lang geglaubt hatte, ich sagte ihr, sie hätte recht, Literatur sei immer autobiographisch und sie sollte es für immer vergessen, dieser Versuchung nachzugeben. Ist Ihnen klar, was ich getan habe, Tardewski?, fragte mich Marconi. Mit einer Kälte, die mich selbst überraschte, überzeugte ich sie, daß es Blödsinn wäre, wenn sie auch nur in Erwägung zöge, sich der Literatur zu widmen. Ich tat es in einem Zustand seltsamer Erregung, zweifellos von der Stimmung unterstützt, die die Quartette von Beethoven in mir hervorgerufen hatten, und gleichzeitig hegte ich tief in mir eine schäbige Befürchtung, erzählte Marconi, sagt Tardewski. Die schäbige Befürchtung, daß die Frau sich nicht überzeugen lassen würde. Denn wenn ich sie nicht überzeugen könnte, dachte ich, und diese Frau, dieses Ungeheuer, sich entschließen würde, etwas von dem zu veröffentlichen, das sie geschrieben hatte, dann wäre ich derjenige, der das Schreiben endgültig aufgeben müßte. Wenn diese Frau weiterschriebe, würde niemand, weder in der Gegenwart noch in den kommenden Jahren, sich daran erinnern, daß es einen Dichter mit Namen Bartolomé Marconi gegeben hatte. Das dachte ich, und ich war überrascht von meiner eigenen Schäbigkeit, hätte Marconi ihm gesagt, erzählt Tardewski. Und die Frau dankte mir für meine Aufrichtigkeit, obwohl sie, wie sie sagte, es im Grunde bereits gewußt und es sich selbst sogar fast mit denselben Worten, die er jetzt gebraucht hatte, gesagt hätte. Man kann nur über seinen Körper schreiben, sagte die Frau zu mir, hätte Marconi gesagt, erzählt Tardewski. Man kann nur über seinen Körper schreiben, die Bücher in das Fleisch seines Körpers gravieren, aber mein Körper, sagte sie, ist so abscheulich, daß ich ihn hasse wie noch nie jemand etwas auf dieser Welt gehaßt hat. Niemand kann ermessen, sagte die Frau, welcher Art der Haß ist, den ich für meinen Körper empfinde. Niemand, sagte sie, kann wie ich ermessen, was es heißt, sich vor sich selbst zu ekeln. Wie könnte sie da über ihr Leben schreiben? Und deswegen bin ich noch einmal gestraft, sagte die Frau, denn ich kann nur diese Geschichten schreiben, die aus dem armseligen Tuch des Vergessens gewebt sind. Erfundene Geschichten, die nicht aus Fleisch und Blut sind, weil die Literatur keine andere Materie haben kann als die gelebte Erfahrung. Erfundene, trügerische, künstliche Geschichten, wo die Aufrichtigkeit und die Wahrheit wie der hohle Holzrahmen sind, in dem ich meine Decken sticke. Fadenscheinige Phantasien, die Sie, mein Herr, sagte die Frau, den Mut und die Freundlichkeit hatten, als das zu bezeichnen, was sie sind. Die Frau sagte das mit anderen, besseren Worten, und dann stand sie mühsam auf und ich geleitete sie zur Tür, erzählt Tardewski, hätte Marconi an jenem Abend im Club gesagt. Ich ging hinter ihr her und sah, wie sie ging, sie bewegte sich angestrengt schwankend, so, als würde es sie dieselbe Kraft kosten durch die Luft zu gehen, wie es bei uns ist, wenn wir durch einen Fluß waten und das Wasser uns bis zur Leiste geht. Ich folgte ihr bis zur Tür, wir verabschiedeten uns und ich habe nie mehr etwas von dieser Frau gehört, hätte Marconi an jenem Abend im Club gesagt, sagt Tardewski.

Dann sprach Tardewski wieder über die destruktive Eigenschaft, diese eigenartige Hellsicht, die man bekommt, wenn man genügend versagt hat. Denn einer der Vorteile des Scheiterns ist, sagte er, daß es uns zeigt, daß nichts auf der Welt eine Spur hinterläßt. Alles, was wir erlebt haben, wird ausgelöscht, und vielleicht hatte die Frau in Marconis Geschichte genau das begriffen.

Noch etwas Wein?, fragte Tardewski an und kurz darauf kam er wieder auf seine Lebensgeschichte zurück. Wenn ich Ihnen von all dem erzählt habe, sagte er, so nur, weil ich natürlich selbst ein Gescheiterter bin. Ich meine, ein Gescheiterter im echten Wortsinn, das heißt, sagte er, jemand, der sein Leben vergeudet, der aus seinen Fähigkeiten nichts gemacht hat. Ich war, sagte er, das, was man einen brillanten, vielversprechenden jungen Mann nennt, jemand, dem alle Möglichkeiten offenstehen.

Ich bin von Wittgenstein *geprägt.* Ich muß Ihnen sagen, daß er nicht gerade ein wohltätiger Mensch war, aber ich würde nicht zögern, ihn als genial zu bezeichnen, zumindest kam er einem Genie so nah, wie man es sich vorstellen kann. Er ist der einzige in der Geschichte, sagt Tardewski, der zwei vollkommen unterschiedliche Systeme im Verlauf seines Lebens entwickelt hat; jedes hat mindestens eine Generation entscheidend beeinflußt und zwei philosophische Strömungen mit absolut gegensätzlichen Protagonisten, Kommentatoren und Schülern hervorgebracht. Der Versuch, Wittgenstein kennenzulernen, schrieb Bertrand Russell, der ihn ein Semester lang zu seinen Schülern zählte, weil Wittgenstein, nachdem er die Principia Mathematica gelesen hatte, sein Ingenieurstudium abbrach, nach Cambridge ging und sich in die Seminare von Russell einschrieb, der Versuch ihn kennenzulernen, war das aufregendste intellektuelle Abenteuer meines Lebens. Wittgenstein war ein genialer Mann, wenn es so etwas gibt, aber in seinem Leben war er so unglücklich wie wenige, und er litt bis zu seinem Tod unter Qualen. Er litt wegen seiner Ideen, wegen nichts anderem, er litt, weil er alles gut durchdenken wollte und weil er enorme Schreibschwierigkeiten hatte. Er hat nur ein einziges Buch vor seinem Tod veröffentlicht, den *Tractatus logico-philosophicus* im Jahre 1922, den er bereits mit 29 Jahren abgeschlossen hatte. Wenige Werke haben in der Geschichte der Philosophie die Wirkung dieses sechzigseitigen Buches gehabt. Wittgenstein war überzeugt und so schrieb er auch, mit einer Art entfesselter Bescheidenheit im Vorwort, dieses Buch würde im wesentlichen die Probleme lösen, die sich die Philosophie seit Parmenides gestellt hatte. Wenn das so ist, sagte er, gäbe es keinen Grund mehr, Philosophie zu betreiben. Er verabschiedete sich von der Philosophie, um sich, sagte er, erzählt Tardewski, anderen Aktivitäten zu widmen, unter anderem der Algebra. Doch nach kurzer Zeit, nach zwei oder drei Jahren kam das leise Gefühl in ihm auf, daß der *Tractatus* eine Täuschung war. Eine tragische Situation, wenn es so etwas gibt, sagte Tardewski. Tragisch vor allem deshalb, weil er der einzige war, der merkte, wo der Fehler in dem Buch lag. Also kehrte er nach Cambridge zurück, um es zu sagen, und fing wieder an zu philosophieren oder wenigstens, wie er sagte, wenn schon nicht zu philosophieren, so doch Philosophie zu unterrichten. Während sein Buch immer einflußreicher wurde und seine Ideen den Wiener Kreis wie überhaupt die ganze Entwicklung nach dem logischen Positivismus entscheidend prägten, fühlte sich Wittgenstein immer leerer und unzufriedener. Er sähe, sagte er einmal im Unterricht, seine eigene Philosophie so wie nach Husserl die Psychoanalyse zu sehen ist: als eine Krankheit, die sich mit ihrer Heilung verwechselt. Das, was Husserl über die Psychoanalyse gesagt hat, sagte Wittgenstein im Unterricht, sagt Tardewski, sage ich jetzt über meine eigene Philosophie, so wie sie in einem Buch, dem *Tractatus,* dargelegt ist. Das sagte Ludwig Wittgenstein über sich und seine Ideen zu seinen Schülern in Cambridge im Jahre 1936, sagt Tardewski zu mir, was man zumindest als Beispiel intellektueller Courage und Wahrheitstreue ansehen sollte. Das kam dem am nächsten, wie ich mir Sokrates vorstellte, nur daß er viel unerbittlicher und düsterer war als Sokrates oder zumindest, wie Platon uns hat glauben machen, daß Sokrates sei. Er genoß natürlich ein riesiges Ansehen und weltweiten Erfolg, aber er war verzweifelt, weil ihn allein die Möglichkeit zur Verzweiflung brachte, nicht bis zu Wahrheit vordringen zu können. So ein Mensch war er, und er verbrachte die restlichen Jahre seines Lebens bis zu seinem Tod 1951 in einem Zustand verzweifelter Leere, indem er mühsam ein anderes philosophisches System auf den Trümmern seiner eigenen Philosophie aufbaute, deren Zerstörung er selbst betrieb. Erst nach seinem Tod erschienen seine *Philosophischen Untersuchungen*, ein beeindruckendes und unabgeschlossenes Buch, das er ausgehend von verschiedenen Notizen schrieb, die er in jenen Jahren gemacht hatte, als er alles zurückwies, was er vorher behauptet hatte und, wie ich Ihnen bereits sagte, sagt Tardewski, ein neues philosophisches System begründete, das die ganze moderne Philosophie in englischer Sprache beeinflussen sollte. *Wovon man nicht sprechen kann, darüber muß man schweigen*, hatte er geschrieben, es war der letzte Satz des Buches, der Berühmtheit erlangt hat, wenn wir Berühmtheit an dem Maßstab messen, wie oft ein Satz zitiert worden ist.

Kurzum, sagte Tardewski, in diesen langen Jahren in Cambridge, als er sich durch sich selbst und seine eigene Intelligenz zerstört fühlte, in diesen Jahren, in denen ich einer seiner Schüler war, kann ich nicht von ihm behaupten, daß er sich als großzügig oder liebenswürdig gezeigt hätte. Er war verbittert und grausam, pedantisch, zynisch, ein unbarmherziger Mann, der seine wundervolle Intelligenz mit derselben Verachtung gegen die anderen einsetzte, mit der er sie vor allem gegen sich und seine Ideen und Überzeugungen einsetzte. Und trotzdem kann ich nicht leugnen, daß er eine besondere Vorliebe für mich hatte und großzügig zu mir war, er bot mir alle Möglichkeiten, die ein Mann in seiner Position zu bieten hatte, um einem seiner Lieblingsschüler die Türen zu einer glänzenden akademischen Karriere zu öffnen. Er ließ mich wissen, ohne es je auszusprechen, daß er mir alle Möglichkeiten geben würde, damit ich die höchsten Stufen auf der Karriereleiter erreichen könnte, die jemand anstrebt, der sich in der universitären Welt durchsetzen will. Und jetzt weiß ich, ich habe viel darüber nachgedacht, sagte Tardewski, jetzt weiß ich, daß es diese äußerst verhaltene, subtile, unausgesprochene Erwartung war, die er in mich setzte, was mich dazu trieb, man müßte sogar sagen, sagte Tardewski, was mir dazu verhalf, in jenem Sommer 39 nach Warschau im wörtlichen Sinne zu entkommen, zu einem Zeitpunkt, an dem alle, sogar wir, die abgehobenen Philosophiestudenten von Cambridge, sicher waren, daß der Krieg zu der Zeit und an dem Ort ausbrechen würde, wo er dann tatsächlich ausbrach. Man könnte sagen, sagte Tardewski, daß diese anscheinend unüberlegte oder, wenn man so will, zufällige Handlung, durch die ich in den Einmarsch der Nazi-Truppen in Warschau geriet, meine erste bewußte Entscheidung war (auch wenn ich das damals noch nicht wußte), dahin zu kommen, wo ich heute bin: nach Concordia, Provinz Entre Ríos, wo ich Privatunterricht in Philosophie gebe, was heißt, daß ich meinen Lebensunterhalt damit verdiene, Gymnasiasten auf ihre Examen in Philosophie oder Logik vorzubereiten oder wie die Fächer auch immer heißen, die die jungen Argentinier anhand eines Lehrbuchs lernen, das ein Kerl von fast genialer Unwissenheit geschrieben hat, der, glaube ich, Federico García Morente, Federico oder Manolo García Morente heißt, den ich den *Spanischen Esel der Zweite* nenne.

Und wozu all das?, werden Sie fragen, sagt Tardewski, vielleicht wegen dieser Vorliebe und Faszination, die ich in meiner Jugend für die Welt der Gescheiterten im akademischen Umfeld verspürte. Er sagte, im Grunde sei er stolz, daß er fähig gewesen war, die geheimsten Träume seiner Jugend bis in die letzte Konsequenz umzusetzen. Wenige Männer, sagte er, können dasselbe von sich behaupten, nämlich daß sie den Träumen ihrer Jugend treugeblieben sind. Viele kapitulieren, sagte er; daß ich nicht kapituliert und es geschafft habe, dorthin zu gelangen, wo ich jetzt bin, nach Concordia, Entre Ríos, ist für mich ein Grund, stolz zu sein, auch wenn kein Schwein, wie der Professor sagen würde, davon etwas mitbekommt.

All das, sagte er, hätte ihn eine Anstrengung gekostet, die ihm manchmal unendlich schien. Er hatte Ausdauer und einen eisernen Willen gebraucht, um zum Beispiel 1939 nicht nach London zurückzukehren und sich statt dessen auf den Weg nach Marseille zu machen und das erste (und zugleich letzte) Schiff zu nehmen, das nach Amerika fuhr.

Und das Bemerkenswerteste, sagte er, war die Tatsache, daß er bei Besteigen des Schiffes nicht einmal wußte, daß ihn am Ende dieser Reise ein Land erwartete, das Argentinien hieß. Ein Land, von dem, sagte er, das könne ich ihm glauben, er so absolut keine Ahnung hatte, daß er nicht zögere, diese Unwissenheit über die Besonderheiten oder Wirklichkeit eines Landes namens Argentinien als gelehrte Unwissenheit zu bezeichnen. Ich wußte *nichts* über Argentinien, betonte Tardewski, ich hatte kaum eine Ahnung, daß es ein Land mit einem solchen Namen gab, und ich wußte nicht einmal, daß die Reise dorthin ging. Ich hatte hastig im letzten Moment das Schiff bestiegen, um, da war ich mir sicher, den letzten Platz zu bekommen, der noch verfügbar war, inmitten einer Gruppe von Männern, die verzweifelt vor dem Krieg flohen, ohne genau zu wissen, sagte Tardewski, wo es überhaupt hinfuhr. Ich glaube, ich dachte damals, wir führen Richtung Vereinigte Staaten, das wäre logischer gewesen, da ich gut englisch konnte und kein Wort spanisch sprach, aber irgendwann bei der Überfahrt erfuhr ich, daß wir an einen Ort namens Argentinien fuhren.

Es wäre, sagte er, jedenfalls nicht leicht gewesen, seine Jugendträume vom Scheitern in die Tat umzusetzen. Eine Zeitlang, sagte er, gab es sogar inmitten einer allgemein aussichtslosen Situation immer wieder Gelegenheiten für Erfolg, und mehr als einmal, sagte er, war die Hilfe des Zufalls vonnöten, damit der brillante junge Mann, für den man mich hielt, die höchste Form des Scheiterns erreichte, die er spät, aber mit vollkommener Gewißheit als die einzige Lebensform entdeckt hatte, die man im umfassenden Sinn als philosophisch bezeichnen konnte.

Als ich zum Beispiel nach Buenos Aires kam und beim polnischen Konsulat vorstellig wurde und sagte, ich wäre vier Jahre lang Stipendiat der polnischen Regierung gewesen und hätte in Cambridge, betreut von Ludwig Wittgenstein, meine Doktorarbeit geschrieben (eine Arbeit, deren Thema, nebenbei bemerkt, *Heidegger in den Vorsokratikern* lautete), von der ich nichts mehr vorliegen hätte, denn ich hätte meine Papiere natürlich in meiner Pension in Cambridge zurücklassen müssen, und sie wurden, glaube ich, zusammen mit dem Rest von einer V2 zerstört; diese Doktorarbeit, von der ich nichts mehr hätte, außer daß ich mich an den Titel erinnerte, aus dem man ableiten könne, daß es nicht darum ginge, den Einfluß von Parmenides oder Hippias auf Heidegger zu beweisen, sondern den Einfluß, den die Lektüre von *Sein und Zeit* auf unsere Auffassung von den Präsokratikern hat, etwa im Stil von, sagte ich, damit Sie verstehen, was ich meine, von *Kafka und seine Vorläufer.* Und die liebenswürdigen, ein wenig ratlosen Beamten der polnischen Botschaft in Buenos Aires kümmerten sich um ihn. Sie beschafften ihm eine Unterkunft, sie verpflichteten sich, sagte er, die Zuweisung des Stipendiums für sechs Monate aufrechtzuerhalten, bis sich die Situation in Europa geklärt hätte, und sie stellten unverzüglich den Kontakt zu den sogenannten philosophischen Zirkeln von Buenos Aires her.

Es handelte sich in Wirklichkeit um eine Gruppe von Philosophieprofessoren, die mit der Universität von Buenos Aires verbunden waren, obwohl die Gruppe, die sich bei diesen *soi disant* Philosophen einfand, äußerst gemischt war, sagte Tardewski, man konnte dort verschiedenste Zweige und Ausläufer des humanistischen Wissens finden. Generell waren die Leute von fernöstlicher Philosophie begeistert und einer davon war eine Art Bürokrat des Zen-Buddhismus, ich glaube, er hieß Victorio Fatoni oder Valentín Fratone oder so ähnlich. Aber diese Leute, sagte Tardewski und meinte damit die philosophischen Zirkel, die er nach seiner Ankunft in Buenos Aires Ende 1939 besuchte, diese Leute begeisterten sich nicht nur für den Zen-Buddhismus, sondern sie bewunderten zwei *Individuen*, zwei *Subjekte* und stilisierten sie zu den großen Philosophen unserer Zeit (es sei nebenbei erwähnt, daß ihnen der Ausdruck »unsere Zeit« gefiel, sie verwendeten ihn ständig), die ich fürs erste mal wie folgt klassifizieren würde: unbeschreiblich.

Einer von diesen großen Philosophen unserer Zeit war, sagte Tardewski, den ich den König der spanischen Esel oder Asno I. nennen möchte, José Ortega y Gasset (ich bin nicht gut bei Wortspielen, ließ Tardewski einfließen, früher war ich es, als ich noch mit meiner Muttersprache spielen konnte). Was kam dann? Ich habe meine Abenteuer so lange nicht erzählt, sagt er, daß ich mich, wie Sie sehen, schon hineinsteigere, aber Sie können mich stoppen oder einschlafen, wann immer Sie wollen; dieser gute Mann verwendete seine Zeit darauf, Philosophie in einer Art ungereimter deutscher Deklination des Spanischen zu verbreiten. Er war das, was man einen Causeur nennt. Der spanische Radioschwätzer *par excellence*, den man in diesen Zirkeln in Buenos Aires, wie ich feststellen mußte, für einen Wahren Meister des Denkens in Unserer Zeit, ein wahres As (no?), hielt. Aber wie ich des weiteren feststellen mußte, nachdem ich noch mit der schweren, nachdenklichen Stimme von Wittgenstein im Ohr das Schiff verlassen hatte, sagt Tardewski, gab es noch einen anderen Philosophen, einen anderen Denker, den alle bewunderten. Der erste Esel teilte also die

Gnade der bedingungslosen Bewunderung mit einem anderen, in diesem Fall *deutschen Esel*; zumindest hatte er einen deutschen Paß, aber ich glaube, in Wirklichkeit war er Schweizer, ich meine keinen geringeren als Graf Keyserling. Als ich also die Tür zu den akademischen Zirkeln der argentinischen Philosophie öffne, treffe ich auf diese Mischung aus bürokratischer fernöstlicher Philosophie, spanischem Radiogeschwätz und einem Grafen, das war die Dreifaltigkeit, über die man hochtrabende Betrachtungen anstellte. Das alles war, was man ein philosophisches Ereignis nennt, nicht wahr?, es war ein wahrhaft *philosophische*s Ereignis. Zu diesen Treffen kamen ein paar sehr elegant gekleidete Fräulein und eine Reihe wohlerzogener und sehr schweigsamer Herren.

Tardewski sagte, er wolle nicht ungerecht sein. Es gab zu jenem Zeitpunkt in Argentinien auch andere Philosophen, und zwei von ihnen waren exzellent, Spitzenleute. Da war Mondolfo, der vor Mussolini ins Exil geflohen war, und mit dessen kritischer Edition der Fragmente von Heraklit ich in Cambridge gearbeitet hatte, von dem ich aber nicht wußte, daß er sich in Argentinien aufhielt. Und dann war da noch Carlos Astrada, zweifellos der einzige wahre Philosoph, den dieses Land in seiner ganzen Geschichte hervorgebracht hat und der damals Schüler von Heidegger war; er war der einzige in ganz Lateinamerika, den Heidegger wirklich als seinen Schüler betrachtete. Leute, von deren Existenz ich erst viel später erfahren habe und mit denen ich über Jahre hinweg einen unregelmäßigen, aber herzlichen Briefwechsel unterhielt. (Nebenbei bemerkt, sagt er, muß ich hier noch irgendwo einen sehr amüsanten Brief von Astrada haben, den er geschrieben hat, als er schon mit dem Heideggerianismus gebrochen hatte, während seine Bewunderer, die untertänigen Nachbeter von Heidegger, sich vermehrten wie die Karnickel, und in dem Astrada nicht nur die Wende des deutschen Philosophen zu einem immer offenkundigeren Mystizismus kritisierte, sondern sich vor allem über die Heidegger Mode und die rasante Vermehrung seiner Schüler lustigmachte, indem er eine Anekdote von einem argentinischen Philosophen erzählte, der bei seiner ersten Wallfahrt nach Freiburg voller Andacht irrtümlich das Nachbarhaus fotografiert hatte; dieses Foto des falschen Wohnhauses hatte er nicht gerade diskret, aber voller Respekt an einer Wand in seinem Büro in der Universität aufgehängt, mit einem kleinen Schild darunter, auf das der argentinische Philosoph geschrieben hatte: *Hier wohnt heute die Wahrheit des Seins.* Was, amüsierte sich Astrada, die philosophische Genauigkeit dieses fotografischen Fehlers zeigt: denn zweifellos liegt die Wohnstätte des Seins neben Heideggers Haus, deswegen lassen die Mauern den armen Martin nichts anderes sehen als das dunkle, unsagbare Wesen der Sprache, schrieb mir Astrada in diesem Brief, sagte Tardewski und schloß damit die gedankliche Parenthese, die er am Beginn seiner Ausführungen eröffnet hatte.)

Schön, sagte er, ich, ein junger Pole, Student in Cambridge, Schüler Wittgensteins (vielleicht hatte man hier den Verdacht, daß das nur vorgetäuscht war) fing also an, diesen Zirkel von Denkern aufzusuchen, die ihre Aktivitäten in den offiziellen akademischen Institutionen entfalteten und ihr Wissen in melancholischen Publikationen verbreiteten. Ich, der Pole, fühlte mich ein wenig desorientiert, ein wenig verloren und entmutigt. Und doch, sagte Tardewski, sei er, wieder einmal in seinem Leben, fähig gewesen, den Weg zu gehen, den ihm die reinsten, tief in ihm verankerten Ideale seiner Jugend wiesen.

Ich sprach mit diesen argentinischen Eminenzen und nach kurzer Zeit fing ich an, mit einer gewissen scheuen Zurückhaltung auf französisch anzudeuten, daß Ortega y Gasset, dieses Duo, mir, bei allem Respekt, habe ich zu ihnen gesagt, sagt Tardewski, das umfassendste Beispiel der Identität der Gegensätze sei, die Hegel als eines der Gesetze seiner Logik vorgestellt habe, auch wenn in diesem Fall die Identität absoluten Vorrang hatte und die Gegensätze rein spekulativ waren, denn dieser spanische Philosoph sei trotz der illusorischen Doppelung, die sein Nachname nahelege, sagte ich schüchtern in meinem weichen Französisch, immer noch EINES, und zwar ein Esel. Sie hielten das für reinen Übermut, für die Folge jugendlichen

Übermutes und der unglücklichen Situation, die mein Geburtsland gerade durchlebte, das von einer Verbindung aus deutscher Philosophie, Nazipanzern und spanischen Freiwilligen der Blauen Legion zerstört wurde. Sie vertrauten darauf, daß die Zeit alle Wunden heilt und daß ich mich langsam immer mehr an die argentinischen kulturellen Traditionen gewöhnen würde, damit ich schließlich, wie man so sagt, gezähmt wäre. Damals, fuhr Tardewski fort, mußte ich, wie der Heilige Antonius, einer weiteren Versuchung ausweichen, die mir das Leben präsentierte, um mich zum Erfolg zu führen. Denn sie wollten mir einreden, es würde reichen, wenn ich lernte, ihre Meister ein wenig mehr zu respektieren und gegenüber den (philosophischen) Autoritäten weniger unehrerbietig zu sein, dann würde ich jedes Papier bekommen, das meine Verbindungen zu Wittgenstein und meine Studien bei ihm bestätigte, um das zu erreichen, was jeder junge Philosoph als Gipfelpunkt seiner metaphysischen Reflexionen nie aufhören sollte anzustreben, und das ist eine Professur. Versuchung. Angebot. Auf französisch: *la securité académique.* Damals, mit 29 Jahren, war ich ziemlich unwissend, jetzt weiß ich das, aber ich hatte mehr Ahnung von Philosophie als sie alle zusammen, und ich bewies es ihnen, ungewollt, durch eine anfangs unfreiwillige Pedanterie. Andererseits glänzte ich wie eine Sonne, und mein Glanz bestand in der für mich selbstverständlichen Tatsache, daß ich bei den philosophischen (oder nicht philosophischen) Gesprächen vom Griechischen ins Deutsche, von dort wieder ins Französische, ins Deutsche, Griechische, Englische, Lateinische und wieder ins Französische wechselte, eine Sache, die in diesem Land, wie Professor Maggi sagen würde, den Beschlagensten beeindrucken würde.

Wenn ich also ein wenig respektvoller gewesen wäre, mein jugendliches Ungestüm besser im Zaum gehalten und die sechs Monate genutzt hätte, die mein Stipendium durch Großzügigkeit des polnischen Konsuls verlängert wurde, damit ich rasch mein Spanisch perfektionieren konnte, was unabdingbar war, wenn ich es mit Schülern zu tun hatte, wäre ich der Versuchung vielleicht erlegen. Das hatte Mondolfo getan, der zu jenem Zeitpunkt viel mehr Verdienste hatte als ich, aber zugleich keine perverse Berufung verspürte, im Scheitern die wahre Erfüllung im Leben eines Philosophen zu sehen. Ich hätte annehmen, artig sein und der Versuchung erliegen können. Dann wäre ich oder könnte ich, Vladimir Tardewski, jetzt full time-Professor für moderne oder zeitgenössische oder antike oder mittelalterliche Philosophie oder irgendeinen anderen verdammten Mist dieser Art sein (falls ich, sagte er, es verstanden hätte, mich in den kristallinen Winkeln der reinen philosophischen Exegese einzuschließen, ohne sie je zu verlassen und zu sehen, was in der Welt vorgeht), anstatt hier in Concordia, Entre Ríos mein Dasein zu fristen und junge Gymnasiasten darauf vorzubereiten, daß sie im März erfolgreich die Prüfungen in Logik bestehen. Anstatt, will ich damit sagen, hier als parodistische Version (um einen Terminus zu verwenden, der Ihnen gefällt) der *Privatdozenten* zu enden, die eine so angesehene Tradition in der Geschichte der europäischen Philosophie seit Kant haben. Aber ich habe, wie Sie sich vorstellen können, dieser Versuchung widerstanden. Anstatt Respekt zu zollen, habe ich mich immer mehr zur Offenheit hinreißen lassen – ein unverzeihliches Verbrechen unter Akademikern. Ich fing an, immer deutlicher zu sagen, was ich wirklich dachte. Ich, der Pole, der von diesen Herren so gut behandelt wurde, ließ mich hinreißen, meinen Gedanken rohen Ausdruck zu verleihen.

Dann, berichtete Tardewski, fing ich bei einer Versammlung ausgewählter Denker und gebildeter Leute, in deren Händen, wie man so sagt, meine Zukunft lag, mit einem dieser Meister argentinischen Denkens, an dessen Namen ich mich jetzt nicht erinnern will, an zu diskutieren. Ich fing also an zu diskutieren, sagte er, wie immer auf französisch, aber ich hatte schon ein paar Gläser intus. Oder, besser gesagt, ich fing an, all die Schwachköpfe zu beleidigen, die behaupteten oder andeuteten oder auch nur die ferne Möglichkeit sahen, daß ein Idiot der Güteklasse eines *soi-disant* Grafen Keyserling noch bei Verstand war; irgend jemand, jeder vernünftige Mensch, nicht nur ein

Philosoph, bei dem man davon ausgeht, daß es sein Beruf ist zu denken, Ideen zu haben, jeder vernünftige Mensch, der Ihnen einfällt, braucht nur zwei Seiten von diesem unglücklichen Grafen West-West zu lesen, der das Schloß der Philosophie zu bewohnen versucht, ich würde sogar noch weitergehen, sagte ich in jener auserwählten Runde, jeder, der sein Gesicht sieht oder eine Fotografie, würde es auf Anhieb merken, wer diesen Grafen für einen Philosophen oder jemanden mit Ideen hält, wer ihn für sowas hält, kann nur ein *imbécile* sein. Allgemeine Bestürzung, allgemeines Entsetzen. Alle sahen mich fassungslos an. Ein Schüler von wem?, fragte der, der auf einem Stühlchen saß. Von Wittgenstein, flüsterte ihm ein anderer von einem anderen Stühlchen zu. Mon vieux, oh la, la ... sagte der andere. Vielleicht dachten sie, ich wäre verrückt geworden. Kurzum, mein gerade erwähnter Satz oder Absatz rief bei den Anwesenden allgemeine Bestürzung hervor. Alle regten sich auf, als ich sagte, daß dieser Graf von Montecristo der *philosophie* (den man, wie ich später in der polnischen Botschaft erfuhr, mehrmals eingeladen hatte, Argentinien als Ehrengast zu besuchen; den sogar einmal der Präsident der Republik, war es Ortiz?, sagen wir Ortiz, an der Dársena Norte mit Eskorte und Fahne erwartete, als wäre er Tales de Mileto persönlich. Dieser Mann besuchte nicht nur das Land, wo er gefeiert, geehrt und verwöhnt wurde, sondern nach einem flüchtigen Blick seiner Grafenaugen machte er sich sofort daran, kaum, daß er das Schiff verlassen und die präsidiale Rechte von Roberto M. Ortiz geschüttelt hatte, machte er sich sofort daran, der Herr Graf, eine eilige, aber zugleich bedächtige und wohl überdachte metaphysische Radiographie des argentinischen Wesens und eine Erklärung abzusondern, die sofort von den aufmerksamen Denkern des Empfangskomitees in den eigens dafür mitgebrachten Heften und Notizbüchern festgehalten wurde, und diese Denker tätschelten, paraphrasierten und kommentierten die Reflexionen des Grafen, wie man mir später erzählte, und erarbeiteten so, mit dieser unschätzbaren Hilfe von außen, eine philosophische Interpretation der Nation, eine eigene, meine ich, sagt Tardewski, hier verfaßte metaphysische Interpretation Argentiniens und des nationalen Wesens, das die Pampa als *›Dort-des-Daseins‹* und den Gaucho als Repräsentanten *›an-sich‹* des unsichtbaren Argentiniers einschloß, das heißt, der ungebildete Pampabewohner als eine Reiterversion des Kantschen *›noumeno‹*, sagte Tardewski und schloß damit seine vor einiger Zeit begonne Parenthese), als ich sagte, der Graf von Keyserling, *dieser* Graf, sei eine sprechende Puppe, die sich nicht einmal auf die Knie ihres Bauchredners setzen könne, fuhren die bei dieser Versammlung Anwesenden zusammen und sahen mich voller Verachtung an; fortan betrachteten mich die philosophischen Zirkel in Buenos Aires mit wohlerzogener verächtlicher Selbstgefälligkeit. Sie betrachteten mich als kleinen, unanständigen, ungezogenen, krankhaften, kranken, ungesunden, kränklichen, schwächlichen, siechen, übel zugerichteten, kaputten, nachtragenden, schädlichen, schadenstiftenden, rufschädigenden, bösartigen, verderblichen, verkommenen, niederträchtigen, lästigen, schäbigen, peinlichen, unangenehmen, *gescheiterten* kleinen Polen. So sahen sie mich, genau so, als das, was ich wirklich war, sagte Tardewski.

Also, sagte er, verließ ich diesen Salon und hatte für immer mit diesem Bereich oder Gebiet der argentinischen Intelligenz gebrochen, die mir eine ehrenvolle Aufnahme in die dekorative nationale Universitätswelt hätte sichern können.

Was sollte ich jetzt machen?, sagte Tardewski. Meine Möglichkeiten, in den argentinischen Zirkeln aufzutrumpfen, waren versperrt; *kaputt.* Und doch hatte ich noch eine Chance, wirklich die letzte, mich an einen möglichen Erfolg zu klammern. Und um auch an diesem Punkt zu scheitern, sagte er, mußten, einmal mehr in seinem Leben, verschiedene Ereignisse zusammenkommen. Aber wie spät ist es?, fragt Tardewski. Halb drei, sage ich. Sind Sie müde?, fragt er. Nein, sage ich, überhaupt nicht. Ihr Onkel, sagte Tardewski, muß bald kommen. Ja, sage ich, er muß bald kommen. Fahren Sie fort, sage ich, und dann?

Und dann, erzählte Tardewski weiter, ging ich in diesen Sommermonaten 1940 durch die Straßen von Buenos Aires, allein und verbannt, und mit meinen paar Brocken Spanisch konnte ich mit niemandem reden. Und je mehr der Krieg in Europa fortschritt, je mehr die Truppen der Nazis die europäische Kultur zerstörten, um so mehr wurde auch ich zerstört, als wäre ich ihr Repräsentant. Ich lebte zwischen Ruinen, den Resten meiner selbst; und da klammerte ich mich an meine letzte Chance. Ich klammerte mich an das, was mich dorthin geführt hatte, wo ich war; ich ging in jenem Sommer 1940 durch die Calle Tres Sargentos und dachte über Hitler und die Vernichtung der europäischen Kultur nach, obwohl ich im Grunde über Hitler und Kafka nachdachte.

Denn zwei Jahre vorher, sagte Tardewski, hätte er eine Entdeckung gemacht, die man ganz objektiv als außergewöhnlich ansehen könne. Ich klammerte mich an diese Entdeckung, ich erwartete mir alles von ihr, denn, sagte er, ich war noch nicht zu der Überzeugung gelangt, daß ich alles vom Scheitern zu erwarten hatte.

Ich ging durch die Stadt und dachte an meine Entdeckung, sagte er. Ihm wurde klar, daß dort die Gelegenheit war, sich einen Ruf zu erarbeiten, der es ihm erlauben würde, sagte er, mich zu rächen und den verächtlichen Mitgliedern der argentinischen akademischen Zirkel zu zeigen, was in mir steckt. Sie sollen wissen, sagte Tardewski, der intellektuelle Stolz, die Hoffnung, daß man zeigen kann, was man tatsächlich wert ist (oder wert zu sein glaubt), ist am schwersten aufzugeben. Der intellektuelle Stolz, müssen Sie wissen, ist das letzte, was man verliert, auch wenn man nur noch Auswurf ist. Ich dachte nicht nur aus diesem Grund daran, sondern weil einige Ergebnisse dieser Entdeckung der einzige Stoff waren, der mir in jenen Sommermonaten zum Lesen und Nachdenken zur Verfügung stand. Ich hatte ein Exemplar der sechsbändigen Ausgabe der *Gesammelten Schriften* von Kafka und ein Heft mit persönlichen Anmerkungen und Notizen, das war alles, was ich von meinem europäischen Schiffbruch retten konnte. Es war so, sagte er, daß diese Notizen und die Bücher von Kafka der Katastrophe nur entkommen waren, weil sie das einzige waren, was er sich in jenen Ferien zum Arbeiten mit nach Warschau genommen hatte, als ihn der Krieg überraschte. Es handelte sich, sagte er, um die ersten Ergebnisse dieser außergewöhnlichen Entdeckung, die er zufällig in der Bibliothek des British Museum an einem Nachmittag des Jahres 1938 gemacht hatte.

Nachdem ich diese Entdeckung gemacht hatte, steigerte ich mich in eine fieberhafte Aktivität hinein, die mich in mehr als einem Sinn meine Doktorarbeit und meine Studien vernachlässigen ließ. Ich wußte nicht, daß diese Entdeckung angefangen hatte, wie ich Ihnen gleich erläutern werde, meine philosophischen Überzeugungen zu untergraben; ich dachte einfach, daß ich zufällig auf etwas Unerhörtes gestoßen war und daß ich, wie man so sagt, das nicht versäumen wollte. Meine Doktorarbeit konnte ein paar Wochen warten. Es waren dann mehr als ein paar Wochen, denn die Entdeckung brachte mich hierher, wo ich jetzt bin.

1938: das waren harte Jahre, Sie waren damals noch nicht auf der Welt, aber Sie können es sich vorstellen. München. Die Sudeten. Die deutsche Expansion. Mitten in dieser Situation suchte ich nach Daten über Kafka, nach *bestimmten* Daten. Ich kannte seine Texte gut. 1936 hatte Wittgenstein als Ergänzung zu seinem Kurs über natürliche Sprache und formale Sprache den tschechischen Kritiker Oskar Vazick eingeladen, ein Seminar über Kafka in Cambrigde zu halten. Der bewußte und fast künstliche Gebrauch des Deutschen bei Kafka stieß bei Wittgenstein auf besonderes Interesse, da er dort die Bestätigung einiger seiner Thesen fand, die er später in seinen *Philosophischen Untersuchungen* entwickeln würde. Kafka handhabte das Deutsche wie eine tote Sprache und seine Zweisprachigkeit, seine Zugehörigkeit zu der deutschsprechenden Minderheit inmitten einer mehrheitlich slawischen Bevölkerung, seine verschobene und wie fremde Position in bezug auf die Sprache dienten, so wie sie von Vazick (einem Mitglied des gerade gegründeten Prager Linguistenkreises) dargelegt und analysiert wurden, als praktisches Beispiel für eines der von Wittgenstein vorgestellten theoretischen Probleme. Ich erinnere mich, daß Vazick am Anfang der ersten von vier Vorlesungen sagte: Ich will zu Ihnen von einem kaum bekannten Schriftsteller sprechen, der zweifellos dazu berufen ist, zusammen mit Proust und Joyce die entscheidende Trilogie der Literatur des 20. Jahrhunderts zu stellen. Wir alle, sagte Tardewski, kannten Proust und Joyce, aber Kafka? Wer war dieser Mann mit dem kakophonischen Namen? Damals waren die ersten drei Bände seiner *Gesammelten Schriften* schon erschienen, und die meisten von uns Studenten, die an diesem Seminar teilnahmen, stürzten sich natürlich auf die Lektüre des Autors von *Die Verwandlung*. Ich erinnere mich noch heute, sagte Tardewski, an den Eindruck, den er bei mir hinterließ, und ich glaube nicht, daß je ein anderer Schriftsteller bei mir diese Wirkung erzeugt hat oder erzeugen wird. Zumindest hoffe ich das.

Es war also nicht eine bessere Kenntnis der Texte von Kafka, was ich in jenen Tagen Ende 1938, Anfang 1939 suchte, sondern etwas anderes. Bestimmte Daten aus seinem Leben, die dazu dienten, eine Entdeckung zu dokumentieren und zu bestätigen, an deren Wahrheitsgehalt ich keinerlei Zweifel hatte. Ich brauchte das, was wir an der Universität größere Sicherheit bei den dokumentarischen Quellen nennen. Ich mußte einige Daten aus dem Leben von Kafka nachprüfen. Ich wollte Oskar Braun, Janouch und natürlich, wenn möglich, auch Max Brod befragen. Also beschloß ich, als erstes nach Prag zu reisen, aber die deutsche Invasion machte das unmöglich. Eine Zeitlang dachte ich, daß ich keinen Weg finden würde, an jemanden zu kommen, der Kafka in den Jahren 1909/1910 besucht hatte und mir bezeugen konnte, was ich bestätigt haben wollte. Da kamen mir Gerüchte zu Ohren, Oskar Braun wäre von Prag nach Warschau gegangen und würde jetzt dort leben. Deswegen entschloß ich mich, die Sommerferien im Jahr 1939 in Warschau zu verbringen. Und noch einmal prallten in meinem Leben Kafka und die Nazitruppen aufeinander. Als ich zehn Tage in Polen war und ohne daß ich Oskar Braun hätte ausfindig machen können (der außerdem blind war), brach der Krieg aus. So war der einzige Stoff intellektueller Art, den ich in meinem Koffer hatte, als ich in Buenos Aires vom Schiff stieg, ein paar Notizen, das Teilergebnis meiner Forschungen, und die sechs Bände der Werke von *Kafka.* Das war alles, worauf ich als Rettungsanker zurückgreifen konnte, als ich mit den philosophischen Zirkeln von Buenos Aires brach.

Ich spazierte also durch die Stadt und schloß mich in meinem Hotelzimmer ein, um an dem zu arbeiten, was ich für eine *große* Entdeckung hielt. In jenen Monaten des Jahres 1940, als Hitler Europa dem Erdboden gleichmachte, beschloß ich, einen Artikel zu schreiben mit der Absicht, mir die *Urheberschaft* an dieser Idee zu sichern, die ich über die Beziehungen zwischen dem Nationalsozialismus und Kafka entwickelt hatte. Ich verfaßte ihn auf englisch und ließ ihn in der Calle Talcahuano von einem Mädchen übersetzen, das, wie ich mich erinnere, weder polnisch noch englisch sprach, sich aber so gut im Spanischen auskannte, daß sie, glaube ich, eine exzellente Übersetzung gemacht hat. Der Kulturattaché der polnischen Botschaft schaffte es, daß er in der Sonntagsausgabe von *La Prensa* am 21. Februar 1940 erschien. Polen war zum damaligen Zeitpunkt das Symbol des von den Nazis ausgelösten Holocausts und das trug dazu bei, daß ein Essay veröffentlicht werden konnte, der, nebenbei bemerkt, überhaupt nicht wahrgenommen wurde. Während ich an dem Artikel arbeitete, fühlte ich mich nicht so schlecht, aber nachdem ich ihn abgegeben hatte, fing ich an, meine reale Situation und die Leere, die mich umgab, zu begreifen. Die Nacht, in der er veröffentlicht wurde, ich meine am Vorabend, war ich so verzweifelt, daß ich beschloß, auf den Morgen zu warten, um die Zeitung gleich nach Erscheinen zu kaufen. In jener Nacht war es sehr heiß, ich ging durch die Stadt und landete schließlich in einer Bar in der Avenida de Mayo, wo ich auf die Zeitung wartete. Ich war verzweifelt und zugleich hoffnungsfroh, gespannt wie jeder junge Schriftsteller, der auf die Zeitung wartet, in der etwas von ihm veröffentlicht wurde. Wie Sie feststellen werden, mußte ich noch viel lernen. Trotzdem befand ich mich am Rande der grundlegenden Erfahrung, die es mir erlaubte, auf einmal mein Leben zu begreifen, zu begreifen, was ich wirklich suchte und welchen Weg ich zu gehen hatte.

Es waren, ohne daß ich es gewußt hätte, noch weniger als zwei Stunden hin, bis mir das alles klar werden sollte. Inzwischen saß ich, es wird etwa drei Uhr morgens gewesen sein, an einem Tisch in der Bar Tortoni, trank Kaffee, rauchte und dachte, glaube ich, an das folgende Paradox: Bald würde ich etwas von mir publiziert sehen, das erste, was ich in meinem Leben publiziert hatte, das wirklich von mir stammte, denn alles andere in meinem *curriculum vitae* waren lediglich Kommentare oder Paraphrasen von Ideen anderer, in Fachzeitschriften erschienene melancholische Übungen philosophischer Pseudogelehrtheit (von der Art, seien wir ehrlich, von der auch meine Doktorarbeit gewesen wäre, wenn ich sie beendet hätte). Das war etwas anderes: Es handelte sich um *meine* Idee, um meine persönliche Entdeckung, etwas Originelles, das ich selbst ohne fremde Hilfe erdacht hatte. Das Paradoxon (im Grunde das erste Paradoxon) war, daß ich diesen von mir publizierten Text nicht würde lesen können, weil ich kein Spanisch konnte. Was, dachte ich damals, sagt Tardewski, eine Metapher für meine Situation war. Nun, es vergingen die Minuten, die Stunden, die Zeitung kam, ich kaufte ein Exemplar und dort konnte ich neben den katastrophalen Schlagzeilen über den Vormarsch der Nazi-Truppen im Innern der Zeitung, in der Beilage, in Sepia gedruckt, *meinen* Artikel sehen, einen Artikel, den ich nicht lesen konnte, aber der von mir stammte, der Titel lautete, glaube ich: *Die Begegnung von Hitler und Kafka, eine Forschungshypothese* von Vladimir Tar*do*wski. Eine neue Metapher? Die andere Metapher? Nein, es fehlte noch eine. Ich ging, die Zeitung unter dem Arm, die Avenida de Mayo zum Fluß hinunter, und als ich beim Hotel ankam, ging ich hinauf in mein Zimmer, wo ich eine Reproduktion *en miniature*, nur real, des vom Krieg verwüsteten Europa vorfand. Während meiner Abwesenheit an jenem Morgen waren Diebe (oder ein Dieb) eingedrungen und hatten *alles* mitgenommen, was ich besaß. Alles, sogar mein Notizheft und meine Ausgabe der *Werke* von Kafka; neben dem Geld, den Kleidern und dem Koffer natürlich. Sogar ein Foto meiner Eltern, das auf dem Nachttisch stand, hatten sie mitgehen lassen. Es waren gründliche Diebe, sozusagen.

Jetzt, sagte Tardewski, war ich richtig am Boden. Ich war nicht nur allein in einem unbekannten Land, sondern alles, was ich auf dieser Welt noch besaß, reduzierte sich auf das, was ich anhatte (eine Sommerhose, ein Hemd, ein Paar Schuhe ohne Strümpfe, eine Unterhose, ein Gürtel, ein Taschentuch) und natürlich ein Exemplar von *La Prensa* von diesem Sonntag, dem 21. Februar, mit einem Artikel von Vladimir Tar*do*wski im Kulturteil. In der Tasche hatte ich Pesos im Gegenwert von etwa elf Dollar. Ich setzte mich auf das Bett, während draußen der Morgen anbrach, kann ich mich erinnern, und dachte nach. Ich war im vollkommensten Zustand der Besitzlosigkeit angekommen, den ein Mensch je erreichen kann: ich hatte *nichts.* Neben mir kann sich jede Figur von Kafka, beispielsweise Gregor Samsa, glücklich schätzen. Ich saß auf einem Bett, in einem Zimmer, in einem Hotel, in einer Stadt, in einem unbekannten Land, absolut mittellos. Nun gut, was hatte mich hierher gebracht? Das war eine meiner Gedankenlinien. Welche Dinge hatten sich zusammengefügt? Ich ging zurück bis zu einem Nachmittag im November 1938 in der Bibliothek des British Museum und von dort kehrte ich über Warschau, den Krieg, Marseille, das Schiff, Buenos Aires etc. wieder bis zu diesem Hotelzimmer in der Tres Sargentos zurück, wo ich auf einem der beiden identischen Betten saß (es war mittlerweile Sonntagnachmittag). Die andere Gedankenlinie war, sagen wir, nach vorne gerichtet. Was sollte ich tun? Eine gefährliche Frage. Erst mal *denken*: für mich der einzige Weg, nicht verrückt zu werden. Nachdenken. Einem logischen und kohärenten Gedanken folgen. Zurück, bis hin zur Bibliothek des British Museum, aber auch noch weiter, bis zu dieser Zusammenkunft, diesem Fest, in einem polnischen Haus in meiner Jugendzeit, mit meinem Freund, dem Ex-Mathematiker und einem schönen Fräulein, das eine infame

Warze hinter einem ihrer beiden schönen Ohren hatte. Mein ganzes Leben zog an mir vorbei, wie man es von Sterbenden behauptet. Einerseits sah ich mein ganzes Leben vorbeiziehen, Szenen aus meinem vergangenen Leben. Andererseits versuchte ich mir Szenen meines künftigen Lebens auszumalen. Ich betrachtete mein in Trümmern liegendes Zimmer im Hotel Tres Sargentos, wie die Polen die Trümmer ihres Vaterlandes betrachteten. Wo man hinschaute: Reste, Verwüstung. Zu allem Überfluß, sah ich durch das Fenster, hatte es angefangen zu regnen. Ein richtiges Sommergewitter.

Und nun? Eine ernste Lage; ich saß auf dem Bett wie Descartes in seinem Sessel vor seinem philosophischen Kamin in Holland. Ich denke, also bin ich. Schön und gut, aber ich hatte nicht einen Centavo. All die anderen Verluste hatten einen tragischen Sinn, eine, sagen wir, symbolische Qualität: die Muttersprache, das Vaterland, die Freunde. Aber das Geld? Was sollte ich ohne Geld machen? Es ging hier nicht mehr ums Denken, sondern ums nackte Überleben. Ich dachte darüber nach, das heißt (zweite Gedankenlinie), ich dachte darüber nach, *wie* ich es schaffen könnte zu überleben.

An jenem Sonntag kam ich zu verschiedenen Schlußfolgerungen, die ich Ihnen für den Moment ersparen möchte, sagte Tardewski, um den Faden der Ereignisse wieder aufzunehmen. Es regnete den ganzen Sonntag und die ganze Nacht bis zum frühen Morgen. Am nächsten Tag, also am Montag, wurde ich wieder einmal bei der polnischen Botschaft vorstellig. Durch das Gewitter war die Temperatur so abrupt gesunken, daß ich mit meinem dünnen Leinenhemd zitterte wie eine Figur von Dostojewski, die Zähne klapperten vor Kälte (ja, das tun sie, erklärte mir Tardewski, auch wenn man es nicht glauben möchte, wie Kastagnetten, so etwa, sehen Sie?), ich war halb erfroren, grau. Jedenfalls ging ich zu dem geduldigen Gebäude der polnischen Botschaft und erklärte meine neue Lage, sie hörten mich mit immer vorwurfsvolleren Mienen an. Ging ich nicht ein wenig zu weit? Spielte ich meine persönlichen Probleme nicht zu hoch? Hatten Sie mir nicht Zutritt zu den philosophischen Zirkeln von Buenos Aires verschafft? Hatten sie nicht sogar erreicht, daß ein, im übrigen ziemlich extravaganter, Artikel von mir in *La Prensa* erschienen war? *Was* ich denn *eigentlich* wollte? Ein Jackett, sagte ich, einen Pullover, oder hätte nicht vielleicht jemand von Ihnen eine Strickweste übrig? Meine Zähne klapperten. Sie sahen mich mit ihren vorwurfsvollen polnischen Augen an. Aber sie waren wieder einmal großzügig zu mir. Sie hatten verstanden, daß ich der genuinste Repräsentant der unglücklichen Lage des polnischen Vaterlandes war. Im gewissen Sinn war ich der Botschafter dieses Unglücks, ich trug das Kreuz Polens auf meinen Schultern.

Großzügig, wie sie waren, liehen sie mir einen Pullover, der mir ein wenig zu kurz war, aber was soll's, es war ein Pullover und sie zahlten mir die zwei Monatsbeträge, die mir aus meinem sechsmonatigen Stipendium noch zustanden, im voraus. Von diesem Geld kaufte ich mir Kleidung, einen Anzug etc. Eine Woche später, am 1. März 1940, fing ich als zweite Hilfskraft, außerplanmäßig, bei der Polnischen Bank in Buenos Aires an. Nun, eine kafkaeske Welt. Ein Hungerlohn, etwa hundert Dollar pro Monat, und die Wirtschaftlichkeit war gleich null. Als herausragendes Antitalent in Wirtschafts- und Bankfragen (ich war Philosoph) verstand ich nichts von all den Papieren. Man hatte mich im Bereich europäische Konten eingesetzt, weil ich die indoeuropäischen Sprachen beherrschte, bis auf das Spanische. Nun, es war Krieg, es gab keinerlei Transaktionen und der Bereich europäische Konten war der reinste Friedhof. Die Stunden verstrichen sinnlos, aufreibend, unfruchtbar. Ich kaufte mir ein Lexikon Spanisch-Englisch und eine Grammatik und fing an, Spanisch zu lernen. Außerdem beschaffte ich mir ein Heft und fing an, Sätze und Texte aus den Büchern abzuschreiben, die ich las. Ich war entschlossen, keine Zeile zu schreiben, die ich mir selbst ausgedacht hatte, nichts von mir, keine eigene Idee. Ich hatte auch gar keine Ideen, ich war ein polnischer Zombie. In jenem Moment begann ich, eine Art Tagebuch meines Lebens aus Sätzen anderer zu führen. In jenen toten Stunden in der Bank schrieb ich die Ideen von anderen in ein Heft, das ich in einer Schublade verstecken mußte, wenn der zweite Unterabteilungsleiter kam, der mich einerseits nicht tatenlos herumsitzen sehen wollte, aber andererseits auch keine Arbeit für mich hatte. Das erste, was ich tat, erinnere ich mich, war die Zitate abzuschreiben, die ich in meinem Artikel in der Zeitung *La Prensa* wiedergegeben hatte. Sie sehen, ich hatte immer noch, auch wenn ich völlig ruiniert war, den Instinkt für geistige Urheberschaft. Ich schrieb sie aus dem Spanischen ab, das ich nicht verstand, es war, als kopierte ich Hieroglyphen, ich malte die Buchstaben einen nach dem anderen, ohne zu verstehen, was ich da schrieb, ich hangelte mich an den Anführungszeichen entlang, die sind international. War das nicht ein treffendes Bild für die Situation des kafkaesken Schriftstellers? Der Kopist seines eigenen Textes, den er nicht lesen kann. Nun, um mit Kafka fortzufahren, sagte Tardewski, einige Wochen später kaufte ich in einem Antiquariat in der Calle Corrientes einen Band meiner Ausgabe der *Gesammelten Schriften* von Kafka zurück, die bestimmt derselbe Typ geklaut hat, der sie mir dann verkaufte. Es war Band VI (*Tagebücher und Briefe*). Was wohl aus den anderen fünf Bänden geworden ist?, fragte sich Tardewski. Die hat mit Sicherheit Borges gekauft, sage ich. Ja, sagt er, das ist sehr gut möglich.

So las ich, machte meine Notizen, lernte Spanisch und ließ die Zeit vergehen. Diese Situation währte fast fünf Jahre. Währenddessen las ich in den Zeitungen immer routinierter von dem aufhaltbaren Aufstieg und dem unaufhaltsamen Verfall von Adolf Hitler und seinen Horden. 1945 wurde dann schließlich eine Zweigstelle der Polnischen Bank in Concordia eröffnet und sie schickten mich dorthin, um sich einen so nutzlosen Typen wie mich vom Hals zu schaffen.

Ich kam also, fuhr Tardewski fort, im Januar 1945 in diese schöne Stadt in Entre Ríos. Drei Monate später kündigte ich, gab privaten Sprachunterricht und spielte Schach gegen Geld im Club Social. Hier spielt man alles gegen Geld, aber als sie sahen, wie gut ich war, gingen sie nicht mehr länger auf meine Herausforderungen ein, sondern boten mir eine Sektion mit

Schachkommentaren in der Zeitung an, auf die ich sehr stolz bin und die ich immer noch unterhalte.

In Concordia habe ich mich schnell eingelebt. Niemand wußte etwas über mich. Ich war, was ich war, das heißt, ein Gescheiterter. Ich hatte auf dem Weg diese natürliche Pedanterie verloren, die ich seit meiner Zeit in Cambridge mit mir herumschleppte, diesen fast unfreiwilligen Ausdruck von Verachtung und Überdruß, den diejenigen wie eine Aura um sich herum verbreiten, die sich ihrer Überlegenheit, ihrer herausragenden Intelligenz und des sie erwartenden Erfolges sicher sind. Ich war keineswegs, oder ich hielt mich keineswegs für den brillanten jungen Mann, der ich gewesen war, also fiel es mir leicht, Freunde zu finden. Für alle war ich ein Exilant, der sehr gut Schach spielt und (wie alle Europäer) mehrere Sprachen konnte.

Ich war zu einem Einzelgänger geworden, der Prototyp des alleinstehenden Mannes ohne Beruf, ohne soziale Bindungen, ein Individuum ohne Vergangenheit und ohne Illusionen.

Eines Abends im Club diskutierte ich, fast ohne es zu merken, mit Maier ein paar philosophische Fragen, und zu meinem Ruf als mehrsprachigem Schachspieler gesellte sich noch der des Amateurphilosophen hinzu (was ich ja auch bin). Das erweiterte mein Berufsfeld (ich hörte auf, Spanischunterricht zu geben, und unterrichtete Gymnasiasten, bei denen, wie Sie wissen, jedes Jahr neue Jahrgänge dazukommen und die öfter zu Examen gehen als die Einwohner von Entre Ríos ins Ausland) und verbesserte mein Leben in vieler Hinsicht.

Ich verbesserte es, sagte er, in mehr als einer Hinsicht, weil ich mich dank meines Rufes als Philosoph im Ort mit Professor Maggi anfreunden konnte. Der Professor war Ende der fünfziger Jahre gekommen und ich kannte ihn, weil sich hier jeder kennt. Eines Abends kam er auf mich zu und sagte, er würde gerne mit mir über Vico und Hegel sprechen; er erklärte mir, das interessiere ihn, weil ein gewisser Pedro de Angelis ein Experte in Vico und ein guter Kenner von Hegel gewesen sei und daß Enrique Ossorio, eine Art verwirrter und unglücklicher Held, dessen Leben er rekonstruieren wolle, bei De Angelis Privatunterricht genommen habe und daß in seinen Schriften philosophische Bezüge vorkamen, die er gerne mit mir diskutieren wolle. So fingen wir an, uns zu treffen.

Der Professor, sagte Tardewski, verstand sofort meine Situation; er verstand, daß das, was bei den andern vages Mitleid erweckte, von mir im Laufe meines Lebens mühselig und gewagt konstruiert worden war. Er begriff es sofort und er war der einzige, der ironische Bemerkungen über etwas machen konnte, was den anderen eine Tragödie schien. Nicht, weil er wie ich gewesen wäre, er war alles andere als ein Gescheiterter. Zumindest in dem Sinn, den ich dem Begriff gebe. Er war ein Mann, der sich jeder Sache beharrlich widmete; er dachte nicht in Begriffen von persönlichem Erfolg oder Scheitern. Einmal las er mir einen Satz von Le Roy Ladurie, dem französischen Historiker, vor, er muß hier irgendwo sein, sagte Tardewski; er stand auf, ging zu dem Schrank hinten im Zimmer. Er holte ein schwarzes, in Wachstuch gefaßtes Heft aus einer Schublade und blätterte es im Gehen durch. Dann setzte er eine randlose Brille mit runden Gläsern auf und fing an zu lesen. Die Fähigkeit, die Verwirklichung des eigenen Lebens in historischen Dimensionen zu denken, las Tardewski den in seinem Zitatenheft notierten Satz von Le Roy Ladurie, war für die Menschen, die an der Französischen Revolution teilnahmen, so selbstverständlich, wie es für unsere Zeitgenossen selbstverständlich ist, daß sie, wenn sie auf die vierzig zugehen, ihr Leben als Enttäuschung der Ambitionen ihrer Jugend betrachten. Er sähe in diesem Satz kondensiert, sagte Tardewski, während er die Brille absetzte und das Heft wieder in die Schublade legte, was Marcelo nicht ohne Ironie den historischen Blick genannt hatte. Er amüsierte sich über mich und sagte zu mir, diese Theorie über den Gescheiterten als moderne Inkarnation des Philosophen sei nichts anderes als eine Rationalisierung. Ein einzelner Mensch würde immer scheitern, sagte Maggi, sagte Tardewski. Das einzige, was interessiere, hätte Maggi gesagt, sei die Frage, wozu dieses persönliche Scheitern diene oder was es leiste. Natürlich können Sie eine Frage, die in Begriffen historischer Nützlichkeit gestellt ist, nicht verstehen. Sie haben keine Ahnung von Geschichte, sagte der Professor zu mir, verzeihen Sie, daß ich Ihnen das sage. Sie haben sich von ihrer persönlichen Utopie fehlleiten lassen. Diese Klarheit, die Sie in der Einsamkeit, im Scheitern, in der Lösung von jeder gesellschaftlichen Bindung sehen, ist nichts anderes als eine falsche, persönliche Version der Utopie von Robinson Crusoe. Darin finden Sie keine Klarheit, sagte der Professor; es gibt keinen anderen Weg, Klarsicht zu gewinnen, als von der Geschichte aus zu denken. Für den Professor war klar, daß nur die Geschichte diese *ostranenie* möglich macht, von der wir gerade gesprochen haben. Wie könnten wir die Gegenwart mit all ihren Schrecken ertragen, sagte der Professor in der letzten Nacht zu mir, wenn wir nicht wüßten, daß es sich um eine historische Gegenwart handelt? Ich will damit sagen, sagte er in jener Nacht zu mir, wir können die Gegenwart ertragen, weil wir wissen, wie sie sein wird und in was sie sich verwandeln wird. Das war das, was man seine Gedankenlinie nennen könnte. Wir waren gegensätzlich und doch verbunden. Ich, der Skeptiker, der außerhalb der Geschichte lebt, und er der Mann der Prinzipien, der nur von der Geschichte aus denken kann. Die Einheit der Gegensätze.

Aus diesem Grund, sagte Tardewski, hätte er Maggi ausgewählt, um ihm zu erzählen, was er an jenem Sonntag in dem Zimmer in dem Hotel in der Calle Tres Sargentos begriffen hatte. Besitzlos und allein inmitten der Katastrophe, erzählte ich dem Professor, sah ich plötzlich Sinn in dem, was mir passiert war. Ich saß auf dem Bett, draußen regnete es, und ich fing an nachzudenken, sagte ich zum Professor. Und ich sah alles extrem deutlich vor mir. Was hatte mich dorthin gebracht? Ich befand mich in diesem Zustand absoluter Besitzlosigkeit, im Exil, mein Land von der Landkarte ausgelöscht, ohne Geld, ohne eigene Sprache, ohne Zukunft, ohne Freunde, ohne Kleidung für den nächsten Tag, und wozu das alles? Ich brauchte nur ein wenig den Kopf zu drehen und zu sehen, was da neben mir lag (ein Exemplar der Zeitung *La Prensa*), und da begriff ich. Genau das war's, erzählte ich dem Professor. Denn in dieser Zeitung gab es einen Artikel, den ich geschrieben hatte und nicht lesen konnte, ein Artikel von einem Polen namens Tar*do*wski, in dem ich eine These festhalten, die Urheberschaft an einer Entdeckung sichern wollte, wie man so sagt. Das war eine der letzten Bürden, die ich noch aus meiner akademischen Ausbildung mit mir herumschleppte. Denn ich hatte diesen Artikel nur deswegen geschrieben, um meine Urheberschaft an dieser Idee oder Entdeckung sicherzustellen. Nehmen wir einmal an, ein anderer würde auf dieselbe Idee kommen, dann könnte ich nachweisen, daß ich als erster darauf gekommen bin, wodurch die Idee des anderen zu meiner würde, das heißt, meine Idee wäre von dem anderen nur wiederholt worden. Der Diebstahl erfolgte, wie Sie wissen, von einer anderen Seite. Was hatte ich in diesem Artikel getan, um mich vor einem künftigen Dieb etc. zu schützen? Ich hatte vorweggenommen, daß ich ein Buch zu schreiben gedachte, das auf dieser persönlichen Entdeckung basiert. Ich erwähnte die zentrale Hypothese; ich wies darauf hin, daß die Ereignisse in Europa und mein erzwungenes Exil mich im Moment daran hinderten, die Forschungen abzuschließen, das dokumentarische Material zu vervollständigen etc., *aber* die Idee war schon da und es war meine. Es war lächerlich, wenn man darüber nachdenkt. Ich veröffentlichte mitten im Weltkrieg in *La Prensa* einen Artikel, um mir die geistige Urheberschaft an einem künftigen Buch zu sichern, und die Antwort war ein realer Diebstahl. War das nicht eine Lektion? Ich hatte mich verhalten wie ein lächerlicher Akademiker. Ein Akademiker ohne Akademie; ein Universitätsstudent ohne Universität, ein Pole ohne Polen, ein Schriftsteller ohne Sprache. Aber es ist schwer, den Instinkt für die Urheberschaft zu verbannen. Es gibt wenige Ideen an den Universitäten (es gibt überall wenig Ideen, Wittgenstein hatte zwei in seinem ganzen Leben), aber alle halten das, was sie denken, für eine Idee. Ideen gibt es wenige, originelle Hypothesen sind äußerst selten, Feingold; der Diebstahl ist das Gespenst, das durch die europäischen *Universionen* geistert (und nicht nur durch die europäischen). Nun, kurz und gut, diese Idee, diese Entdeckung, die mich (in jeder Hinsicht) so teuer zu stehen gekommen war, war es wirklich meine? Nein, es war nicht meine, da ich zufällig auf sie gestoßen war, dank der Zusammenkunft zweier Tatsachen oder Ereignisse. Das alles ging im Grunde auf einen Fehler im Katalog der Bibliothek des British Museum zurück. Sie und ich, Tardewski, sagte der Professor, treffen, im übertragenen Sinn, im British Museum zusammen. Ich verstand sehr gut, was er mir damit sagen wollte, sagt Tardewski. Ich kam von dort, von einer Lektüre, ein Werk des Zufalls, das mich aus Cambridge und der Philosophie herausriß und mich nach Warschau brachte und von dort in ein Zimmer im Hotel Tres Sargentos und von dort nach Concordia, Entre Ríos. Der Professor seinerseits interessierte sich immer mehr für den Philosophen, der jahrelang in einem Saal der Bibliothek des British Museum gearbeitet hatte. Er ging dorthin. Ich kam von dort. Ein metaphorisches Zusammentreffen. Um es ein wenig besser zu verstehen, ist es vielleicht angebracht zu erklären, sagte Tardewski, was es heißt, wenn ich sage, ich kam aus dem British Museum, oder in welchem Sinn ich von dort kam oder, wenn Sie so wollen, was ich an jenem Nachmittag 1938 dort entdeckt habe.

Ich war wie jeden Tag in die Bibliothek gegangen, um ein paar Bücher durchzugehen, die ich für meine Doktorarbeit brauchte. Ich mußte einen Band der Schriften des griechischen Sophisten Hippias konsultieren, und als ich ihn bestellte, erhielt ich aufgrund eines Fehlers in den Karteikarten statt des Bandes des griechischen Philosophen eine mit kritischen Anmerkungen versehene Ausgabe von Adolf Hitlers *Mein Kampf*. Ich muß gestehen, fuhr Tardewski fort, daß ich dieses Buch nie gelesen hatte, und es wäre mir auch nie in den Sinn gekommen, wäre da nicht dieser Irrtum gewesen, der die tüchtige, blasse Frau an der Information der Bibliothek des British Museum aufwühlte und aus der Fassung brachte und der auch mich aus der Fassung brachte und aufwühlte, und das über Jahre hinweg.

Diese Verwechslung in der Ordnung des Karteikastens im Jahre 1938 machte das möglich, unter anderem, worüber Sie und ich hier gerade sprechen; zumindest machte er es möglich, daß ich nach Concordia kam, Professor Maggi kennenlernte etc. Aber wir wollen nicht vorgreifen, sagte er. Da ist noch ein wenig Wein, sagt er. Möchten Sie? Gut, sage ich.

Da sagte Tardewski, daß es ihm nie in den Sinn gekommen wäre, dieses Buch zu lesen, und daß er zweifelsohne nie diese Ausgabe mit den kritischen Anmerkungen eines deutschen Historikers mit einer festen antifaschistischen Überzeugung kennengelernt hätte, wäre da nicht diese Verkettung von Ereignissen gewesen. Er sagte, an jenem Nachmittag hätte er gedacht: Da der Zufall (vielleicht zum ersten Mal in der Geschichte, wie die zitternde Frau an der Information beteuerte) die Karteikarten der Reihe HI in der Bibliothek des British Museum vertauscht hatte, da der Zufall oder irgendein verdeckter Nazi, das war in diesem Fall völlig gleich, diese Karten auf diese Weise vertauscht hatte, hätte er, Tardewski, der zudem abergläubig war (logisch bei einem guten Positivisten), geglaubt, was ja auch tatsächlich geschehen war, daß das Schicksal ihm einen Wink geben wollte. Auch wenn ich es nicht so deutlich wahrnahm, ich gehorchte ihm dennoch, mit dem Argument, daß ich an diesem Nachmittag die Lektüre der griechischen Sophisten ruhig vernachlässigen und mich nebenbei ein wenig von der mühseligen Arbeit an der Dissertation erholen könne. Kurzum, sagte Tardewski, ich verbrachte den Nachmittag und einen Teil des Abends im British Museum und las diesen seltsamen delirierenden autobiographischen Monolog, den Hitler in Landsberg 1924 geschrieben, das heißt in Wirklichkeit diktiert hatte, als er eine Strafe von sechs Monaten Gefängnis abbüßte (wie man so sagt). Das erste, was ich dachte, was ich sofort begriff, war, daß *Mein Kampf* eine Art perfekte Kehrseite oder apokryphe Fortsetzung des *Discours de la methode* war. Es war nicht so sehr (oder nicht nur) der von einem Verrückten und Größenwahnsinnigen (Descartes war auch leicht verrückt und größenwahnsinnig) verfaßte *Discours de la methode*, sondern der *Discours* eines Subjektes, das die Vernunft benutzt, seinen Gedanken begründet und ein eisernes System auf einer Hypothese aufbaut, die die perfekte (und logische) Umkehrung des Ausgangspunktes von René Descartes war. Und das ist, sagte Tardewski, die Hypothese, daß der Zweifel nicht existiert, nicht existieren darf, kein Recht hat zu existieren und daß der Zweifel nichts anderes ist als das Zeichen von Schwäche eines Gedankens und nicht die notwendige Bedingung seiner Genauigkeit. Was für Beziehungen gab es oder, besser gesagt, welche kontinuierliche Linie konnte man (so mein erster Gedanke an jenem Nachmittag) zwischen dem *Discours de la methode* und *Mein Kampf* herstellen? Beides waren Monologe von einem mehr oder weniger wahnsinnigen Subjekt, das sich anschickte, jede vorhergehende Wahrheit zu negieren und auf imperative und unbeugsame Art zu beweisen, an welchem Ort, aus welcher Position man ein System errichten kann (und muß), das absolut kohärent und philosophisch unangreifbar war. Beide Bücher, dachte ich, sagte Tardewski, waren ein einziges Buch, die beiden Teile eines einzigen Buches, das mit der nötigen zeitlichen Distanz zwischen den Teilen geschrieben worden war, damit die historische Entwicklung es ermöglichte, daß ihre Ideen sich ergänzten. Könnte dieses Buch (dachte ich, während es in der Bibliothek dunkel wurde) als abschließende Biegung in der Entwicklung des von Descartes eingeläuteten rationalistischen Subjektivismus angesehen werden? Ich denke, ja, dachte ich an jenem Abend, und ich denke es jetzt immer noch, sagte Tardewski. Und ich stelle mich damit, wie Sie sofort gemerkt haben werden, gegen die These von Georg Lukács in seinem Buch *Die Zerstörung der Vernunft*, für den *Mein Kampf* und der Nationalsozialismus die reale Umsetzung der irrationalistischen Tendenz der deutschen Philosophie ist, die mit Nietzsche und Schopenhauer ihren Anfang nimmt. Für mich hingegen, sagt Tardewski, ist *Mein Kampf* bis an ihre äußerste und kohärente Grenze getriebene bürgerliche Vernunft. Ich würde sogar noch weiter gehen, sagt Tardewski, die bürgerliche Vernunft mündet auf triumphale Weise in *Mein Kampf*. Dieses Buch ist die Realisierung der bürgerlichen Vernunft. Es ist die Philosophie als praktische Kritik; nicht die Philosophie, wie sie (nebenbei bemerkt) dieser andere deutsche Philosoph verstand, der die Tage in einem Saal des British Museum zubrachte und die genauen Berichte der aufrichtigen britischen Fabrikinspekteure zur Zeit der industriellen Revolution las; sondern die *andere* Philosophie als praktische Kritik, die ich in Cambridge studiert hatte.

Dann sagte Tardewski, wenn die Philosophie immer nach einem Weg für ihre Realisierung gesucht hätte, wie sollte man sich da wundern, daß Heidegger im *Führer* die Konkretion der deutschen Vernunft sah? Ich treffe kein moralisches Urteil, sagte Tardewski, für mich ist es ein logisches Urteil. Wenn die europäische Vernunft sich in diesem Buch realisiert (sagte ich mir, als ich es las), wie sollte man sich da wundern, daß der größte lebende Philosoph, das heißt jener, der sich für den größten philosophischen Denker des Abendlandes hält, das sofort begriffen hat? Also sind der österreichische Gefreite und der Philosoph aus Freiburg (mit dem im Nachbarhaus lebenden Sein, wie Astrada zu sagen pflegte) nichts anderes als die direkten, natürlichen Abkömmlinge dieses französischen Philosophen, der nach Holland ging und sich vor das Kaminfeuer setzte, um die Gewißheiten der modernen Vernunft festzulegen. Ein vor dem Kamin sitzender Philosoph, sagte Tardewski, ist das nicht die Grundsituation? (Sokrates hingegen, wie Sie wissen, sagte er mir nebenbei, wandelte durch die Straßen und über die Plätze.) Ist nicht darin die Tragödie der modernen Welt zusammengefaßt? Es ist doch vollkommen logisch, sagte er, daß der Philosoph, wenn er sich aus seinem Sessel erhebt, nachdem er sich davon überzeugt hat, daß er über jeden Zweifel erhaben im alleinigen Besitz der Wahrheit ist, eines von diesen brennenden Scheiten nimmt und mit dem Feuer seiner Vernunft die ganze Welt anzündet. Das ist vierhundert Jahre später passiert, aber es war logisch, eine unvermeidliche Konsequenz. Wenn er doch sitzengeblieben wäre. Aber Sie wissen ja, wie schwierig es ist, lange sitzenzubleiben, sagte Tardewski und stand auf, um ein wenig im Zimmer herumzugehen.

Dieser Kerl sitzt also da, in Holland, sagte Tardewski, während er herumging, in Amsterdam, glaube ich, und schreibt die-

sen Monolog. Er blieb stehen. Wußten Sie, sagte er, und ging weiter im Zimmer umher, daß Valéry sagt, der *Discours de la methode* sei der erste moderne Roman? Der erste moderne Roman, behauptet Valery, sagte Tardewski, denn es handele sich um einen Monolog, wo anstatt der Geschichte einer Leidenschaft die Geschichte einer Idee erzählt wird. Nicht übel, was? Wenn man es so sieht, kann man im Grunde sagen, daß Descartes einen Kriminalroman geschrieben hat. Wie kann der Ermittler, ohne daß er sich von seinem Sessel vor dem Kamin erhebt, ohne sein Zimmer zu verlassen, nur mit Hilfe des Verstandes, alle falschen Fährten ausschließen, alle Zweifel einen nach dem anderen zerschlagen, bis er den Täter schließlich hat, es ist das *cogito*. Denn das *cogito* ist der Mörder, daran habe ich nicht den geringsten Zweifel, sagte Tardewski, er blieb wieder stehen und sah mir direkt ins Gesicht. Nicht übel, was, diese Idee von Valéry. Ja, sage ich, nicht übel. Mehr oder weniger zur selben Zeit sagte Brecht, daß es nichts Schöneres gäbe als ein Theorem. Das Theorem von Gödel, sagte Brecht, sage ich zu Tardewski, ist schöner als das erlesenste Gedicht von Baudelaire. Tardewski fing wieder an, im Zimmer herumzugehen. ›*Die strengen Weisen und die liebestollen,* ›rezitiette er im Gehen, ›*sie mögen beide in der reife Zeit die üppigen Katzen, stolz der Häuslichkeit.*‹ Die Sonette von Baudelaire sind aber auch nicht übel, sagte er.
Schön, sagte er dann, wenn der *Discours de la méthode* der erste Roman in dem skizzierten Sinn ist, dann ist *Mein Kampf* seine Parodie, wie Sie sagen würden, sagte Tardewski und setzte sich wieder. Dieser deutsche Monolog schließt das durch französischen Monolog eingeführte System. Hitlers Bericht zeigt, wie die von Descartes eingeführten Diskursformen kanonisiert wurden und bereits veraltet sind. Von daher kann man es als Parodie betrachten.

Zusammenfassend kann man also sagen, sagte er dann, und lassen wir Valéry einmal beseite, der *Discours de la méthode* ist in bezug zu *Mein Kampf*, was *Madame Bovary* zu *Finnegan's Wake* ist. Wir sind von den romantischen Träumen zu den infernalischen

Totenwachen gekommen. Madame Bovary bin ich (das heißt: ich bin die romantischen Träume des Verstandes, diese französische Dame); die Juden sind die Zwillinge Shem und Shaum (das heißt: der erhellende Diskurs der Vernunft findet sich zerstükkelt wieder in dem Murmeln der nächtlichen Opfer).

Bei dieser Totenwache wacht niemand auf, alle sind tot, sagte Tardewski. Und Anna Livia Plurabelle?, frage ich. Anna Livia Plurabelle ist Eva Braun. Oder besser gesagt: Es ist Madame Bovary, reinkarniert in Eva Braun (im übrigen haben sich beide mit Arsen umgebracht). Oder ist nicht *Metempsychose* das Wort, das Molly nicht versteht und nach dessen Bedeutung sie Bloom, den Ewigen Juden, fragt. Aber es wäre nicht seine Absicht gewesen, sagte Tardewski, die Hypothese zu unterbreiten, *Mein Kampf* als Roman zu lesen.

Das war nicht, was ich damals dachte, als es an jenem Abend 1938 in der Bibliothek des British Museum dunkel wurde, sagt Tardewski, der wieder aufgestanden ist und jetzt an der Wand lehnt, unter dem Foto von dem Gesicht dieses Mannes, der mir bekannt vorkommt und den ich doch nicht identifizieren kann. Er sagte, während ich *Mein Kampf* las, dachte ich, daß dieses Buch – ich sagte es Ihnen ja bereits – praktische Kritik und Höhepunkt des europäischen Rationalismus gleichsam in sich vereint. Diese Feststellung war für mich der Anfang vom Ende der Philosophie. Ich hatte das erst viel später begriffen, sagte er, aber an jenem Nachmittag war die Philosophie, so wie man sie in Cambridge lehrte, am Ende. Ich bin lieber, sagte er, ein Gescheiterter als ein Komplize. Erinnern Sie sich an Maier? Ich habe nichts getan, sagt er, wenn die Gewissensbisse ihn zwingen, sich zu rechtfertigen. Ich habe niemanden umgebracht, ich habe die ganze Hitlerzeit über in der Bibliothek gesessen und Biologiebücher klassifiziert. Ich war auch in einer Bibliothek, wo sollte ich auch sonst sein, wenn ich die Hälfte meines Lebens in der Bibliothek zugebracht hatte?, aber der Zufall kam mir zu Hilfe und ich fing ganz langsam, aber unerbittlich an zu begreifen. Das ist sie also, die Philosophie, dachte ich bei mir, dahin sind wir gekommen, das ist aus dem *cogito* geworden, dem teuflischen Ei, das Descartes zu Hause am Kamin in Holland ausgebrütet hat. Der Schlaf *dieser* Vernunft bringt Ungeheuer hervor. Im Grunde genommen, lassen Sie sich das gesagt sein, bin ich ein Rationalist, ich glaube an die Vernunft, denken Sie nicht, ich würde diesem aktuellen Trend folgen, bei dem die Tugenden der Irrationalität gepredigt werden. Aber *diese* Vernunft hat direkt zu *Mein Kampf* geführt. Deswegen konnte Heidegger, dachte ich, im Juli 1933 in seinem berühmten *Völkischen Beobachter* in Freiburg behaupten: »Weder die Postulate noch die Ideen sind die Regeln des Seins. Nur die Person des Führers ist die gegenwärtige und künftige Vernunft Deutschlands und auch ihr Gesetz.« Er hat *Mein Kampf* gelesen und verstanden, dachte ich. »Von jetzt an darf es ihm nicht wichtig sein zu erforschen, ob dieses oder jenes wahr ist, sondern ob es im Einklang mit der nationalsozialistischen Bewegung steht.« 1933. Heidegger *in* Hitler. Und ich schrieb eine Arbeit über Heidegger *in* den Präsokratikern? War nicht die Tatsache, daß man mir statt des bestellten Buches eines alten weisen sophistischen Philosophen *Mein Kampf* von Hitler aushändigte, eine philosophische Entdeckung, ein metaphysischer Tausch? Wo doch Heidegger genau dasselbe getan hatte. Er hatte, ohne daß ihm der Zufall zu Hilfe kommen mußte, Parmenides (oder Hippias, für den Fall ist das gleich) gegen Hitler getauscht. Das ist nichts Verwerfliches, ich meine, es ist keine moralische Verfehlung, sondern eine logische Entscheidung. Dieser Mann, Heidegger, hat *Mein Kampf* gelesen und danach vor dem Kamin, vielleicht im Haus des Nachbarn, in Freiburg, angefangen nachzudenken. *Sein* und *Zeit.* Man muß dem Sein Zeit geben, damit es im Führer leibhaftig wird, das ist alles, dachte ich an jenem Nachmittag, als ich in der Bibliothek des British Museum saß. So hatte die Philosophie für mich angefangen, auf ihr Ende zuzusteuern. Die Ordnung der Reihe HI im Katalog der Bibliothek. Es genügte, wie Sie sehen, eine einfache Vertauschung der Karteikarten. Hi, hi, kreischte ich. Hi, hi, wie ein Tier, das man aus seinem Bau treibt. Hi, hi, kreischte ich erschreckt.

Ohne es zu wissen hatte ich angefangen, die Reise vorzubereiten, die mich nach Concordia, in dieses Haus, zu diesem angenehmen Plauderstündchen mit Ihnen führen würde. Was wäre geschehen, wenn ich, wie vorgesehen, den Band mit den Schriften von Hippias bekommen hätte? Wenn dieser perverse Einschub sich nicht ereignet hätte? Eine sinnlose Frage, die sich aber leicht beantworten läßt, sagte Tardewski. Ich wäre mit der leuchtenden Glückseligkeit, die einem Mann die reine philosophische Abstraktion schenken kann, mit der Lektüre der erhaltenen Fragmente von Hippias vorangekommen und am Ende des Nachmittags hätte ich meine Papiere geordnet, wäre in mein Studierzimmer in Cambridge mit demselben blinden Vertrauen an meine Zukunft zurückgekehrt, mit dem ich an jenem Mittag die Treppen des British Museum hinaufgestiegen war. Ich hätte weiter an meiner Studie gearbeitet und ich hätte mich zweifellos nicht entschlossen, meine Ferien im August 1939 in Warschau zu verbringen, um ein paar Daten über Kafka zu recherchieren, und wäre deshalb auch nicht in diesem abgelegenen Winkel an der argentinischen Küste gelandet etc.

Aber ich wollte heute hier nicht mit Ihnen über die Gesetze des Zufalls reflektieren. Es fasziniert uns alle, an die Leben zu denken, die wir hätten leben können, wir alle haben unsere ödipalen Scheidewege (im griechischen und nicht im Wiener Wortsinne), unsere entscheidenden Momente. Es fasziniert uns alle und manch einen kommt diese Faszination teuer zu stehen. Einen Freund von mir hat beispielsweise so ein Gedanke das Leben gekostet. Weil er kurz stehengeblieben war, um in das Schaufenster eines Schuhladens zu schauen, kam er zwanzig Sekunden zu spät zum Bahnhof und sah seinen Zug gerade davonfahren. Er verpaßte den Zug und kam deswegen zu spät zu einer Verabredung, und seine Verlobte, die ihn erwartete, war zutiefst beleidigt, sie hielt die Verspätung für ein klares Zeichen von mangelnder Liebe, sie wollte keine Gründe hören, löste das Eheversprechen und heiratete einen Offizier des polnischen Heeres; das löste einen so tiefen Schmerz in meinem Freund aus, daß es ihm tagelang im wörtlichen Sinne unmöglich war, das Bett zu verlassen, er verbrachte die Stunden liegend und dachte an die militärischen Kopulationen seiner Geliebten mit dem Offizier der Kavallerie. Er rauchte und stellte sich häufige und niederschmetternde erotische Szenen vor, in denen seine Ex-Verlobte mit zynischer und lasterhafter Freude für alle reiterlichen Vorlieben des Offiziers zu haben war; im Bett liegend sah er immer wieder den letzten Waggon das abfahrenden Zuges vor sich, er dachte daran und rauchte, bis er eines frühen Morgens mit der brennenden Zigarette in der Hand einschlief und in den Flammen des Bettes verbrannte, das nur im übertragenen Wortsinn vom Feuer der Leidenschaft verzehrt wurde.

Es bringt nichts, über den Zufall nachzudenken, vor allem, wenn der, der darüber nachdenkt, jemand ist wie ich, der davon überzeugt ist, daß alles vorbestimmt ist und das Zufall nur ein Name ist, den wir der Anordnung der Karteikarten der Reihe HI im Katalog der Bibliothek des British Museum geben. Es handelte sich damals nicht, sagte er, um die Gesetze des Zufalls, sondern um einen geheimeren Zusammenhang. Wie dem auch sei, jedenfalls, anstatt in mein Zimmer zurückzugehen, wie ich es getan hätte, wenn ich das Buch bekommen hätte, das ich konsultieren wollte, blieb ich bis Mitternacht sitzen, fasziniert von dem Buch von Hitler und vor allem von der Entdeckung, die ich an jenem Tag, ausgehend von *Mein Kampf*, machte. Nicht die Entdeckung, die mit den wirren philosophischen Reflexionen zusammenhängt, die ich Ihnen gerade erläutert habe, sondern eine andere, noch eine Entdeckung. Oder besser gesagt, *die* Entdeckung, auf die ich meine Erzählung jetzt beschränken will, um Digressionen zu vermeiden, sagte Tardewski. Tardewski, sagte der Professor immer zu mir, Sie ähneln General Lucio Mansilla, sie leiden unter derselben Digressionsgier. Und wer ist dieser General Mansilla?, fragte ich ihn. Eine wortgewandte Memme aus dem 19. Jahrhundert, antwortete der Professor. Ein Dandy, von dem man sagen kann, er hat aus seinem ganzen Leben eine einzige lange Digression gemacht. Also werde ich versuchen, die Digressionen zu vermeiden, sagte Tardewski, und mich auf die Erzählung dieser Entdeckung beschränken, die dazu beitrug, mein Schicksal zu verändern.

Abgesehen von den Überlegungen zu dem philosophischen Gehalt von *Mein Kampf* hatten ihn, wie er sagte, natürlich ebenso die kleinen Randepisoden des ungewöhnlichen, um nicht zu sagen außergewöhnlichen Lebens von Hitler interessiert. Besonders eine bestimmte Phase seines Lebens, man könnte sagen, die am wenigsten geschichtsträchtige oder die am wenigsten publik gewordene; und damit meine ich, sagte er, vor allem die Jahre, in denen sich seine Persönlichkeit entwickelt hat, und insbesondere die Kommentare und Anmerkungen, mit denen Doktor Kluge Hitlers Darstellung dieser Phase seines Lebens analysierte und ergänzte.

Zwischen 1905 und 1910, also ab seinem achtzehnten Lebensjahr, ist Hitlers Existenz unglaublich und pathetisch zugleich. Denn zu jener Zeit will Hitler sich in der Kunst einen Namen machen, er will sich unbedingt als Künstler verwirklichen, und zwar als Maler. Er pflegt eine Art Bohèmeleben, irrt ziellos durch die Kunstszene und die Treffpunkte der Literaten und Intellektuellen von Wien, wo die ganze Versagerbande anzutreffen ist, von der wir eben gesprochen haben. Seine Mutter sorgt für ihn, während er sich zu einem einsamen Traumtänzer entwickelt, der große Pläne schmiedet. Eigentlich wollte Hitler also ein berühmter Maler werden. Nun gut, sagte Tardewski, der Wunsch Hitlers, ein berühmter Maler zu werden, war von vornherein zum Scheitern verurteilt. Dieser farblose und leicht erregbare junge Mann hatte eher das Zeug dazu, sich – sagen wir mal – in einen Diktator zu verwandeln, in einen armseligen kleinen Caesar, der halb Europa unterwirft, als aus sich einen Maler zu machen, er hätte nicht einmal zu einem mittelmäßigen getaugt, und schon gar nicht zu einem berühmten. Doch genau das wollte er werden: ein berühmter Maler. Ein berühmter Maler, was war das wohl für Adolf Hitler? Das ist schwer zu sagen, möglicherweise träumte er vor allem von dem Erfolg, den ein Maler nach gängiger Vorstellung genießt, wenn sein Werk erst einmal anerkannt ist und allseits bewundert wird. Hitler wollte zweifellos gleich zu Beginn in der Berühmtheit schwelgen, die großen Malern erst nach dem Tode zuteil wird.

Kurzum, Hitler war ein miserabler Maler. Noch schlimmer: Er malte Kitsch. Er kopierte und illustrierte Postkarten und verkaufte diese in den Kneipen, das muß man sich einmal vorstellen. Wild entschlossen, Karriere zu machen und zu technischer Perfektion zu gelangen, versucht er, in die Akademie der Schönen Künste aufgenommen zu werden, scheitert dabei aber zweimal hintereinander in den Jahren 1907 und 1908. Er besteht einfach die Prüfungen nicht. Und wenn er nun tatsächlich aufgenommen worden wäre, was dann? Eine müßige Frage, wir haben diese Möglichkeit durchgespielt und verworfen. Auf jeden Fall wäre der abenteuerliche Werdegang Hitlers als Maler, seine Aufnahme in die Akademie, seine Übersiedlung nach Paris etc. Stoff für eine exzellente Science-Fiction-Story mit pikareskem Einschlag. So im Stil von Philip Dick, nur eben komisch. Haben Sie Philip Dick gelesen?, fragt mich Tardewski. Ich antworte, ja, ich habe Philip Dick gelesen.

Nun gut, sagt Tardewski, kümmern wir uns nicht darum, was passiert wäre, wenn Hitler als Maler Erfolg gehabt hätte, und beschränken wir uns lieber auf die Tatsachen. Entscheidend ist, daß Hitler in diesen Jahren, sagen wir zwischen 1905 und 1908, mehr oder weniger spontan die antikapitalistische Ideologie des marginalisierten Künstlers auf seine Fahnen schreibt, der sich von der spießbürgerlichen, materialistischen und vulgären Gesellschaft nicht anerkannt fühlt. Andererseits durchläuft er parallel dazu seine – nennen wir es – *Education* oder im deutschen Sinne seine Lehrjahre. Wir wenden uns jetzt also sozusagen seinem intellektuellen Bildungsroman zu.

Aufgrund Kluges detallierter Recherchen konnte man sich eine Vorstellung von den Texten machen, die für Hitler die ideologische Grundlage bildeten und ihn dazu brachten, sich politisch zu engagieren. Unter den Hauptwerken verdient eine Zeitschrift besondere Erwähnung, eine weitverbreitete Broschüre, die auf dem Titelblatt den wohlklingenden Namen der germanischen Frühlingsgöttin trägt: *Ostara* (diese Zeitschrift wird übrigens von Kafka zweimal in seinen Tagebüchern erwähnt, ein wichtiger Punkt, der uns mitten in die Geschichte führt, die ich Ihnen erzählen will, sagte Tardewski und schloß damit eine seiner gedanklichen Parenthesen). Diese Zeitschrift, deren gesammelte Hefte ich in der besagten Bibliothek des British Museum ein paar Tage später durchblätterte, verfocht ein mythologisiertes rassistisches Geschichtsbild, so exzentrisch wie blutrünstig, verfaßt von einem Ex-Mönch namens Adolf Lanz (1874–1954). Dieser *andere* Adolf nennt sich Adolf Lanz von Liebenfels und versucht, einen Männerorden aus Ariern, blond und blauäugig etc., zu gründen. Die Ordensburg, fuhr Tardewski fort, befand sich in Werfenstein, Niederösterreich, und wurde mit finanzieller Hilfe deutscher Industrieller erworben, die von Liebenfels' Ideen unterstützten. Diese ursprüngliche Verbindung eines messianischen Adolf mit mächtigen deutschen Industriellen erscheint wie eine vorweggenommene Parodie der undurchsichtigen Verflechtung Hitlers und seiner Rotte Wahnsinniger mit den besseren Kreisen des deutschen industriellen Großbürgertums, den Krupps und Gerlachs, mit deren Hilfe er 1933 an die Macht kam. 1907 hißt der Ex-Mönch die Hakenkreuzflagge als Symbol seiner Bewegung auf der Ordensburg in Werfenstein. Das Gedankengebäude dieses überspannten Vorreiters einer arioheroischen Mythologie ist in seinem Werk *Theozoologie* aus dem Jahre 1904 dargelegt. Wie der Titel schon sagt, handelt es sich um eine Art theologischer Zoologie, auf deren Seiten in einer hartnäckig barocken Prosa, die – erfolglos – die Rhythmen der Bibel in der Lutherübersetzung imitieren soll, ein abstruser, mystisch angehauchter Gedankenmischmasch zirkuliert, der seine Quelle in einem religiös sublimierten, biologisch verbrämten Rassismus hat. Hitler las wieder und wieder aufmerksam dieses Werk, aus dem er ganze Absätze in *Mein Kampf* übernimmt. Darüber hinaus bittet Hitler 1908 Lanz in einem Brief, ihm einige Ausgaben von *Ostara* zu schicken, damit er seine Sammlung vervollständigen kann.

Wir sehen also, sagt Tardewski, daß in diesen Lehr- und Wanderjahren, geprägt von unsystematischer Lektüre und künstlerischem Bohèmeleben, die Weltanschauung von Hitler zunehmend Gestalt gewinnt. Doch wenn Sie erlauben, sagt er, am besten ist, ich lese Ihnen etwas vor. Er steht auf, geht durchs Zimmer und auf das hintere Möbel zu. Er öffnet die Schublade und holt das schwarze Notizbuch heraus. Ah, da haben wir's, sagt Tardewski, nachdem er sich die Brille aufgesetzt hat, hier, sagt er, und setzt sich wieder, Hitler selbst schreibt hier, stellen Sie sich das mal vor, sagt er und fängt an zu lesen. Während jener Zeit, las Tardewski und blickte dann zu mir herüber, das ist Originalton Hitler in *Mein Kampf*. Während jener Zeit entwickelte ich meine Weltanschauung, die zum granitenen Fundament meines Handelns wurde. Abgesehen von dem, was ich aus diesen Jahren als Erfahrungsschatz mitgenommen habe, las Tardewski, blickte dann erneut zu mir herüber und sagte, er bezieht sich hier auf die Jahre 1905, 1906 bis 1910. Abgesehen von dem, was ich aus diesen Jahren als Erfahrungsschatz mitgenommen habe, habe ich wenig dazulernen müssen. Und umdenken überhaupt nicht, las Tardewski aus Hitlers *Mein Kampf*. Und umdenken überhaupt nicht, sagte er, man beachte, sagte Tardewski und nahm die Brille ab. Wir können also sagen, daß Hitler, ohne von seinen Träumen an eine Zukunft als großer Künstler und seinem Bohèmeleben abzulassen, gegen Ende 1908, Anfang 1909, eine nahezu festgefügte Weltanschauung hatte, wenn auch nur grob und oberflächlich. Das ist der erste Punkt, den ich festhalten möchte, sagte Tardewski.

Punkt zwei. Darauf will ich hinaus. Eine undurchsichtige und mysteriöse Begebenheit im Leben Hitlers übte eine magnetische Anziehungskraft auf mich aus, an jenem Nachmittag im Jahre 1938.

Hitler verschwindet zwischen dem Oktober 1909 und dem August 1910 fast ein ganzes Jahr aus Wien. Er ist schlichtweg verschwunden und keiner weiß, was los ist. Die offiziellen Biographen verändern die Chronologie und Hitler selbst ändert die Daten in *Mein Kampf*, um diese Lücke unkenntlich zu machen.

Kluge, ein geduldiger und sehr scharfsinniger Forscher, lüftet gegen 1935 das Geheimnis um das von Hitler so sorgfältig vertuschte Verschwinden. Er enthüllt vor allem das Motiv dieses

Verschwindens. Erlauben Sie mir, daß ich Ihnen noch einen Absatz vorlese, sagt Tardewski, während er seine Brille geraderückt. Das stammt aus der Feder von Kluge, sagt er. Die Gründe für sein vertuschtes und abruptes Verschwinden waren lange Zeit hindurch ungeklärt. Wie die Dokumente in Anhang 3 zeigen – so las Tardewski aus seinen Exzerpten von den kritischen Anmerkungen des antifaschistischen Historikers Joachim Kluge zu der 1936 in London im Verlag der Exildeutschen *German Liberty* erschienenen Ausgabe – hat sich in Wirklichkeit folgendes zugetragen. Hitler entzog sich der Pflicht zur Musterung, die in den Jahren 1909 und 1910 durchgeführt wurde. Sein Verschwinden war eine Flucht vor dem Militärdienst. Die Nachforschungen der österreichischen Behörden führten zu seiner vorläufigen Verhaftung und seiner Verlegung nach Salzburg im September 1910, las Tardewski und blickte auf. Das war eines der Ziele der Forschung von Kluge, sagte er, während er die Brille absetzte. Eine weitere biographische Facette, in der Tat ebenfalls fast parodistisch anmutend: der überschwengliche Verteidiger des preußischen Militarismus, der unheilvolle Konstrukteur einer grauenhaften militarisierten Gesellschaft war selbst ein Deserteur gewesen. Das schlimmste Delikt, das ein Deutscher nach den Gesetzen der Nazis begehen konnte. Aber diese Paradoxie war nicht der Kernpunkt, zumindest nicht für mich.

Das Wesentliche war etwas anderes; die für mich ausschlaggebende Entdeckung machte ich beim Lesen einer Randnotiz, einer kurzen Fußnote, das Ergebnis der Detailbesessenheit und Akribie des deutschen Historikers, dessen Ausgabe von *Mein Kampf* ich an diesem Nachmittag in den Händen hielt. Kluge gab nämlich an, daß Hitler diese Monate als Flüchtling in Prag verbracht hatte. In der erwähnten Fußnote fügt er so nebenbei – um die Detailgenauigkeit seiner Studie zu demonstrieren – an, daß Hitler unter anderem fast täglich das Café *Arcos* in der Prager Hybernergasse besuchte, Treffpunkt einer Gruppe deutschsprachiger tschechischer Intellektueller, der »Arconauten«, wie Karl Kraus die Künstler, Schriftsteller und Bohemiens nannte, die dort ihren Treffpunkt hatten.

Während ich diese kleine Fußnote las, sah ich eine plötzliche Verbindung, ganz ähnlich dem, was Wissenschaftler und Philosophen gewöhnlich erleben oder zumindest häufiger beschreiben und was sie als *Entdeckung* bezeichnen: die unerwartete assoziative Verknüpfung von zwei isolierten Tatbeständen, von zwei Vorstellungen, durch deren Verbindung etwas Neues entsteht. In meinem Fall handelte es sich um die Verbindung zwischen zwei Texten, die ich rein zufällig nacheinander gelesen hatte.

Der Tag vor diesem besagten Nachmittag im Jahre 1938, den ich im British Museum verbracht hatte, war ein Sonntag. Im *Times Literary Supplement* hatte ich eine exzellente und ausführliche Rezension gelesen, in der gleichzeitig das Erscheinen des VI. Bandes (*Tagebücher und Briefe*, Prag 1937) der *Gesammelten Schriften* von Kafka und die als Abschluß der ersten Gesamtausgabe der Werke Kafkas gedachte Biographie von Max Brod (*Franz Kafka. Eine Biographie. Erinnerungen und Dokumente*, Prag 1937) kommentiert wurden. Unter den abgedruckten Zitaten und Textstellen von Kafka bzw. Brod war ein Hinweis, der mir an diesem Sonntag gar nicht besonders aufgefallen war, doch tags darauf bei der Lektüre der Fußnote von Kluge ging mir ein Licht auf. Und zwar, sagte Tardewski, und schlug erneut das Notizbuch auf. Max Brod animierte den stets unentschlossenen Kafka, mit den Intellektuellenzirkeln des Café *Arcos* in Verbindung zu treten, las Tardewski, und verhinderte so bis 1911, daß Kafka den Kontakt zu seiner Umwelt verlor. Das schrieb der Rezensent der *Times*, sagte Tardewski, und fügte ein Fragment eines Briefes von Kafka vom Januar 1910 hinzu, den Brod in seiner Biographie zitiert hatte. Ich bin jetzt froh, daß ich doch endlich etwas lerne, las Tardewski aus dem Schreiben von Kafka, und deshalb werde ich diese Woche an meinen Platz im *Arcos* zurückkehren. Den Abend über würde ich sehr gern dort sein, denn um sieben Uhr sind die Besten eingetroffen, aber ich fürchte, wenn ich so angeregt diesem Stimmengewirr lausche, so stört es mir das Lernen den ganzen nächsten Tag. Und verschwenden darf ich keine Zeit. Also ist es besser, wenn ich nur bis Mitternacht in dem Café bleibe und danach den *Kügelgen* lese: gute Beschäftigung für ein kleines Herz und für den Schlaf, wenn er anfängt. Ich grüße Dich schön. Franz.

Januar 1910. Café *Arcos*, sagt Tardewski, Hybernergasse, Prag. So kam es aus purem Zufall zu der Entdeckung, wenn Sie so wollen.

Während der folgenden Wochen war ich damit beschäftigt, weitere Hinweise zu suchen, die meine Intuition bekräftigen und bestätigen würden. Und ich stieß mit einer Leichtigkeit, die mich selbst überraschte, hinsichtlich dieser ganz und gar außergewöhnlichen Tatsache auf eine ganze Reihe unwiderlegbarer Beweise. Ich fand die Beweise schneller als erwartet, und sie ließen sich so perfekt zusammenfügen , daß ich auf den Gedanken kam, Entdeckungen seien stets in jedermanns Reichweite, doch daß man achtlos an den Schätzen, die da im Sonnenlicht blinken, vorübergeht. Weil selbst ein Forscher, sagen wir, ein Kafka-Spezialist, unter Umständen – auch wenn er danach gesucht hätte – nicht herausgefunden hätte, was mir ganz zufällig ins Auge fiel und zu der Entdeckung führte. Die Fakten und ihre offenkundige Verbindung liegen so klar auf der Hand, daß es mir unbegreiflich ist, daß noch niemand darauf gekommen sein soll. Beispielsweise gibt es zwei Briefe von Kafka, in denen er einen exilierten Österreicher erwähnt, der immer ins *Arcos* kommt. So erwähnt Kafka in einem Brief vom 24. November 1909 seinem Freund Rainer Jauss gegenüber diesen seltsamen kleinen Mann, der behauptet, Maler zu sein, und der aus einem undurchsichtigen Grund aus Wien geflohen ist. Er heißt Adolf, sagt Kafka, sagt Tardewski zu mir und sucht in den Seiten seines Notizbuches. Er heißt Adolf und er spricht Deutsch mit einem seltsamen Akzent, wenngleich die Geschichten, die er erzählt, nicht weniger seltsam anmuten. Seltsam zumindest für jemanden, der behauptet, Maler zu sein, denn Maler sind stumm, sagt Kafka, sagte Tardewski, als er am Ende des ersten Briefes angekommen war, in dem ein Österreicher im Exil namens Adolf erwähnt wird. Der zweite Brief ist an Max Brod gerichtet, wenige Tage später geschrieben – am 9. Dezember 1909, um genau zu sein –, sagt jetzt Tardewski, und Kafka bezieht sich darin auf ein Manuskript, sehr wahrscheinlich eine der Skizzen zu *Hochzeitsvorbereitungen auf dem Lande*, die er einen Tag zuvor zu Brod mitgenommen hatte, um ihm daraus vorzulesen. Gestern, liest Tardewski und bemerkt, es handele sich um das Ende des Briefes. Gestern, als wir über das Manuskript sprachen, stand ich noch ganz unter dem Einfluß des Gespräches mit Adolf, den ich dir gegenüber zu diesem Zeitpunkt nicht erwähnte. Er hatte einige Dinge gesagt, die mir nicht aus dem Kopf gingen, und da ich noch seine Worte im Ohr hatte, ist es sehr gut möglich, daß mir eine Ungereimtheit entschlüpft ist, ein fortlaufender Gedanke, der nur unausgesprochen seltsam ist, las Tardewski. Von Kafka an Brod, sagte er, am 9. Dezember 1909.

Adolf, sagt Tardewski nun. Wie ist es nur möglich, dachte ich bei mir, daß niemand vor mir darauf gekommen ist? Aber so ist es nun mal, sagt er zu mir. Niemand versteht zu lesen, niemand liest richtig; denn um richtig zu lesen, sagt Tardewski, muß man assoziieren können. Der erste, hören Sie gut zu, der *erste* Eintrag im Tagebuch Kafkas ist vom 12. Mai 1910. Dort heißt es, sagt Tardewski. Die Zuschauer erstarren, wenn der Zug vorbeifährt, las Tardewski den ersten Satz des ersten Eintrags im Tagebuch von Kafka, geschrieben am 12. Mai 1910. Darauf folgt ein Absatz, sagt Tardewski. Dann heißt es, sagt er und liest: Sein Ernst bringt mich um. Den Kopf im Kragen, die Haare unbeweglich um den Schädel geordnet, die Muskeln unten an den Wangen an ihrem Platz gespannt …, Pünktchen, Pünktchen, las Tardewski. In der unmittelbar folgenden Zeile notiert Kafka dies: Diskussion mit A. Das wollte ich nicht sagen, sagt er zu mir, liest Tardewski. Sie kennen mich bereits, Doktor. Ich bin ein vollkommen harmloser Mensch. Ich mußte mir das von der Seele reden. Das sind doch nur Worte. Ich unterbreche ihn. Das ist ja gerade das Gefährliche. Die Worte ebnen den Weg, sie gehen den kommenden Taten voraus, sie sind die Funken, die später Brände entfachen. Es lag nicht in meiner Absicht, das zu sagen, antwortet mir A. Sie sagen es aber, antworte ich ihm und versuche zu lächeln. Wissen Sie denn, wie die Dinge wirklich liegen? Vielleicht sitzen wir bereits auf dem Pulverfaß, das Ihren Wunsch in die Tat umsetzt.

Warum war bloß niemand darauf gekommen?, hatte sich Tardewski gefragt. Oder lesen wir einfach nur, was wir bereits das ein oder andere Mal gelesen haben, um in den Worten genau das vorzufinden, was nach unserem Wissen in ihnen liegt, ohne daß irgendeine unverhoffte Wendung je den Sinn verändern könnte? Das habe er sich zunehmend gefragt, sagte Tardewski, als er seine Entdeckung mehr und mehr bestätigt fand.

Bedenken Sie, sagt er nun zu mir, daß einer der Jugendfreunde von Hitler, d.h. zu der Zeit, als Hitler lediglich ein Hungerkünstler war und ihn, *Ostara* lesend, einzig und allein seine Illusionen und der Traum von künftiger Größe aufrechterhielten, daß also der Musiker August Kubizek in *Adolf Hitler, mein Jugendfreund*, Graz 1933, über die für uns relevanten Jahre 1909, 1910 schreibt, sagte Tardewski und zitierte: Adolf Hitler konnte so wundervoll Pläne machen, wie er sich die Zukunft der Welt vorstellte, er verstand es, seine Vorstellungen und Pläne so faszinierend darzulegen, daß man ihm endlos hätte zuhören können, so bezaubernd und verführerisch waren seine Worte, so maßlos, so übergenau und weitschweifig waren seine Beschreibungen dessen, was die Welt in der Zukunft von ihm zu erwarten habe.

Auf wen kann Kafka sich beziehen, wenn nicht auf diesen Propagandisten des Wahns, auf diesen kleinen Propheten des Weltschmerzes, wenn er in der vierten Skizze von *Beschreibung eines Kampfes* folgendes schreibt? Erzählen Sie mir alles, von Anfang bis zu Ende, las Tardewski. Weniger höre ich nicht an, das sage ich Ihnen. Aber auf das Ganze brenne ich. Denn Ihr Vorhaben ist so abscheulich, daß ich, nur wenn ich es anhöre, mein Entsetzen verbergen kann.

In diesen Monaten trafen sie sich in Prag; der Mann, der nichts als Worte und Pläne hatte, ein Mann, der wie folgt beschrieben wurde, sagte Tardewski. Gegen 1909 zeichneten sich bereits die Züge ab, die später den Fanatiker und Diktator ausmachen sollten: ein delirierender Egozentrismus gepaart mit hysterischem Selbstmitleid. Hinzu kam, las Tardewski, daß sich bei Hitler schon sehr deutlich ein unkontrollierter Zukunftswahn bemerkbar machte, ein unaufhörlicher Wortschwall, in dem seine Projekte, so riesig wie skrupellos, Gestalt annahmen. Das schrieb Joachim Kluge, sagte Tardewski, über Hitlers Jugend in seinen Anmerkungen zu der kritischen Edition von *Mein Kampf.* Was Kafka angeht, sagte er, so könnten wir viel über den Kafka jener Jahre sagen. Brod hat erzählt, welchen Eindruck er hinterließ. Es ging, liest Tardewski nun, etwas ungewöhnlich Starkes von ihm aus, was ich nie wieder angetroffen habe. Nie sprach er ein unbedeutsames Wort, was von ihm kam, war ein Ausdruck seiner den Narrheiten der Welt gegenüber ironisch nachsichtigen, daher schmerzlich humorvollen Betrachtungsweise. So spricht Max Brod von jenem Kafka, und er definiert ihn vor allem als guten Zuhörer. Kafka, liest Tardewski, konnte stundenlang zuhören. Gegenüber der Welt verhielt er sich vor allem wie ein zurückhaltender und einsilbiger Zuhörer. Er verhielt sich wirklich, las Tardewski in seinem Notizbuch, wie jemand, der stets ganz Ohr ist, der zu hören vermag. Und das ist die treffendste Art, ihn zu beschreiben, sagte Tardewski. Der Mann, der durch das unaufhörliche Murmeln der Opfer hindurch die Worte hören kann, die eine andere Wahrheit verkünden. Hören wir für einen Moment, sagte Tardewski, die Stimme jenes Kafka.

Ich muß so dringend jemanden suchen, der mich nur freundlich berührt, daß ich gestern mit einer Dirne im Hotel war. Sie ist zu alt, um noch melancholisch zu sein, nur tut ihr leid, wenn es sie auch nicht wundert, daß man zu Dirnen nicht so lieb wie zu einem Verhältnis ist. Ich habe sie nicht getröstet, da sie auch mich nicht getröstet hat.

Kafka, der Einzelgänger, sagt Tardewski, an einem Tisch des Café *Arcos* sitzend, in Prag, im Februar 1910 und gegenüber Adolf, der Maler, ein falscher Titorelli, fast eine Traumgestalt. In seinem unverwechselbaren Stil, den wir heutzutage alle nur zu gut kennen, entwickelt der kleine österreichische Spießbürger mit den Flausen im Kopf, der in Prag untergetaucht ist, weil er desertiert hat, dieser erfolglose Künstler, der seinen Lebensunterhalt damit verdient, Postkarten zu malen, gegenüber jemandem, der einmal Franz Kafka sein wird, seine genäselten, maßlosen Wunschträume, in denen er seine Verwandlung in den Führer voraussieht, in das Oberhaupt, den unumschränkten Herren über Millionen von Menschen, Dienern, Sklaven, seiner Herrschaft unterstellten Insekten, sagt Tardewski.

Das Wort *Ungeziefer*, sagte Tardewski, mit dem die Nazis die Gefangenen der Konzentrationslager bezeichnen sollten, ist dasselbe Wort, das Kafka benutzt, um den verwandelten Zustand von Gregor Samsa zu beschreiben, als dieser eines Morgens aufwacht.

Die abscheuliche Utopie einer Welt, die sich in eine immense Strafkolonie verwandelt hat, darüber spricht Adolf, der kleine und groteske Deserteur, mit Franz Kafka, der hört, wovon er spricht, an den Tischen des Café *Arcos*, in Prag, Ende 1909. Und Kafka glaubt ihm. Er hält es für *möglich*, daß die unmöglichen und abscheulichen Pläne dieses lächerlichen und hungerleidenden kleinen Mannes in Erfüllung gehen und die Welt sich in das verwandeln könnte, was die Worte vor seinen Augen erschufen: Das Schloß des Befehls und des Hakenkreuzes, die Maschine des Bösen, die ihre Botschaft in das Fleisch der Opfer tätowiert. Hat er nicht die grauenhafte Stimme der Geschichte vernommen?

Waren die Worte erst ausgesprochen, so ließen sie sich auch in die Tat umsetzen; dies erfaßte Kafka und darin liegt sein Genie. *Ostara*, germanische Göttin des Frühlings. Erzählen Sie mir alles, von Anfang bis zu Ende. Denn Ihr Vorhaben ist so abscheulich, daß ich, nur wenn ich es anhöre, mein Entsetzen verbergen kann. Die Worte ebnen den Weg, sie gehen den kommenden Taten voraus, sie sind die Funken, die später Brände entfachen. Oder saß er nicht bereits auf dem Pulverfaß, das seinen Wunsch in die Tat umsetzte?

Er kann zuhören. Er ist der, der zu hören vermag.

Ich habe heute an Kafka gedacht, sagt nun Tardewski, und

zwar als Marconi diese Art Gedicht rezitierte, von dem er behauptet, es geträumt zu haben. Und als Sie alle über den Titel diskutierten, wollte ich eigentlich zu Ihnen sagen, sagt Tardewski, daß der Titel Kafka lauten sollte.

Ich bin
der Seiltänzer, der
durch die Lüfte wandelt,
barfuß
über Stacheldraht

Kafka oder der Seiltänzer, der über den Stacheldraht der Konzentrationslager balanciert.

Sie haben *Der Prozeß* gelesen, sagt Tardewski zu mir. Kafka war in der Lage, bis ins kleinste Detail vorauszusehen, wie sich das Grauen akkumulierte. Dieser Roman stellt mit verblüffender Präzision das klassische Modell des Staates als Terrorinstrument dar. Er beschreibt die anonyme Maschinerie einer Welt, in der alle angeklagt und schuldig sein können, die düstere Unsicherheit, die das Leben der Menschen im Totalitarismus durchdringt, den gesichtslosen Überdruß der Mörder, den heimlichen Sadismus. Seit Kafka dieses Buch schrieb, hat das nächtliche Klopfen unzählige Türen getroffen und der Name derjenigen, die verschleppt wurden, um *wie ein Hund* zu sterben, genau wie Joseph K., ist Legion.

Kafka nimmt im Reich der Fiktion vorweg, was Hitler ihm prophezeit hatte. Seine Texte sind die Vorwegnahme der Möglichkeiten, die er aus den perversen Worten dieses Adolf herauszulesen imstande war, Worte, in denen der Clown, der Prophet, in einer Art lethargischem Schlaf eine Zukunft des perfekt geplanten Übels verkündete. Eine Zukunft, die Hitler selbst für unmöglich hielt, ein hehrer Traum, in dem er, ein lausiger und gescheiterter Künstler, schließlich der Führer wird. Nicht einmal Hitler, da bin ich sicher, glaubte 1909, daß dies tatsächlich möglich wäre. Doch Kafka schon. Kafka, mein lieber Renzi, sagte Tardewski, hat hingehört. Er vernahm das kränkelnde Raunen der Geschichte.

Franz Kafka stirbt am 3. Juni 1924. Zur gleichen Zeit, in

einer Festung im Schwarzwald, spaziert Hitler durch einen Raum mit hohen Decken und Wänden mit riesigen Fenstern. Er geht auf und ab und diktiert seinen Schergen die Schlußkapitel von *Mein Kampf.* Juni, 1924. Der Führer geht auf und ab und diktiert *Mein Kampf.* Kafka kämpft im Sanatorium von Kierling mit dem Tod. Die Tuberkulose hat auf den Kehlkopf übergegriffen, so daß er nicht mehr sprechen kann. Er macht Zeichen. Lächelt. Versucht zu lächeln. Er schreibt Notizen auf einen Block für Max Brod, für Oskar Braun, für Felix Winbach, seine besten Freunde, die um ihn herum versammelt sind, zusammen mit Dora Diamant. Ich glaube, ich habe genau im richtigen Moment damit angefangen, mich mit den tierischen Lauten zu beschäftigen: solche Sachen schreibt er, weil er nicht mehr sprechen kann. Juni 1924. Der Führer geht auf und ab, diktiert, umgeben von seinen Schergen: Oberstes Ziel ist die Schaffung des Großdeutschen Reiches, dessen Herrschaftsbereich, diktiert er, während er auf und ab geht, dessen Herrschaftsbereich vom Nordkap bis zu den Alpen, und vom Atlantik zum Schwarzen Meer reichen soll, Punkt. Kafka ringt im Sanatorium von Kierling, in der Nähe von Klosterneuburg, mit dem Tod. Er kann nicht sprechen. Er macht Zeichen. Lächelt. Im Bett auf dem Rücken liegend schreibt er etwas auf einen Block, den er mühsam ganz nah an sein Gesicht hält. Kann er hören? Der Führer geht auf und ab. Ein großdeutsches Reich, Komma, er geht weiter und diktiert, umgeben von seinen Schergen, Komma, durchzogen von einem imposanten Autobahnnetz, flankiert von germanischen Militärkolonien Punkt, diktiert der Führer *Mein Kampf.* Im Sanatorium kämpft Kafka mit dem Tod, studiert die tierischen Laute. Hi, hi, das Kreischen der angsterfüllten Ratten in ihren Schlupfwinkeln. Hi, hi, kreischen sie. Genau im richtigen Moment studiert er die tierischen Laute. Der Führer geht auf und ab durch den Saal, umgeben von seinen Schergen. Im Sanatorium kämpft Kafka mit dem Tod, er kann nicht sprechen, er schreibt. Kann er hören? Juni 1924. Der Führer diktiert *Mein Kampf.* Das östlich der Donau gelegene Europa wird künftig, Doppelpunkt, zum Teil ein enormes Feld für militärische Manöver sein, Komma, und zum Teil Ansiedlungsort der Sklaven des Reichs, Komma, er geht auf und ab, umgeben von seinen Schergen, Sklaven, die künftig überall nach rassischen Kriterien ausgewählt werden, Komma, sie werden nach einem vorher festgelegten Plan, er geht herum, auf und ab, eingesetzt und gepaart, Komma, der zum gegebenen Zeitpunkt detailliert wird, diktiert er, während er durch die Säle der Festung geht. Und der Landvermesser? Er kämpft mit dem Tod. Er kann schon nicht mehr sprechen, nur noch schreibend kann er sich mit seinen Freunden, mit seiner Frau Dora Diamant verständigen. Er hat keine Stimme mehr. Der gesamte Osten wird sich in eine enorme Kolonie verwandelt haben, eine Art Weideland der nichtarischen Sklaven, diktiert Hitler *Mein Kampf*, sagt Tardewski, während Kafka, bei dem die Tuberkulose auch den Kehlkopf erfaßt und der keine Stimme mehr hat, nur noch für seine engsten Freunde und für seine geliebte Dora Diamant schreibt. Weideland für die nichtarischen Sklaven, Komma, der Führer geht auf und ab, umgeben von seinen Schergen. Spärliche Notizen auf einem Block, mit Bleistift, jeder Buchstabe kostet unsägliche Mühe. Ich erinnere mich an ein orientalisches Buch, es handelt ausschließlich vom Tod. Ein zum Tode Geweihter ruht auf dem Lager, schreibt Kafka, und mit der Unabhängigkeit, die ihm die Nähe des Todes gewährt, sagt er: Immerfort spreche ich vom Tod und doch sterbe ich nicht. Kann er hören? Die nichtarischen Sklaven, Komma, verbunden durch direkte Bande mit Deutschland, das seine Hauptachse bilden wird, Strichpunkt, er geht auf und ab, umgeben von seinen Schergen. Immerfort spreche ich vom Tod und doch sterbe ich nicht. Doch jetzt, genau jetzt, rezitiere ich meine Schlußarie. Einige leben länger, andere weniger. Der Unterschied ist immer eine Frage von wenigen Worten, sagt der Todgeweihte, schreibt Kafka, ausgestreckt auf dem Lager. Die 180 Millionen Russen hingegen, Komma, müssen einer fortschreitenden Erniedrigung unterworfen werden, Doppelpunkt, der Führer geht auf und ab. Er hat vollkommen Recht, schreibt Kafka; der Todgeweihte hat vollkommen Recht. Man hat kein Recht, über den

Protagonisten zu lachen, der tödlich verwundet auf seinem Lager liegt und eine Arie singt. Wir liegen Jahr um Jahr auf unserem Lager und singen, unser ganzes Leben lang tun wir nichts anderes, als immer wieder die Schlußarie zu singen, schreibt Kafka seinem Freund im Sanatorium Kierling. Juni 1924. Einer fortschreitenden Erniedrigung unterworfen werden, Doppelpunkt, man muß ihre Fortpflanzung verhindern und sie bestrafen, wenn sie sprechen, bis sie ihre Sprache verloren haben, Komma, diktiert er, während er durch die Säle der Festung geht. Kann er hören? Er schreibt seine letzten Worte. Man hat kein Recht, schreibt er, den Block ganz fest in den Händen, man hat kein Recht, lauten seine letzten Worte, über den Protagonisten zu lachen, der im Todeskampf eine Arie singt. Der Führer geht auf und ab. Bis sie ihre Sprache verloren haben, man muß sie am Lernen hindern, um das Denkvermögen und jedweden Aufstand im Keim zu ersticken, Komma, mit einem Wort, Komma, man muß sie verdummen lassen, diktiert der Führer, sagt Tardewski. Wer kann über die Arie lachen, die der Sterbende anstimmt. Er versucht zu lächeln. Er macht Zeichen. Der Führer geht auf und ab. Sie sollen lediglich die notwendigen Zeichen erlernen, damit ihre Führer, Führer mit Großbuchstaben, diktiert er, ihren Arbeitstag systematisch organisieren können. Juni 1924. Kafka kämpft in dem Sanatorium, in dem er um Mitternacht sterben wird, mit dem Tod. Hört man in der Festung die Arie, die der Sterbende intoniert? Natürlich müssen sie lernen, Komma, er hält inne, seine Schergen halten ebenfalls sofort inne, sie stehen um ihn herum. Am besten, sagt er, streichen Sie den letzten Satz, und er beginnt wieder, auf und ab zu gehen, die Hände auf dem Rücken. Natürlich müssen wir ihnen beibringen, Komma, mit der nötigen Strenge, Komma, die deutsche Sprache zu verstehen, um auf diese Weise den Gehorsam gegenüber unseren Befehlen, Unseren Befehlen, groß, sicherzustellen, Punkt, diktiert der Führer *Mein Kampf*, während er durch die Säle der Festung geht. Es ist Mitternacht. In der Nacht vom 3. auf den 4. Juni 1924. Hat er es gehört? Hi, hi, kreischt die Ratte in ihrem Bau, während man von Ferne die

Schritte von jemandem vernimmt, der weit entfernt im Schloß auf und ab geht, umgeben von seinen Schergen. Hi, hi, kreischt das Ungeziefer angsterfüllt in seinem Bau, während man von Ferne die Schritte von jemandem vernimmt, der weit entfernt in der Festung auf und ab geht, umgeben von seinen Schergen. Hi, hi, kreischt das Ungeziefer, während man weit entfernt die wunderschöne, fast unhörbare Schlußarie desjenigen vernimmt, der mit dem Tod kämpft. 3. Juni 1924, sagt Tardewski.

Kafka ist Dante, sagt Tardewski jetzt, sein Gekritzel, wie er selbst seine unveröffentlichten, fragmentarischen, unvollendeten Schriften nannte, sind unsere *Divina Comedia.* Brecht sagte, und zu Recht, sagt Tardewski, wenn man den Autor nennen müßte, der in bezug auf unsere Epoche dem Verhältnis am nächsten kommt, das Homer, Dante oder Shakespeare zu der ihrigen hatten, dann müßte man als erstes an Kafka denken. Deswegen, sagte Tardewski, teile ich Ihre Begeisterung für James Joyce nicht. Wie können Sie die beiden vergleichen wollen? Joyce ist, wie diese Frau, die Tischdecken bestickt, über Marconis Gedichte sagte, wie soll ich sagen, zu bemüht virtuos. Ein Jongleur, sagte er. Jemand, der mit Worten spielt wie andere mit ihren Händen. Kafka hingegen ist der Seiltänzer, der durch die Luft balanciert, ohne Netz, der sein Leben riskiert bei dem Versuch, das Gleichgewicht zu halten, er bewegt einen Fuß und dann ganz langsam den anderen auf dem festgespannten Drahtseil seiner Sprache. Joyce war ein geschickter Mann, ohne Zweifel. Kafka hingegen war ungeschickt und wurde zum Experten seiner eigenen Ungeschicklichkeit. Joyce trägt eine Standarte vor sich her, auf der steht: Ich bin der, der alle Hindernisse überwindet, während Kafka auf einen Block, den er in der Tasche seines zugeknöpften Jacketts verschwinden läßt, folgende Inschrift schreibt: Ich bin der, der von allen Hindernissen überwunden wird. Kafka hat gesagt, sagt Tardewski: Ich stehe vor der Unmöglichkeit, nicht zu schreiben, vor der, auf deutsch zu schreiben, vor der, in einer anderen Sprache zu schreiben, und man könnte dem fast noch eine vierte hinzufügen: der zu schreiben. Diese vierte Unmöglichkeit war für ihn die höchste

Versuchung. Für ihn, der sagen konnte: Alles, was ich schreibe, zum Beispiel den Satz: er schaute aus dem Fenster, ist, von mir geschrieben, schon vollkommen. Um was für eine Vollkommenheit handelte es sich?, sagt Tardewski. Einerseits war Kafkas Ideal, was formale und stilistische Perfektion angeht, so streng, daß er keine Veränderungen duldete. Aber zugleich wußte er besser als jeder andere, daß die wahrhaft großen Schriftsteller die sind, die immer der fast absoluten Unmöglichkeit zu schreiben gegenüberstehen.

Wovon man nicht sprechen kann, darüber muß man schweigen, hat Wittgenstein gesagt. Wie soll man über das Unsagbare sprechen? Das ist die Frage, auf die das Werk Kafkas wiederholt zu antworten versucht. Besser gesagt, sagte er, ist sein Werk das einzige, das auf raffinierte und subtile Weise wagt, über das Unsagbare zu sprechen, über das, was namenlos ist. Was würden wir heute als das Unsagbare ansehen? Die Welt von Auschwitz. Diese Welt ist jenseits der Sprache, es ist die Grenze, wo der Stacheldraht der Sprache ist. Stacheldraht: der Seiltänzer, der barfuß balanciert und zu erkennen versucht, ob es möglich ist, etwas über dieses Jenseits zu sagen.

Vom Unsagbaren zu sprechen bedeutet, die Sprache als Träger der Wahrheit des Menschen in Gefahr zu bringen. In Todesgefahr. In der Festung geht ein Mann auf und ab und diktiert, umgeben von seinen Schergen. Die von Lügen und Schrecken gesättigten Worte, sagte Tardewski, fassen nicht einfach das Leben zusammen. Wittgenstein ahnte ganz deutlich, daß das einzige Werk, das seinem in dieser selbstmordgefährdeten Wiedereinsetzung des Schweigens gleichkommen konnte, das fragmentarische unvergleichliche Werk Franz Kafkas ist. Und Joyce? Der versuchte, aus dem Alptraum der Geschichte aufzuwachen, um schöne Kunststückchen mit Worten machen zu können. Kafka hingegen wachte jeden Tag auf, um in diesen Alptraum einzutreten und versuchte, darüber zu schreiben.

3 Ihnen ist klar, sagt Tardewski jetzt, wenn wir soviel geredet, wenn wir die ganze Nacht geredet haben, dann war das, um nicht zu reden oder besser gesagt, um nichts über ihn, über den Professor zu sagen. Wir haben geredet und geredet, weil es nichts gibt, das man über ihn sagen könnte.

Er wird wohl heute nacht nicht mehr kommen. Vielleicht kommt er, der Professor, heute nicht mehr und Sie können ihn womöglich eine Weile nicht sehen. Das ist unbedeutend, sagte er. Es hat nur Bedeutung, sagte er, was ein Mann mit seinem Leben anzufangen beschließt.

Ich bewunderte ihn, wissen Sie, sagte er dann. Es war unmöglich, ihn zu kennen und ihn nicht zu bewundern. Er zog die Menschen an wegen dem, was am besten in ihnen ist.

Was mich angeht, sagt Tardewski jetzt, Sie haben es vielleicht schon bemerkt, ich bin ein Mann, der komplett aus Zitaten besteht. Deswegen muß ich noch einmal dieses Heft aufschlagen, um etwas über ihn sagen zu können. Und was ich Ihnen jetzt vorlesen werde, sagte er, könnte vielleicht ein Beispiel oder das beste Beispiel dafür sein, was der Professor für mich war. Vielleicht eine Synthese dessen, warum ich ihm Respekt entgegenbrachte. Wenn Sie so wollen, eine Zusammenfassung dessen, was mir dieses lange Gespräch bedeutete, das wir in der letzten Nacht hatten, die wir zusammen verbrachten, so wie Sie und ich jetzt, hier, in meinem Haus, am selben Ort.

Neun Tage vor seinem Tod, liest Tardewski, bekam Immanuel Kant Besuch von seinem Arzt. Alt, krank und fast blind erhob er sich von seinem Stuhl und blieb aufrecht stehen; er zitterte vor Schwäche und murmelte unverständliche Worte. Schließlich merkte ich, der ich ein treuer Freund von ihm war, daß er sich nicht setzen würde, bis der Besucher nicht saß. Das tat dieser auch und dann, las Tardewski, erlaubte Kant, daß ich ihm half, sich zu setzen, und nachdem er wieder ein wenig zu Kräften gekommen war, sagte er: *Das Gefühl für Humanität hat mich noch nicht verlassen.* Wir waren alle tief berührt, weil wir verstanden, daß für den Philosophen das alte Wort Humanität eine tiefe Bedeutung hatte, die durch die augenblicklichen Umstände noch akzentuiert wurde: das stolze und tragische Bewußtsein im Menschen vom Fortbestehen der Prinzipien von Gerechtigkeit und Wahrheit, die sein Leben geleitet hatten, im Gegensatz zur totalen Unterwerfung an Krankheit, Schmerz und alles, was das Wort Sterblichkeit sonst noch beinhalten kann. Der moralische Mensch, so erinnerte ich mich, hatte Kant vor dreißig Jahren geschrieben, las Tardewski, weiß, daß das höchste Gut nicht das Leben, sondern das Bewahren der eigenen Würde ist. Und er hat es verstanden, bis zum Ende im Einklang mit seinen Prinzipien zu leben.

Ich wünschte, ich müßte mich nicht in Zitaten ausdrücken, sagte Tardewski. Der Professor ist jemand, von dem man sagen kann, daß ihn das Gefühl für *Humanität,* im reinsten Sinn dieses alten deutschen Wortes, nicht verlassen hat.

Ein Mann, der fähig ist, nach diesem Prinzip zu leben, ist jemand, der auch von mir, dem Zyniker, dem Sophisten, all meinen Respekt verdient.

Deswegen war er ein moralischer Mann, sagte Tardewski, deswegen war er meine Antithese. Und wenn ich Ihnen das alles gesagt habe, so weil ich Ihnen aufzeigen wollte, inwieweit der Professor und ich der eine der Antagonist des anderen waren. Ich, der Ungläubige, der Mann, der das Denken nur benutzt, um überleben zu können; er, der Mann der Prinzipien, fähig, im Leben dem strengen Maßstab seiner Ideen treuzubleiben. Ich, der Verbannte; er, ein Mann, der in seinem Land geboren wurde und sterben wird. Ich glaube nicht, daß man noch mehr sagen muß, um zu sehen, daß ich nicht die geeignete Person bin, um etwas darüber zu sagen, was der Professor mit seinem Leben anzustellen beschlossen hat. Ich kann nichts sagen, nur lesen und mich an fremde Sätze erinnern. Und Sie sehen, daß er dennoch auf mich vertraut hat.

Zweifellos hat der Professor Sie deshalb zu mir geschickt. Weil ich derjenige bin, der nichts über ihn sagen kann.

Ich glaube, deshalb, sagte Tardewski, hat der Professor mir das einzige dagelassen, was er loswerden mußte, um frei zu sein. Befreit von dem, das alles war, was er im Grunde besaß, hat der

Professor jetzt, wo immer er sein mag, nichts mehr zu befürchten.

Deshalb, sagte Tardewski, hat er mir diese Papiere dagelassen, damit ich sie Ihnen gebe. Wenn er nicht gekommen ist, so deswegen, weil das eigentlich nicht nötig war. Es war viel wichtiger, diese Papiere dazulassen, sich zu entschließen, sie zurückzulassen und Sie auszuwählen, um sie in Empfang zu nehmen.

Das hat Tardewski gesagt und dann schwiegen wir. Dann ist er aufgestanden, zu einem Schrank gegangen, der auf einer Seite hinten im Zimmer an der Wand stand. Er hat eine Schublade geöffnet. Ein paar Mappen herausgeholt. Und dann ist er zu mir gekommen, um sie mir zu geben. Er hat gesagt, daß diese Papiere jetzt mir gehören. Sie gehören Ihnen, hat Tardewski gesagt.

In einem gewissen Sinn, sagte er dann, war dieses Buch die Autobiographie des Professors. Das war seine Art, über sich selbst zu schreiben. Deshalb denke ich, daß Sie in diesen Papieren alles finden, was Sie über ihn wissen müssen, vor allem das, was ich Ihnen nicht sagen kann. Sie werden dort, da bin ich sicher, den Schlüssel für seine Abwesenheit finden. Den Grund, warum er diese Nacht nicht gekommen ist. Dort ist das Geheimnis, wenn es eines gibt. Das, was er Ihnen hinterlassen wollte, wofür Sie hierherkommen sollten, um es abzuholen, das ist das einzige, was wirklich interessiert und ihn erklären kann.

Es sind drei Mappen mit Dokumenten, Notizen und Seiten in einer festen, klaren Handschrift.

Tardewski lehnt am Fenster. Er steht mit dem Gesicht zu dem schwachen Licht, das die Nachtluft grau schimmern läßt. Er steht mit dem Rücken zu mir. Er schaut nach draußen und sagt, daß es schon angefangen hat, hell zu werden, bald wird es Morgen.

Es wird hell, sagt er. Es wird bald Morgen.

Ich öffne eine der Mappen.

An den, der meinen Leichnam findet

Ich bin Enrique Ossorio, geboren und gestorben als Argentinier, der in seinem Leben nur eine einzige Ehre haben wollte: die Ehre, ein Patriot genannt zu werden, der immer bereit war, alles für die Freiheit seines Landes zu geben. Mein vorläufiger Wohnsitz ist der folgende: Callejón del Aguila, Nummer 12, hier in Copiapó, Chile. Sie werden an diesem Ort den argentinischen Staatsbürger D. Juan Bautista Alberdi finden, der mein engster Freund ist; für ihn habe ich einen Brief geschrieben, in dem ich diese meine Entscheidung erläutere; der Brief befindet sich in der linken Schublade meines Schreibtischs. Er wird wissen, was mit meinen sterblichen Überresten zu tun ist, denn ich bin wie ein Bruder für ihn.

NACHWORT

Die Subversion des Erzählens

Als 1980 in Buenos Aires Ricardo Piglias Roman *Künstliche Atmung* (Respiración artificial) erschien, herrschte in Argentinien Friedhofsstille. Im März 1976 hatten die Militärs die Macht übernommen; in der darauffolgenden Repressionswelle »verschwanden« insgesamt etwa 30.000 Personen. Im März 1977 ereilte dieses Schicksal den Schriftsteller Rodolfo Walsh, nachdem er einen »Offenen Brief an die Junta« verfaßt und auf den Straßen verteilt hatte. 1978 war die Fußballweltmeisterschaft erfolgreich ausgerichtet worden; daß wenige Häuserblocks vom großen Stadion gefoltert wurde, nahm die Weltöffentlichkeit kaum wahr. Unter solchen Bedingungen war weder ein normales literarisches Leben möglich noch der ungehinderte Austausch von Erzählungen im Alltagsleben, dem Piglia seit jeher besondere Aufmerksamkeit schenkt. Piglia hielt sich Ende 1976 in Kalifornien auf und kehrte im Juni 1977 nach Argentinien zurück. Er fand ein gespenstisch verändertes Land vor. Als Beispiel nennt er die Bushaltestellen in Buenos Aires, die man in *zona de detención* umbenannt hatte: Haltebereich oder Verhaftungszone. Die ganze Stadt, so Piglia, war in eine einzige Verhaftungszone verwandelt worden.

In der ersten Hälfte von *Künstliche Atmung* kommt ein steinalter Mann im Rollstuhl zu Wort, der von der Außenwelt abgeschlossen in paranoidem Zustand vor sich hin monologisiert. Nach autobiographischen Hintergründen seines Schreibens befragt, verweist Piglia auf diesen Mann, den Senator; das Grauen der Jahre der Militärdiktatur war für ihn wie für viele andere die überall lauernde, nicht wirklich einschätzbare Gefahr und die damit zusammenhängende Nicht-Kommunikation. Es ist außerordentlich schwierig, sagt Piglia, dieses Grauen zu beschreiben. *Künstliche Atmung* versucht, ohne es unmittelbar zu benennen, die Atmosphäre solchen Grauens zu vermitteln.

Der Roman hat eine Gegenwartsebene, von der aus alle anderen Ebenen organisiert werden: 1979, das Jahr, in dem der Zukunftsroman spielt, den Enrique Ossorio um 1850 entwirft. Die Eckdaten von Ossorios Roman sind die Jahre 1837/38, in der argentinischen Geschichte als Zeit des Terrors verbucht, und 1979, das Jahr, in dem Piglia die Endfassung seines Romans schreibt. Was Piglia umtreibt, ist die Frage, wie eine Gesellschaft an jenen äußersten Punkt gelangen kann. Da der Schrecken der Gegenwart kaum auszudrücken ist, tun sich, wohl auch als Chance, allerlei Umwege in die Vergangenheit auf. »Die Geschichte ist der einzige Ort, wo ich mich vom Albtraum erholen kann, von dem ich zu erwachen versuche.« Das ist, wie so viele Sätze Piglias, ein verballhorntes, ein umgedrehtes Zitat. Im *Ulysses* von Joyce heißt es: »Die Geschichte, sagte Stephen, ist ein Albtraum, aus dem ich zu erwachen versuche.« Den Rückzug in die Geschichte traten viele Exilschriftsteller an, unter den deutschen Autoren etwa Heinrich Mann, der in Kalifornien seinen zweibändigen Roman über den guten König Henri Quatre schrieb, wohl als Gegenentwurf zur europäischen Gegenwart der Jahre um 1940.

In realen Gesprächen wie auch in den fiktiven Dialogen von *Künstliche Atmung* erläutert Piglia sein romanpoetisches Vorhaben: das Unsagbare zu sagen. Solches Vorhaben wurzelt nicht in einer mystischen oder romantischen Tradition, es stützt sich vielmehr auf die Verfahrensweisen der Detektivgeschichte und des Kriminalromans vor allem nordamerikanischer Provenienz. Ab 1969 gab Piglia für einen argentinischen Verlag eine *Serie negra* heraus, in der unter anderem auch Raymond Chandler, von Rodolfo Walsh übersetzt, erschien. In den Romanen und Erzählungen Piglias ist der Fluchtpunkt zumeist ein aufzuklärender Fall, der gelöst wird oder auch nicht, und die wichtigsten Figuren »haben ein Geheimnis«, das dem, was von ihnen erzählt wird, eine eigentümliche Spannung verleiht. In *Künst-*

liche Atmung widmen sich mehrere Figuren verschiedenen Rätseln, deren Spuren – denn die Rästel entfalten und lösen sich in der Zeit – einander kreuzen, so wie letzten Endes Geschichte und Zukunft einander kreuzen (weshalb der umgedrehte Joyce-Satz am Ende doch wieder auf seinen Füßen zu stehen kommt). Marcelo Maggi, der auch am Ende der Nacht nicht wieder auftaucht, erforscht den seltsamen Lebenslauf einer Rand- und doch auch Schlüsselfigur der argentinischen Geschichte, die er durch seinen Neffen überliefert sehen will. Der Neffe selbst, Emilio Renzi, spürt seiner Familiengeschichte nach, und im besonderen den gerüchteumwobenen Lebensumständen seines Onkels. Tardewski, der in mancher Hinsicht an Witold Gombrowicz erinnert, jenen polnischen Autor, der zwischen 1939 und 1963 in Argentinien die Randexistenz eines großartig Gescheiterten führte – Tardewski will gar den Punkt herausfinden, an dem sich die Katastrophe der abendländischen Geschichte entscheidet, von der die argentinische Katastrophe der Gegenwart (1979) sozusagen nur eine Replik, eine Randerscheinung, eine grausame Parodie ist. Vom Rand her, meint Piglia, zeigt sich das Zentrum in einem anderen, oft grelleren Licht.

Daß Tardewski ein ehemaliger, bewußt »zurückgetretener« Student Wittgensteins ist, dieser biographische Einfall ermöglicht es Piglia, jene Themen, die Adorno und Horkheimer in der *Dialektik der Aufklärung* abhandelten, nicht nur theoretisch zu entfalten, sondern in Zusammenhang mit gelebter Erfahrung zu bringen. Piglia bedient sich dazu einer reichen Technik von Dialog und Monolog, die es ihm erlaubt, unterschiedliche Nuancen von gesprochener Sprache aufscheinen zu lassen. Seine Figuren halten keine Vorlesungen, sondern sie unterhalten sich miteinander, Wacholderschnaps trinkend, das Getränk der argentinischen Nächte, oft als Fachleute, etwa so wie die Fischer bei Hemingway.

Im Argentinien der Militärdiktatur und der Zeit unmittelbar danach wurde *Künstliche Atmung* als Beispiel wahrgenommen, wie man unter Bedingungen von staatlicher Kontrolle und ständig drohendem Terror trotzdem literarisch sprechen und der Situation selbst Ausdruck verleihen kann. Im Roman kommt ein Zensor vor, der Vertreter einer Instanz, der Piglia größtes Interesse entgegenbringt, weil sie Techniken der Interpretation, Entschlüsselung, Desinformation zu polizeilichen Zwecken entwickelt und einsetzt: »Die Geheimdienste verfügen über phantastischere und effizientere Erzähltechniken als die meisten argentinischen Romanciers.« Im Kriminalroman *Brennender Zaster* erfüllt ein Funker, der die Stimmen der Verbrecher einzufangen versucht (und dabei Stimmen aus einer fernen Vergangenheit hört), eine ähnliche Rolle. Als Schreibender beugt sich Piglia über die Schulter dieser Instanz; als Erzähler, der seine Randfiguren begleitet, erfährt er die Wirkung jenes polizeilichen Tuns, das letztlich darauf hinausläuft, die Sprechenden zum Schweigen zu bringen. Für die Literaturgemeinde Argentiniens war Piglia – und ist es in gewisser Weise bis heute – *die* Autorenstimme, die in der Zeit des Terrors und über ihn hinaus durchgehalten hat. Im Roman *Die abwesende Stadt* (1992) ist eine der vielen Stimmen, welche der Autor zirkulieren läßt, die eines Zeugen, eines Mannes vom Lande, der sagt, was er sah, als die Massengräber ausgehoben wurden. *Respiración artificial*, der spanische Titel von *Künstliche Atmung*, verweist nicht nur auf einen lebensbedrohenden oder unnatürlichen Zustand (laut Tardewski ist alles künstlich), sondern, mit den gleichlautenden Anfangsbuchstaben, auch auf *República Argentina.*

Neben dieser sehr konkret zu verstehenden Funktion, das Unsagbare zu sagen, bot Piglia mit *Künstliche Atmung* ein breites Forum der Diskussion von Theorien und Interpretationen. Diese werden von den Figuren meist spielerisch entwickelt und verwendet; nicht immer haben sie den Zweck, allgemeingültige Wahrheiten zu erzielen, und oft werden sie zugespitzt oder paradox formuliert. In der zweiten Hälfte des Romans ist viel von den Bedingungen des Schreibens die Rede, und zu den wichtigsten Vertretern der argentinischen Literaturgeschichte geben Renzi und seine Gesprächspartner teils kontroverse Hypothesen zum Besten. In diesem Zusammenhang tauchen zwei Leitfiguren auf: Roberto Arlt und Jorge Luis Borges. Um Borges kommt kein argentinischer Schriftsteller herum, sagte Piglia einmal auf eine entsprechende Frage. Borges spielt für argentinische Autoren heute eine ähnliche Rolle wie Cervantes seit langem für die spanischen Erzähler: Man kann seinen Einfluß erleiden oder ihn bekämpfen oder ihn ignorieren; in allen Fällen hinterläßt er im Werk des Nachgeborenen Spuren. Borges ist für Piglia der, der *alles* zur Fiktion macht, auch und gerade die Literatur. Renzi, Piglias Alter ego, stuft Borges wohl deshalb ins 19. Jahrhundert zurück, weil er ihm in seiner Zitierfreudigkeit gleicht: Beide neigen dazu, das Leben in Literatur aufzulösen. (Borges als letzten Autor des 19. Jahrhunderts zu bezeichnen, hat im übrigen, wie so oft die scheinbar spitzfindigen Bemerkungen Piglias, eine ganz sachliche Basis: Borges wurde 1899 geboren; Arlt, der Repräsentant der Moderne, im Jahr 1900.) Borges schreibt ein gutes, traditionsbewußtes Spanisch, Arlt hingegen ein schlechtes, geschecktes, wie es in Argentinien besonders in der ersten Hälfte des 20. Jahrhunderts, einer Zeit vielfältigster Immigrationen, gang und gäbe war. Was Piglia von Arlt nimmt, ist das Prinzip der Vielstimmigkeit, die Bereitschaft, mündliche Reden in den Roman einfließen zu lassen, und dazu eine bestimmte Atmosphäre der Halbwelt, der Drogensüchtigen, der Außenseiter, der unangepaßten Wissenden. Arlts Romane sind von Randfiguren bevölkert, die Verschwörungen schmieden oder erleiden; einige von ihnen finden wir in Piglias Erzählungen wieder.

Die lateinamerikanische Literaturkritik sieht im Autor Ricardo Piglia etwas wie eine Kreuzung zwischen Borges und Arlt. Gewiß zeichnet ihn eine Intellektualität aus, die an die von Borges heranreicht; andererseits versteht es Piglia aber, in der Wirklichkeit zirkulierende Erzählungen in sein Werk einfließen zu lassen und sie zu einem Kosmos von *microrelatos*, wie er selbst es nennt, zu orchestrieren. Neben Juan José Saer, der seinen literarischen Ausgang in einer regional verwurzelten Wahrnehmungsprosa nimmt, wurde er im Lauf der Jahre, mit einem verhältnismäßig schmalen Werk, zur Galionsfigur der argentinischen Gegenwartsliteratur, also der Generation nach Borges. In ihm finden bewußte Leser eine Möglichkeit verwirklicht, an den politischen Gehalt einer Epoche zu rühren und auf diesem Weg neue Erzählformen zu entwickeln, jenseits der von Piglia seit jeher abgelehnten Alternativen Realismus/Avantgarde, Moderne/Postmoderne. Die Rezeptionsgeschichte von *Künstliche Atmung* erstreckt sich bereits über mehr als zwanzig Jahre. Je nach den Paradigmen der Kritik wurde bald der eine, bald der andere Aspekt ins Blickfeld gerückt. Offensichtlich gehört Piglias Roman zu jener Art von Literatur, die vieles bringt, um vielen etwas (Bestimmtes) zu bringen. Daß die Maschine funktioniert, auch über die Jahre hinweg, hat mit der Genauigkeit ihrer Konstruktion zu tun, aber auch mit der Tatsache, daß ein im Ungesagten bleibender Bereich persönlicher Erfahrung die Sätze dynamisiert.

Nach dem »großen lateinamerikanischen Roman« und seinem künftigen Schicksal befragt, verwies Piglia 1998 in Princeton, wo er regelmäßig als Gastdozent tätig ist, spontan auf die lange Reihe von Erzählwerken, die *nicht* den europäisch-nordamerikanischen Klischeevorstellungen von einer quasi kontinentalen Epik entsprechen: Macedonio Fernández (Hauptfigur in Piglias *Die abwesende Stadt*), Juan Carlos Onetti, Augusto Roa Bastos mit *Ich, der Allmächtige*, José Emilio Pacheco mit *Der Tod in der Ferne*, und andere mehr. »Es gibt Bücher, die mir sehr wichtig scheinen und sich nicht mit den Begriffen des ›großen lateinamerikanischen Romans‹ definieren lassen.« Die alten Lateinamerika-Ideologien sind heute tot; statt ihnen nachzutrauern, tut man besser daran, lokalen Identitäten die gebührende Aufmerksamkeit zu schenken, den kulturellen Räumen etwa der Karibik, der Andengegend oder des Río de la Plata. Piglias Werk ist ohne Zweifel eine Blüte der rioplatensischen Kultur, die seit langem städtisch geprägt ist, durchaus nicht tropisch, sondern, wenn man so will, eher kühl, manchmal auch abgeklärt oder zynisch und den europäischen Avantgarden gegenüber stets aufgeschlossen. Wenn die neuere argentinische Geschichte eine Parodie der unmittelbar vorangehenden europäischen Geschichte ist, dann könnte es sein, daß wir vom Rand her, von einem der Ränder, die wir selten überhaupt in Betracht ziehen, etwas in einer Verzerrung zurückgespiegelt bekommen, die uns uns selbst erst recht kenntlich macht. Argentinien ist die mehr oder minder bewußte Entstellung Europas; ein Roman wie *Künstliche Atmung* greift diesen Verfremdungseffekt auf, um ihn zurückzuwerfen an den Ort des Ausgangs, zu den Methoden Descartes' und den Daseinsentwürfen Hitlers.

Leopold Federmair

S. 10 Hipólito Yrigoyen, der erste wirklich frei gewählte Präsident und Führer der liberal-demokratischen Unión Cívica Radical, bestimmt nach seiner ersten Regierungszeit von 1916–1922 Marcelo T. Alvear zu seinem Nachfolger, der trotz eines Treueschwurs das Kabinett mit Irigoyen-Gegnern besetzt. 1928 kommt es zur offenen Auseinandersetzung, Alvear gründet eine eigene Partei und verbündet sich mit dem konservativen Lager, Yrigoyen wird erneut Präsident, bis er 1930 durch einen Militärputsch unter Uriburo gestürzt wird.

S. 12 Comodore Sir Home Pophan beschließt 1806 auf eigene Verantwortung, Buenos Aires zu überfallen, wird jedoch zurückgeschlagen.

S. 13 Amadeo Sabatini, Freidenker mit marxistischer Orientierung, steht für den »harten« Flügel der »Radicales«. Nach dem Putsch einer Gruppe von Offizieren (Grupo de Oficiales Unidos) im Jahre 1943 ist Arturo Rawson vom 4.–7. Juni Präsident. Mit dem Putsch beginnt der Aufstieg Perons.

S. 17 José Hernández (1834–1886) verfaßte das berühmte Versepos *Martín Fierro*, das ästhetisch unmittelbar an die Tradition der argentinischen Volkspoesie anknüpft und thematisch die Welt der Gauchos der städtischen Zivilisation gegenüberstellt.

S. 18 Die dreißiger Jahre werden auch als »década infame« bezeichnet und sind durch ausgeprägte nationalistische Tendenzen der autoritären Regierungen charakterisiert.

S. 24 Im neunzehnten Jahrhundert gibt es in Argentinien zwei widerstreitende Kräfte: auf der einen Seite die hauptstädtische, vom Gedankengut der französischen Aufklärung geprägte Intelligentsia und auf der anderen Seite die machtbesessenen, über die Gauchos gebietenden Caudillos in den Provinzen. 1835 hält der Caudillo Juan Manuel Rosas in Buenos Aires Einzug und regiert bis 1852. Jede Opposition wird gnadenlos unterdrückt. 1838 schließt sich eine Gruppe junger, liberaler Intellektueller unter der Führung von Echeverría, Juan Bautista Alberdi und Juan María Gutiérrez zur »Asociación de Mayo« zusammen, zu der auch die anderen Genannten zählen. Echeverría formuliert in dreizehn »symbolischen Worten« das Credo des »Jungen Argentinien«. Die Anhänger werden vom Regime ins Exil gezwungen.

S. 37 Durch die Wahlrechtsreform des Präsidenten Roque Saénz Peña werden 1912 allgemeine, obligatorische und geheime Wahlen eingeführt.

S. 44 General Bartolomé Mitre (1821–1906) gelingt es 1861, Argentinien wieder zu vereinigen, indem er das Heer der Konföderation besiegt. Zu dieser Konföderation hatten sich die Provinzen zusammengeschlossen, nachdem Buenos Aires sich von ihnen getrennt hatte. Er ist von 1862–1868 Präsident.

S. 47 General Julio Argentino Roca ist von 1880–1886 und 1898–1904 Präsident.

S. 60 *El Tigre* ist der Beiname von Facundo Quiroga.

S. 77 Im Original heißt es: »En el cielo las estrellas, en el campo las espinas y en el medio de mi pecho la República Argentina«, hier ersetzt durch den Namen des Politikers.

S. 109 In den Schriftsteller-Paaren soll eine Konstante aufgezeigt werden, die sich über die Generationen hinzieht. Von der idealistisch motivierten »Asociación de Mayo« über die prägende Generation am Ende des Jahrhunderts, der Geburtsstunde des modernen Romans am Cono Sur, den durch Ästhetizismus und Musikalität der Sprache gekennzeichneten *modernismo*, zu dessen wichtigsten Vertretern Leopoldo Lugones gehört (der sich aber auch mit der nationalen Thematik und dem Criollismo als Lebensgefühl auseinandergesetzt hat), die erneute Hinwendung zum Regionalen in Gestalt der Natur und der Welt der Gauchos als Gleichnis für Existenznot, repräsentiert durch Ricaro Güiraldes' *Don Segundo Sombra* (1926), und die endgültige Fiktionalisierung von Wirklichkeit bei Borges. Mit Guillermo Hudson und Witold Gombrowicz hat Piglia zwei Außenseiter gewählt, die in einer anderen Sprache beheimatet sind. Hudson emigriert 1874 nach England und schreibt in englischer Sprache über die Schönheit der argentinischen Pampa (*The Purple Land*), der Pole Witold Gombrowicz kommt durch den Einmarsch der Nazis 1939 nach Buenos Aires, wo er vierundzwanzig Jahre bleibt und schreibt. Es gibt einen legendären Streit zwischen ihm und Borges, der sich weigerte, seine Existenz anzuerkennen. Er behauptete, Gombrowicz sei eine Erfindung von Mastronardi (eines gemeinsamen Freundes). Gombrowicz' Werk (u.a. *Ferdydurke, Trans-Atlantik, Pornographie*) ist durch Ideenreichtum und Sprachwitz charakterisiert, und gewisse Ähnlichkeiten mit Tardewski sind unverkennbar.

S. 121 Es handelt sich um den romanhaften Essay *Civilización y Barbarie: Vida de Juan Facundo Quiroga* (1845) von Domingo Faustino Sarmiento. Die Zivilisation wird dabei durch die von der europäischen Kultur geprägten Städte und die *barbarie* durch das von den

Gauchos besiedelte Land repräsentiert. Das Werk hatte einen nachhaltigen Einfluß auf die Kulturgeschichte.

S. 123 Das Werk des Schriftstellers Roberto Arlt (1900–1942) fand zu seinen Lebzeiten kaum Beachtung. Erst in den 50er Jahren wird es als Gegenmodell zu Borges rehabilitiert. Es ist charakterisiert durch eine phantastische Überhöhung kleinbürgerlicher Wirklichkeit und Verwendung der Umgangssprache.

S. 131 Der Romancier Manuel Mujica Lainez (1910–1984) beschäftigte sich in einem an Proust orientierten Stil vornehmlich mit historischen Themen aus Mittelalter oder Renaissance. Sein Werk erfreute sich beim Publikum großer Beliebtheit, u.a. durch den dort repräsentierten aristokratischen, dekadenten Lebensstil. *Nacha Regules* ist der Titel eines 1919 erschienenen Romans von Manuel Gálvez (1882–1962), in dem es um eine Prostituierte geht, die von einem edelmütigen Liebhaber erlöst wird. Ästhetisch folgt Gálvez dem Muster des Naturalismus.

S. 134 Hilario Ascasubi (1807–1875) gehört zu den Vertretern der gauchesken Literatur.

S. 162 Carlos Astrada (1894–1970) hat wesentlich zur Verbreitung des Gedankengutes von Hegel, Husserl und Heidegger in Argentinien beigetragen.

S. 189 General Lucio Mansilla wird von seinen Zeitgenossen als eine Mischung aus Gaucho und Salonheld betrachtet. Sein Werk besticht durch gute Beobachtungsgabe und Ironie. Sein wichtigstes Werk ist *Una excursión a los indios ranqueles.*

Ricardo Piglia, geboren 1941 in Buenos Aires, schrieb Romane, Kurzgeschichten, Drehbücher, ist daneben einer der renommiertesten lateinamerikanischen Kritiker und Essayisten; lehrte in Princeton und Harvard Literatur und Film. Als Quart*buch* erschien von ihm der Roman *Brennender Zaster.*

Lesen Sie weiter…

Ricardo Piglia
Brennender Zaster
Roman
Vier Banditen, ihre blutige Spur durch zwei Großstädte und ihr ebenso erhabenes wie schlimmes Ende. Ein Buch in der Tradition von Truman Capote: erschreckend, grell, sehr spannend – von einem der wichtigsten unter Lateinamerikas modernen Autoren. Ein preisgekrönter Roman aus Argentinien.
»Piglias romanhafte Reportage gewinnt ihre Bannkraft und ihren abgründigen Sog vor allem daraus, daß sie den heroischen Wahn weitgehend aus der Sicht und in der Sprache der Täter wiedergibt. Amoralische Tatsachen-Literatur als wahre Provokation: ein starkes Stück.« Der Spiegel
»Piglia schaut schmerzhaft genau hin, er reportiert im besten Sinne und zeigt hinter den scheinbar sinnlosen Gewalttaten die Strukturen einer Gesellschaft, die auf Gewalt gebaut ist.« Diemut Roether, Szene Hamburg
Aus dem argentinischen Spanisch von Leopold Federmair
Quart*buch.* Gebunden. 192 Seiten

A. L. Kennedy
Alles was du brauchst
Roman
Ein großer Entwicklungsroman – ein Buch über die Leidenschaft, mit der eine in Furchtlosigkeit aufgewachsene junge Frau das eigene Leben beginnnt.
Und ein Roman über einen scheinbar erfolgreichen Mann, der fast alles verloren hat – vor allem die Fähigkeit, zu lieben und sich lieben zu lassen.
»Mit diesem Buch schreibt sich A. L. Kennedy in die erste Reihe der zeitgenössischen britischen Romanciers.« Publishing News
Aus dem Englischen von Inge Herzke
Quart*buch.* Großformat. Gebunden. 560 Seiten

George Tabori
Autodafé
Erinnerungen
Die lange erwarteten Lebenserinnerungen Taboris sind Meisterstücke seiner Erzählkunst.
»Wie wunderbar, daß der unwiderstehliche Theatermann Tabori so gut schreiben kann.« Peter Zadek
Aus dem Amerikanischen von Ursula Grützmacher-Tabori
Quart*buch.* Halbleinen. 96 Seiten

Michèle Desbordes
Das Gebot
Roman
Wie schon in ihrem vielgelobten Debüt *Die Bitte* schreibt Michèle Desbordes auch hier auf wenig Raum einen großen poetischen Roman über ein Stück Vergangenheit. Zwischen Nantes und Haiti vollzieht sich diese Geschichte der Unterwerfung eines verlorenen Sohnes unter den mütterlichen Willen zum Glück.
»Die kunstvoll verschlungenen Sätze, die Musik des Textes, seine Klänge und Bedeutungen machen aus diesem Roman einen nostalgischen Gesang.«
Nicolas d'Estienne d'Orves, Le Figaro Litteraire
Aus dem Französischen von Barbara Heber-Schärer
Quart*buch*. Leinen. 160 Seiten

Mario Fortunato
Die Liebe bleibt
Roman
Ein mysteriöser Mord reißt eine süditalienische Gemeinde aus ihrem Winterschlaf. Um den toten Arzt Italo Blasi und den verdächtigen Apotheker Elia Sciaki zeichnet Mario Fortunato in seinem zweiten Roman kunstvoll ein Gesellschaftsbild, in dessen Mittelpunkt eine jüdische Familiengeschichte steht.
»Jenseits dessen, was geschehen ist, oder geschehen sein könnte, zählen die Gefühle, die bleiben. Das ist das Thema des wunderschönen neuen Romans von Mario Fortunato.« Enzo Siciliano, La Repubblica
Aus dem Italienischen von Moshe Kahn
Quart*buch* Gebunden. 196 Seiten

Die spanische Originalausgabe erschien 2001 unter dem Titel
Respiración artificial bei Anagrama in Barcelona.

Die Übersetzung aus dem Spanischen wurde mit Mitteln des Auswärtigen Amtes unterstützt durch die Gesellschaft zur Förderung der Literatur aus Afrika, Asien und Lateinamerika e. V.

Umschlaggestaltung: Birgit Thiel unter Verwendung eines Photos aus Buenos Aires. Gesetzt aus der Baskerville von Götz Gorissen, Berlin. Bucheinbandstoffe von Peyer + Co GmbH. Gedruckt auf chlor- und säurefrei gebleichtem Papier und gebunden von Clausen & Bosse, Leck. Printed in Germany.
ISBN 3 8031 3173 1